彷《ほう》徨《こう》捜査

赤羽中央署生活安全課

安東能明

祥伝社文庫

1

赤羽《あかばね》教会を訪れるのは、はじめてだった。木の扉を開けると前室になっていて、ガラス窓に遮《さえぎ》られた向こうに聖堂が見えた。ステンドグラスを通して、紫色になった朝の光が白い壁に差し込み、厳《おごそ》かな雰囲気をたたえている。聖堂の中に入るためには、前室の左右にある格子《こうし》ドアを開けて通らなければならない。

疋田務《ひきたつとむ》警部補は、迷わず左側のドアを押し開いた。祭壇まで延びた身廊《しんろう》の左右に信者用の長い座席が十近くあり、最後列の席に祭服を着た白人の司祭がひとりの年老《お》いた女性と座《すわ》っていた。司祭はすぐ横にいる老女にしきりと声をかけている。

さらに奥の祭壇近くでは、日本人の司祭が動き回る男性老人のあとを心配そうについて歩いていた。

一緒に訪れた小宮真子《こみやまこ》巡査部長に向こうを頼むと目配せして、疋田は席にいるふたりに歩み寄った。

外国人司祭はこちらに気づいて、その場に立ち上がった。

「警察の方？」

と流暢《りゅうちょう》な日本語で訊《き》かれる。

禿頭《とくとう》で面長《おもなが》の顔立ち。七十歳前後に見える。

疋田は警察手帳を見せ、姓名を名乗った。

司祭はメルヴィンと申しますと応《こた》え、横にいる老女を見やった。

「いろいろ話しかけているんですが、一言も喋《しゃべ》ってくれません」

回り込んで老女のとなりに座った。小柄だ。丸い顔立ちで唇《くちびる》をすぼめている。狭《せま》い額《ひたい》の真ん中で分けた髪の毛は多いが八割は白髪。唇の横に深いシワが寄り、前を見つめる目は焦点が合っていない。薄茶色のニットブラウスを着、チャコールのフリーパンツを穿《は》いている。ファスナー付きの靴《くつ》が見えた。着衣に汚れはない。七十代後半だろうか。体臭はなく頭髪も整《ととの》っていて、ホームレスではないようだ。

「身元を証明するものは持っていないし、服も調べてみました。名前の書き込みもないし、この人がどこから来たのか見当もつきません」

メルヴィン司祭の声は老女に届いていないように見受けられる。両手をだらりと垂《た》らし、背中を丸めてとろんとした目で前を向いている。

「おばあちゃん、名前は？」

疋田は声をかけた。

反応なし。

顔面が固まったように表情がない。

聞こえてはいるが、それを理解するための脳の中枢が機能していないような感じだった。悪い予感がかすめる。ひょっとして認知症……。

「おばあちゃん、お歳《とし》はいくつ？」

歳という言葉に老女は反応したようだった。ゆっくりと疋田の顔を一瞥《いちべつ》する。

「……七十八……」

お、言えた。疋田は司祭とうなずき合った。

「そう、じゃ、生年月日は？」

老女は前を向いた。

「……じっちゃん、四年めえに死んだべ」

ぽつりと洩《も》らした。

訛《なま》りがある。

声をかけながら着衣を調べ、靴を脱がせてみた。ネームは見当たらず、発信機の類《たぐ》いもない。腕時計もはめていなかった。

「何時ごろからいましたか？」

靴を履《は》かせながら疋田は訊いた。

司祭は困惑した顔で首を横に振った。

「わかりません。十時からはじまったミサが終わって、信者の皆さんが帰ったとき、おふたりが残っていらっしゃいました」

「ミサに来られた人のご家族ではありませんか？」

「家族なら連れて帰ると思います」

「……ミサはどれくらいかかりましたか？」

「三十分です」

疋田は祭壇の前にいる三人を指した。日本人の司祭の手を借り、小宮が男性老人の着衣を改めている。

「あの方も？」

「はい。ミサの途中から席を離れて、この中を歩くようになりました。信者のひとりが手を引いて自分の横に座らせました。あのあたりに」司祭は前から五列目の席の端を指した。「あの方も身元を証明するものは持ってないです」

「ここは朝から開いていましたか？」

「朝の六時に一度ミサをやりましたから、そのときからずっと開いてますよ」

「二回ミサをやるのですか？」

「初金《はつきん》ですからね。午前中、六時と十時にやります」

　きょうは十月六日。月はじめの金曜日である。午前十一時を回ったところだ。

「一度目のミサがあったとき、このおふたりはいなかった？」

「いませんでしたよ。七時前にはわたしも信者も、全員教会から出て行きました。ひとりも残っていませんでした。それから入ってきた人がいても、わたしたちはいないから関知できない」

「二度目のミサに参加するために、信者の方々は何時ごろからお見えになりましたか？」

「たいてい十分前ぐらいには、皆さん集まると思います」

「では、九時五十分には信者の皆さんがいて、そのときにはもう、このお二方は教会の中にいたということでよろしいですね？」

「……そのはずです」

「信者の方は見かけない老人がいても、気になさらなかった？」

「教会の門はいつも開かれています。神の救いを求めている皆様方はいつでも入って来られるのです。ミサをしていようがいまいが関係ありません」

　教会に来た人たちは、お互いの氏名などを聞き合ったりはしないということだ。

　聖堂の内部に監視カメラが取りつけられているかどうか尋《たず》ねてみた。

「防犯カメラの類いはいっさいつけていません」

　とメルヴィン司祭は答えた。

「では、おふたりが入ってきた時間帯は、朝の七時から九時五十分のあいだということになりますか？」

「そのはずですよ。おばあちゃん、あなた誰ですか？　名前は何て言う？」

司祭は老女の肩に手をやり、顔を覗《のぞ》き込《こ》む。

「……ミエ」

小さな声が洩れた。

「ミエさん、苗字《みようじ》は？　わかる？」

「……タナカミエ」

よかった。名前がわかった。

「田中さん、どこから来たの？」

今度は疋田の声はミエの耳に届いていないようだ。

「ゆうべはどこにいたんですか？」

またしても同じ。

やはり認知症かもしれない。

何という宿直明けかと思いながら、疋田はかすむ目で小宮を見た。

彼女も同様のことを男性老人に訊いているはずだ。

警視庁の警官と職員は全員、認知症サポーター養成講座を受講しているのだ。

様子からして、明解な答えは得られていないように見える。

辻野《つじの》という日本人の司祭から身元不明の老人が教会に迷い込んでいるという電話があったのは、二十分前のことだった。そして、小宮とともに駆けつけたのだ。

小宮が祭壇近くから中央の通路をこちらに戻って来た。ネイビーのグレンチェック柄のビジネススーツ。身長の高い彼女によくフィットしている。足元はいつものようにローヒールの革靴だ。疋田も最後列の席を離れて、聖堂の真ん中で向き合った。弱り切った表情だ。

「……そっちもか？」

小声で言ったが、響《ひび》いた。

「はい、自分の名前はわからないし、落ち着きがなくてすぐ動き出します。服も見ましたけどネームは入っていないし、身元を証明するような物は持っていません。腕時計も発信機もありません。直近の記憶もないし。風邪《かぜ》をひいているようで、咳《せ》き込んだりします。係長のほうも？」

小宮は当惑した顔で老女を見た。

認知症患者の場合、GPS付きの発信機を服や靴の中に入れていることもあるのだ。

「本人はタナカミエと言っている。歳も七十八と。旦那が四年前に死亡したようなことを口にしてるが、おそらく認知症だ。そっちは？」

「自分の名前は言えませんけど、女の子どもがひとりいて、その子の生年月日と思《おぼ》しきものは言えます。認知症の人でもそのへんの記憶は持っている人がいますから、やっぱり同じだと思います。介護施設から出てきたのかしら……」

「このあたりは特養もグループホームもないぞ」

街中で認知症の老人が徘徊《はいかい》しているのが見つかることはよくある。単身世帯であったり、家族と暮らしていても何かの拍子で家を出てしまい、路頭で迷うのだ。身元を証明するものを持っていれば、家族がすぐ引き取りに来るし、たいがいは近所に住んでいるから、警察に問い合わせが入って身元がわかる。そうでなければいったん警察が引き取らなくてはならないが、今年に入って、管内で保護されたのはひとりだけだ。

それが一度にふたり、しかもこのような場所で見つかるとは！

小宮の視線は前室と聖堂を隔《へだ》てるガラス窓に当たっていた。

「変ですよね？」

「変だ」

聖堂の中に入るためには、教会の表の両開きになっている扉を開け、さらに前室のドアを通り抜けなければならない。いまここにいるふたりの老人が、自らの意思でそうして入ってきたようには思えなかった。認知症で街を徘徊していた老人が、ふっと紛《まぎ》れ込んでくるような場所ではない。人に連れられて、入ってきたに違いない。逆にいったん入ったら、そうした人々にとって退出するのは難しい密室であるかもしれなかった。

　祭壇前で男性老人に寄り添っている辻野司祭がこちらを見ていた。

　温厚そうな顔立ちだ。短く刈《か》りそろえた髪は黒々としている。五十歳に手が届くかどうかくらいの年代。男性老人と同じくらいの背丈で小柄だった。

　ふたりに歩み寄り、辻野司祭と挨拶《あいさつ》を交《か》わした。

　男性老人はベッコウのメガネをかけ、小豆《あずき》色のネルシャツを着ている。紺《こん》のジャージを穿き、柔らかそうな黒いコンフォートシューズを履いていた。額から後頭部にかけて髪はなく、残った髪も短く刈り上げていた。顔の肉付きはよく、眉《まゆ》と眉のあいだは離れていて、重たげな上瞼《うわまぶた》が垂れた目は細かった。こちらも老女同様、目の焦点が合っていなかった。年齢は八十手前だろうか。

　メルヴィン司祭と同じことを尋ねたが、辻野も似《に》たような回答だった。

「ミサに訪れた人の家族ではありませんか？」

　改めて訊いてみる。

「それはないと思います」

「二度目のミサは何人ぐらいお見えになりましたか？」

「十人程度だと思います」

「全員信者の方ですか？」

「では、ミサに訪れた人はわかっていますよね？　念のために教えていただけませんか？」

「わたくしどもが把握していない方はいらっしゃいませんでした」

「信者以外の方もいませんでしたか？」

「はい」

辻野は困惑したものの、了解してその場から離れていった。

疋田は男性老人の腕を引いて、老女の傍《かたわ》らに座らせた。抵抗もなく、すんなりといった。

ふたりは互いに視線を交わすこともなく、黙って前を見ているだけだった。

どちらも身なりは整っていて、健康状態も悪くはなさそうだった。ふたりの顔を見比べた。小柄というのは共通しているが、顔は似ていない。兄妹である可能性はないだろう。夫婦だろうか。もしそうならば、もう少し互いを意識し合ってもいいように思える。ごほごほと、ひとしきり男のほうが咳き込んだ。

外を見てきますとメルヴィン司祭に断って、小宮とともに教会をいったん出る。

天気はよかった。敷地からほんの二十メートルほどで赤羽東本通《ひがしほんどお》りに出た。片側二車線の道路はひっきりなしに車が通行していた。目の前にバス停があり、通りの向こうは商業施設の入った複合ビルだ。立ち止まってこちらを見ている人間はいない。通りに停《と》まっている車もなかった。

小宮を通りの左手に行かせ、疋田は反対方向に歩き出した。

すぐ先にスクランブル交差点がある。左に百メートル行けば赤羽駅東口だ。通行人は多かった。教会のとなりは銀行の駐車場になっていて、四台ほど停まっていた。ここに車を停めれば、老人たちを簡単に教会に連れ込むことができるはずだ。

交差点まで来た。目の前は、赤羽スズラン通り商店街のアーケードだった。立派なアーチの向こうでは、買い物客が行き交っている。こちらを気にしている人や車はない。

教会方向に戻り、銀行に入った。窓口で総務担当者を呼んでもらい、駐車場が開く時間を尋ねた。九時十分前に開きますと担当者は答えた。開いたときからいままでの監視カメラの録画映像を見せてもらえないかと頼むと、すぐ別室に通された。そこで五分ほどかけて見たが、老人を連れて車から出た人はいなかった。礼を述べて銀行をあとにした。

ちょうど向こうから小宮が歩いてきた。

「オフィスビルと信用金庫、それから角がマンションになっていて、曲がれば赤羽公園ですね。怪《あや》しい人や車はいませんでした」

監視カメラのついた防犯灯があったかどうか訊いてみると、

「ないです。ほかも見当たりませんでした」

疋田も銀行横の駐車場について話した。

「アーケードから連れ込んだとは思えないわ」

小宮が通りの先を見ながら言った。

「人の目が多いからな。おれもそう思う」

教会に戻ると、辻野司祭が前室で待ち構えていた。二度目のミサに参加した全員に電話したが、老人を連れてやって来た信者はいなかったと教えられた。

壁に信者の名前が書かれた板が掛けられており、辻野が手にしている信者名簿にも、ほぼそれと同じ氏名が書き込まれていた。二度目のミサに参加した人には〝?〟マークをつけてあると言った。十一名が参加したようだ。

「それを借りたいのですが」

疋田の要請に辻野は弱り切った顔で、

「コピーを取ってきましょう」

と言って外に出ていった。

聖堂に入りメルヴィン司祭の元に歩み寄る。

「司祭さま、これまで、教会で身寄りのない人を引き取ったようなことはありましたか?」

問いかけると、司祭は右手の人差し指を立てて、厳《きび》しい目で疋田を睨《にら》みつけた。

「ここは神に仕える施設ですよ。宿泊施設ではありません」

気色《けしき》ばんで言われたが、訊くべきことは訊かなければいけない。

「ここだけに限らず、一般的に教会でそのようなことが行われたかどうか伺《うかが》っているのです。過去において一度もありませんでしたか？」

メルヴィン司祭は落胆したような顔で視線を外《はず》した。

「わたしの故国のフランスではなかったとは言いません。でも、日本でそのような例はないと思います」

静かだが、断固とした口調だ。

辻野司祭が戻ってきて名簿のコピーを渡された。

礼を言って、男性老人を疋田、女性のほうを小宮がそれぞれの腕を引いて教会を出る。すぐ横に停めてあったミニバンの三列目の席にふたりを乗せ、内側から開かないようにロックをかけてから疋田の運転で教会をあとにした。

赤羽東本通りを左に曲がり、念のために赤羽公園に続く一方通行に入った。注意深くあたりを見ながら、公園の横を走る。怪しい車や人間はいなかった。

老人たちはひと言も口をきかず、ぼんやりしている。二列目に座る小宮がしきりとふたりに話しかけるが、まったく反応がない。車に乗っているのがわかっているのかどうかすら疑わしいものだった。

十一時半を回っていた。昨晩は事件もなく、昼すぎには帰れるだろうと思っていたが無理そうだった。猛烈に腹が減っていた。

一方通行を走り抜けて北《きた》本通りに出た。清掃工場を右手に見ながら走ると赤羽中央署が見えてきた。どうしたことか、表玄関に生活安全課長の西浦忠広《にしうらただひろ》警部が立っていた。その前で車を停めて窓を開けた。

すると、西浦が運転席側の窓に両手をかけ、三列目に並んで座っているふたりの顔を食い入るように覗き込んだ。

「こっちもふたりか」

と西浦は困惑した顔で言う。

「どうかしたんですか？」

「夫婦かな？」

「違うと思います」

西浦は身を引いて疋田の顔を見た。

「おまえたちが出てすぐ、別のところから身元不明の認知症らしい男女ふたりが見つかったんだよ」

「ええ？　どこで？」

「赤羽駅南のスポーツアネックス。末松《すえまつ》と野々山《ののやま》が引き取りに行って、五分前に到着した。二階の相談室に上がってる。さ、おまえたちも」

西浦はそそくさと署に入っていった。

わけがわからなかった。スポーツアネックス赤羽は室内テニスやボウリング場などがある複合施設だ。そこで、もうふたりの男女の認知症患者が見つかった？

2

相談室には男女の老人がテーブルに腰掛けていた。短い白髪、ボーイッシュな髪型の老女が、緊張した感じで両手をきちんと膝《ひざ》におき、テーブルの上に視線を当てている。四角い顔立ちだ。薄ピンクの七分袖のギャザーTシャツと灰色のストレッチパンツを穿き、室内用と思えるソフトシューズを履いていた。

その横には面長で目の落ちくぼんだ短髪の男性老人が、上半身を窓側に向けて座っていた。唇が厚いせいか、意志が強そうな顔立ちに見える。ボーダー柄《がら》の長袖《ながそで》ポロシャツに黒いスラックス。足元はチャック付きのシニアシューズ。

両人とも七十五から八十歳手前くらいに見える。小柄だ。

署長と副署長も顔を見せていた。西浦課長も見守るなか、ふたりに向き合う形で、教会から引き取ってきた男女を座らせた。四人の反応はバラバラだった。目の前に座った人をちらっと見たり、まったく意識しないような人もいる。

署長の松林充章《まつばやしみつあき》警視は、長身を折り曲げるようにテーブルに手をあてて、四人の顔を覗き込んだ。

交通畑出身で前任は本部の交通捜査課長だ。現場への理解はあるが、やや神経質なところもある。

疋田は発見したときの状況を説明した。聞き終えた西浦が野々山幸平《こうへい》巡査に、そっちは着衣を改めたかと尋ねてみる。

「やりました。ネームは入っていないし、身分証明書もありません。発信機も身に付けていません」

「名前は言えるか?」

「男性の方は自分の名前をユキオと言っていますが、漢字で書けません。苗字もわからないようです。おばあちゃんのほうは、夫の名前をミノルと口にしています。本人の名前は言えません」

小宮が初対面のユキオという老人に、しきりと名前を尋ねている。

「俺《おれ》んけ……」

俺の名前かと疑問を口にしているようだ。

やはり訛りがあるようだ。

「おじいちゃんの名前、教えてくれる?」

「うーん」

ふいにユキオ老人が席から離れて、窓際に歩き出した。

慌《あわ》てて小宮があとを追いかける。

つられるように、教会から連れてきた男性老人がひどく咳き込んだ。しばらく続くので、野々山が背中をさすり、ペットボトルのお茶を与える。

疋田は老人たちのうしろにいる末松孝志《たかし》巡査部長に視線を当てた。

疋田より三つ年上で、競輪好きのベテランだ。

「見つかったときの状況はどんなだったのですか？」

「十時すぎに三階にあるテニスコートに入ったトレーナーが、ふたりを見つけました。別々の場所でうずくまっていたそうです」

「客は？」

「客はいませんでした。防犯カメラもなくて、このふたりがどうやって中に入ったか、わかりません。まるでコートの中に閉じ込められていたみたいで」

教会と同じではないか。

スポーツアネックス赤羽は四十年ほど昔にできた古い施設だ。何度も改名され、最近では駅周辺にできたトレーニングジムに押され気味だ。

小宮が男性老人をなだめるように席に戻した。

唸《うな》りながら松林が身を起こした。

「教会もジムも、勝手に入り込むようなところじゃないな」

「そう思います」

疋田は答えた。

「今年保護したのはひとりだけだよな？」

「はい」

「区はどうだ？　問い合わせたか？」

署長の横にいる曽我部《そがべ》副署長から訊かれた。

「はい、赤羽会館の高齢者あんしんセンターに電話を入れました。老人の行方不明の届出は出ていません」

考えあぐねているような表情で西浦課長が答えた。

高齢者あんしんセンターは地域の介護情報が集まる法定機関だ。区の施設が入居する赤羽会館の中にもあり、家庭内で行方不明老人が出た場合、ここに照会をかけるのが常だ。北《きた》区の場合、高齢者あんしんセンターはぜんぶで十七カ所あり、西浦は教会近辺のセンターに電話を入れたのだろう。

教会から連れてきた男性老人がふっと席を離れ、ふらふらしながら壁際に寄るといきなり放尿をはじめた。

「あ、あ――」

　末松が声をかけたがムダだった。慌ててモップを取りに行く。

「センター側から、各方面に問い合わせはしてくれているんだろうな？」

　見かねたように松林が西浦に尋ねた。

　始末を終えた末松が男性老人を抱えるように元の席に戻す。

「は、認知症の老人が暮らすグループホームやデイサービスセンターなどへ問い合わせをかけてもらっています。それ以外に、自治会や赤羽駅周辺のマンションにも」

　自治会は地区内で古くから住んでいる認知症患者の名簿を持っている。駅近辺に新しくできたマンションは自治会とは疎遠《そえん》だが、入居者には老人たちも多く、中には面倒見のいい管理人がいて、そうした人たちを把握しているのだ。どちらにしても、時間がかかるだろう。しかし、黙って待っているわけにはいかない。

　曽我部が勝ち誇ったふうに日焼けした黒い顔を疋田に向けた。

「こっちから、区の福祉課に一報を入れたぞ。四人も出たって言ったら、びっくりしてた」

　なかなか手回しがいいと思った。

「了解しました」

「夕方、引き取りに来るそうだ」

「引き取りにですか？」

通常なら、区が契約している特養にこちらから連れていくのだが。

「ああ、そう言ってる。さっさと処理して、区に引き渡せ」

疫病神《やくびょうがみ》を追い払えと言わんばかりの口調だ。

疋田はその顔を睨みつけた。

「見つかったときの状況が異常です。同時に四人というのも不思議でなりません。何者かにより置き捨てられたと思います」

「誰も見たものはおらんのに、決めつけるようなことを言うな。さっさと〝迷い人票〟を作って送り込め。うちじゃ、一晩置いておけんぞ」

認知症患者に限らず、身元不明者の保護は警察官職務執行法により、二十四時間以内と定められている。それ以降は区に引き継ぎ、区は緊急一時保護制度で当面対応することになる。

しかし今回は特別扱いする必要があると思われた。通常の犯罪捜査に準じた態勢を組むべきだ。

疋田は三人の部下たちを向いた。

「よし、指紋《しもん》を採ろう」

前科、前歴があればたちどころに身元が判明するはずだ。

聞いた曽我部が目を剝《む》いた。

「……指紋だと？　いったい何をする気だ？」

「いま申し上げたように、見つかったときの状況があまりにも異常です。背後に何かしらの関係者がいて、不穏な動きをしていたと見るべきです」

「この四人がその関係者とやらに置き去りにされたと言いたいのか？」

曽我部は一歩も引かない感じで言った。

「それはこれからの捜査で明らかになると思います。まず四人の身元を明らかにするのが先決です。そのためには指紋と掌紋《しょうもん》の採取は避《さ》けて通れません」

署長も西浦課長も口をはさまない。

「それで指紋採取だと……令状なしでやるつもりか？」

「時と場合によりけりです。急を要します」

曽我部は疋田に歩み寄り、顔すれすれまで近づいてきた。耳元に「特進《とくしん》」と吹《ふ》きつけた。

疋田のあだ名だ。

八年前に起きた江東《こうとう》区連続殺人事件で、当時、交番勤務だった疋田は不審者情報を上げて、犯人逮捕の大金星をつかんだ。その功《こう》を認められ、無試験で二階級特進を果たし、巡査から警部補へ昇任した。しかし、のちに誤認逮捕であるとされて、マスコミの批判にさらされ、私生活では離婚に追い込まれ、ひとり息子も妻側に取られた。警察内部ではいまだに疋田を〝特進〟と揶揄《やゆ》する者もいるのだ。

「手続き上の過《あやま》ちをマスコミの連中から批判されたらどうする？　引き受ける気はあるのか？」

「あくまで任意です。この四人を一刻も早く家族の元に戻してあげたい。そのためにはもてる手段をすべて使うべきです」

疋田も小声だが断固とした口調で返した。

曽我部は舌打ちして、署長の顔を見た。

松林はひと言も発言せず、部屋から出ていった。曽我部もあとを追うようにいなくなった。

疋田は部屋にいる全員を振り返った。

「指紋採取したのち、判別機にかける。野々山、準備しろ」

了解と答え、野々山は慌ただしく部屋をあとにする。

「まず四人の身体状況を調べよう。ホクロひとつ見逃さないように。同時に写真撮影と迷い人票の作成にかかる。それが済み次第、データベースで該当者を検索。課長、六人ほど応援を頼みます。鑑識にも手伝ってもらわないと。女警がもうふたり要《い》るな。小宮、呼んでくれ」

「昼食も用意しないと」

小宮が言った。

「食堂でおにぎりとお茶を買ってきてくれ。それからスエさん、スポーツアネックス赤羽に連れていってくれませんか？」

末松は承知、とうなずいた。

ふたりが見つかったときの状況をこの目で確かめておきたい。

3

スポーツアネックス赤羽は赤羽教会から、赤羽東本通りを南へ三百メートルほど行ったところにある。教会から車で三分ほどの距離だ。北側は印刷会社の倉庫、西側は道をはさんで病院があり、ＪＲの高架も目と鼻の先だ。付近はコンビニがあるだけで、監視カメラのついた防犯灯などは見えない。

コンクリートで覆《おお》われたずんぐりした建物だった。病院横のコインパーキングに車を停めて、西側にある自動ドアの入り口からジムの中に入った。人はおらず、静まりかえっている。エントランスホールはない。天井の低い通路を回り込んだところに急な階段とエレベーターがあるだけだった。人の姿は見えず受付もない。それぞれの施設に直接行くシステムになっているようだ。エレベーターで三階の室内テニス場に上がった。

エレベーターから出ると、右手にテニスコートが見えた。受付もあり、女性スタッフもいた。三面あるコートはカウンターで通路と隔てられており、天井から細かいネットが垂れている。カウンターの途切《とぎ》れたところがコートへの入り口になっていて、そこだけは二重にネットが張られていた。いちばん奥のコートでプレーする客がいる。

ここまで来る途中、防犯カメラは一台もなかった。

末松が受付にいる女性スタッフを連れてきた。黒いロングパンツにウグイス色のテニスウェア。ショートボブの髪をピン留めしている。大柄な顔立ちだ。三十五、六歳に見える。

「この方がふたりを見つけました」

と末松がスタッフとコーチを兼《か》ねている早野《はやの》さんですと紹介する。

「どこにいましたか？」

疋田が尋ねると、早野は真ん中のコートの奥を指さした。

「あのあたりです。五メートルくらいあいだを置いて、壁によりかかるようにうずくまっていました」

「何時ごろでしたか？」

「……十時五分とか、それくらいだったと思うんですけど」

「ほかにお客さんはいなかったんですか？」

「きょうの午前中はいませんでした」

「この施設は何時に開きますか？」

「十時オープンですので、その三十分前には、表の玄関は開いています」

「九時半をすぎれば、誰でも入ってこられるのですね？」

ここまで来るのに、施設の関係者とはひとりも会わなかったのだ。

「はい、どなたでも」

「九時半から十時のあいだ、あなたのようなコーチやスタッフの方はどちらにいますか？」

「その時間帯は準備があるので、とても忙しいです。事務室の中で日誌を見たりして、コートにはいません」

「ほかの階の人はどうですか？」

「似たようなものです」

「……これまで部外者が無断で入り込んで来たことはありますか？」

「玄関が開いていれば誰でも入ってこられますので……」

不特定多数の人が使う施設なので、部外者でも簡単に入ってこられるようだ。

「今朝、あなたが見つけた老人が入ってくるのを目撃した人はいますか？」

早野は首を横に振った。

「わたしが最初に気づきました。ほかに見た人はいないと思います」

「防犯カメラはありませんか？」

「ないです」

教会と同じだと思った。

老人たちがどういう経路を辿《たど》り、誰とともにやって来たのか、まったくわからない。しかし、同じ時刻に赤羽教会でも男女ふたりの老人が見つかっている。何か、つながっているような気がしてならない。

礼を言って一階まで下りた。車に乗り、末松の運転で赤羽東本通りを赤羽教会まで走ってみた。信号は三つあるが、どれも青信号で通過できたので、二分足らずで着いた。

「すぐだな」

建物を横目に見ながら疋田は言った。

「信号に引っかかっても三、四分ですね、どうします？」

駅前のスクランブル交差点が青になった。

「署に戻りましょう」

末松はアクセルを踏み込んだ。

「教会にしろジムにしろ、認知症の老人が自分の意思で行くとは考えられませんね」

「もちろん。誰かが置き去りにしたとしか思えない」

「どっちも関係者が連れ込んだとしたら……やっぱり家族かな？」

末松は教会が映《うつ》り込むバックミラーを覗いた。

「介護を放棄《ほうき》したかった子ども、縁者、そうした連中が置き去りにしたというように考えたほうがいい」

疋田は答えた。

「しかし、ひとりならわかるけど……」

「そこなんですよ。親の面倒を見切れずに、思いあまって教会に置き去りにするっていうのならわかる。そのあとも寛大な措置が期待できるからね」

「まあ、悪いようにはしないと思いますよね」

「ふたりないし三人組の仕業《しわざ》としたら、まず四人の老人を乗せた車を教会近くの路上に停めて、ひとりが待機して、ほかのふたりは、ひとりずつ老人の腕をとって教会に連れ込む。そして、車に戻りもうふたりを同じように連れていこうとしたが、何かの理由があって断念した……」

息つく間もなく、北本通りとぶつかる交差点だ。青だ。末松が右にハンドルを切る。

「二度目のミサの信者たちがやって来たので、あとのふたりを連れ込むのを断念して途中で引き返したのかもしれない。そうなると九時五十分ごろにふたりを連れ込んだ可能性が高くなるな」と末松。

「もともと四人を教会に連れ込もうとしていたわけですね。それができなくなったので、ほかの場所を選んだ……それがスポーツジムだった」

末松がうなずいた。

「あらかじめ、ジムの中を見ていて、あそこなら誰にも見とがめられずに、老人たちを置き去りにできると踏んでいたのかもしれない……予備でね」

末松の言葉を吟味《ぎんみ》した。

「やっぱり、地元の人間になるでしょうね」

「その可能性が高いね。しかし、わからん。ひとりならまだしも、一度に四人なんて……」

末松がため息をつく。

「わからないですね」

見当もつかない。

「とにかく、ほかの人間が関わっているとしたら、ひとりでは無理だ。ふたりがかりとしても、老人四人を含めて六人になります。セダンクラスじゃ狭いから、ワンボックスカーみたいな大きめの車で来たんでしょうよ」

「だろうね。近場の防犯カメラを徹底的に調べるしかない。スエさん、頼みますよ」

「明日は立川《たちかわ》でA級戦があるんだけどなぁ……幸平の尻《しり》を叩《たた》くか」

情報関連は野々山の得意分野だ。

「自転車はしばらくお預けですよ」

末松は頭を掻《か》いた。

「やっぱり、記者発表してもらうしかないな」

「もちろん、そのつもりです」

副署長は二の足を踏むだろうが、やらせるしかない。

今回に限り、一般からの目撃証言を得るためには、マスコミの力を借りるしかなかった。地元の人間が関わっているとしたら、何らかの情報を握っている人たちもいるはずだ。たとえば日頃から親の介護を放棄するような家族がいる、などという噂話《うわさ》も含めて。

署に着いて、相談室まで上がった。

老人たちの身体捜検《そうけん》は終わっていて、四人はお茶をすすっていた。

生活安全課の係員が五人いて、老人たちを見守っている。

昼食もすませたようだ。落ち着いているので少し安心した。

小宮が申し訳なさそうな顔で、

「着衣からネームは見つかりませんでした。それから指紋もヒットしません」

「……わかった」

少しばかり期待したが、やはり無理だったようだ。

「あとはうちのシステムで検索をかけるしかないな。迷い人票はできたか？」

本部が運用している行方不明者データベースで調べるのだ。

「作成済みです。野々山くんが持っていっています」

「ひとりでは無理だろ。手伝うか？」

「そうしましょう」

末松も連れて、同じ階にある生活安全課に戻った。

野々山はノートＰＣと首っ引きで、キーボードを叩いていた。

手元には四人分の迷い人票がある。迷い人は名前がないので、番号が記《しる》されている。

野々山が検索をかけているタナカミエは今年の十二番だ。職業や生年月日などは空白のままである。身長は百四十八センチ。体型は中肉で面型は丸。顔色はふつう、血液型はＡ型。そのほか歯の数や着衣についても細々《こまごま》と書き込まれている。それらを頼りにデータベースで検索しているのだ。

あいまいな条件でも検索できるようになっていて、ノートＰＣには該当するらしい複数の老人女性の顔が表示されている。データベースに入っているものは、行方不明届がなされているものだ。届出がなされていなければ、データベースには入っていない。

疋田はほかの三人の迷い人票を取り上げた。そのうちの二枚を小宮と末松に分けて、自席のパソコンでシステムを立ち上げて検索をはじめた。

受け持ったのは教会で見つかった男性老人だった。すでに異名としてオサムと名付けられていた。タナカミエとユキオは本人の口から出た名前が使われていて、残ったひとりの老女はハルコと名付けられている。

まず体格と面型を入力し、さらに年齢を七十から八十歳、上の歯の左側の本数を入力した。たちまち千六十五人がヒットした。続けてメガネの形と度数を入力し、絞《しぼ》り込みをかけた。二十八人にまで減《へ》った。小さく表示された顔写真を上から順に見ていった。最後まで行ったが一致する人間はいなかった。

メガネの入力欄《らん》を空にして、再度検索した。千六十五人の表示に戻る。今度は履き物の欄にコンフォートシューズと入力し、ズボンの欄にジャージと入れた。検索をかけると三十七名まで減った。順に見ていくが、なかなか、それらしい人間とは巡り会えなかった。

ほかの三人も同様に苦戦していた。

西浦がやって来て、午後五時半に署長が記者会見すると教えられた。

「了解です」

疋田は答えた。

顔写真はマスコミに発表できないが、見つかった場所は教えることができる。着衣や人相もだ。置き捨てになったというニュアンスも伝えられるだろう。四人もの老人が置き捨てられたのだ。目撃者が出てもおかしくはない。ネタを持っている住民も現れるに違いない。身元不明人は、生活安全課少年係の受け持ちになる。戦後の家出人は少年が多かったために、本部でも年齢を問わず少年育成課が担当する仕組みだ。このまま家族が見つからなければ、今晩中に区へ引き取られていく。それまでに、迷い人票のデータと四人の写真をデータベースに入力し、顛末《てんまつ》を少年育成課まで上げなければならない。

通常はそこで警察の捜査は終わるが、今回に限って引き続き捜査を続けるしかないと疋田は気を引き締めた。誰が何と言おうと、犯罪に近いと思えて仕方がなかった。

夜の七時になって区の担当者がワゴン車でやって来て、四人を引き取っていった。車を見送りながら、長い一日がようやく終わったと思った。

ふと息子の慎二《しんじ》との約束を思い出した。

明日は宿直明けの休みで、三カ月ぶりに会う予定なのだ。行く場所は今夜電話で決めることになっている。夏休みに入る前、秋になったら奥多摩《おくたま》の川苔山《かわのりやま》にハイキングに出かけようと話した。それまでにトレッキングシューズとリュックサックを買っておくようにと金も渡してある。いまごろ、疋田の電話を心待ちにしているはずだった。それを思うと心が重くなった。

4

翌朝。午前十時。

昨夕の記者発表は反響を呼び、署の表玄関はカメラを抱えたテレビクルーや記者たちでごった返していた。土曜日にもかかわらず、署長の松林は出署していて、署長室の机で立ったまま朝刊を広げていた。入室した疋田と西浦に目配せしながら、「でかく載《の》ったな」と口にした。

〝謎の認知症患者四人現る〟というセンセーショナルな見出しだ。

ひとりはタナカミエを名乗っていることも報道されていた。

警察が発表した以外に、赤羽教会の司祭とスポーツアネックス赤羽のスタッフのコメントが掲載されている。スポーツジムのスタッフは、誰かが置き去りにした、などと余計な推測をしてくれている。

松林は疋田と西浦を見た。

「テレビでやったぞ、見たか？」

「見ました。民放二局とＮＨＫの六時のニュースで」

「背後に姥捨《うばす》て山みたいな連中がいるような報道をしてたよな」

「そうでした」

疋田が答える脇《わき》を歩き、松林はソファに深々と沈み込んだ。

その横に副署長の曽我部、向かいに刑事課長の岩井安典《いわいやすのり》警部が席に着く。岩井は来年の春退職を迎える温厚な刑事だ。

曽我部から座るように目で促《うなが》され、西浦とともに岩井の横に腰を落とした。

曽我部がしかめっ面《つら》で報告しろと口を尖《とが》らせた。迷い人票と顔写真をテーブルに載せる。

「どれ」

松林が言いながら、長身を折り曲げて迷い人票を取り上げ、メガネを額まで上げてしげしげと読み出した。

「ニュースを見て、区のほうに問い合わせが十件近くあったようです。三家族ほど確認に出向いたようですが、いずれも違いました」

「ほかは?」

「四人が保護されている施設を紹介しているようですので、いずれそちらにも家族が確認に来ると思います」

「それでわかるといいがな」

「はい」

疋田は四人の発見されたときの状況をはじめとして、もう一度、詳しく話した。聞き終えると、松林は迷い人票から顔を上げた。

「オサムさん、体調が悪いんだって？」

「ときどき咳き込んだりしますが、体温などは平常なので、気管支炎のような類いかと思われますが」

疋田は答えた。

「ほかの三人は大丈夫か？」

「いまのところ、これといってないようです。きょう、区の担当者が健康診断に連れていくことになっています」

「四人はどこに保護されたんだ？」

「浮間《うきま》の介護施設に入りました」

「浮間に特養があったか？」

「ありません。今回、人数が多いので、特養ではなくて有料老人ホームを使わざるを得なかったようです」

「区は六カ所の特養と協定を結んでいるんじゃなかったか？」

「いずれも満杯で空きがないそうです」

「……一度に四人だからな。仕方ないか。去年、うちで一時保護した高齢者は何人いたっけ？」

「四名です。認知症が三名と虐待《ぎゃくたい》を受けていた高齢者がひとり。今年はこれまで六月に認知症患者がひとり保護されただけです」

「それもすぐ家族が見つかって引き渡したよな。……しかし、いっぺんに一年分出てしまったか」

「その計算になります」

「区も大変だな。まあ、最大二週間泊めて、随時ほかの施設に移すんだろう。いずれにしても、早いとこ医者に診《み》てもらわないといかんよな」

「そう思います。うちが去年保護した高齢者は、直後の検査で脳溢血《のういっけつ》が判明しましたし」

「うん。そうでなくたって、あの歳だから、クスリのひとつやふたつ、飲んでいただろうに。それにしても、身元を示すものはいっさい所持せず……か」

そこまで言って、刑事課長を見た。

「岩井課長、どうかね？」

言われた岩井は、小柄な体で精一杯息を吸い込んだ。

「ここ三年、通算で八名の認知症の人を保護していますが、いずれも一週間以内に身元が判明しています。今回もそれに倣《なら》って見守るしかないと思います」

松林はメガネを掛け直し、今度は西浦に視線を移した。

「そっちは？」

「見つかったときの状況が状況だけに、それなりの対応をする必要があるかとは思います。念のため、うちの課員を全員招集《しょうしゅう》しています。ただし、データベースで検索しても該当者はありませんので、四人の身元の確認は早急には難しいかと思われます。やはり、家族からの連絡を待つしかないかと」

「そんなことはわかってるって。これだけ世間が騒いでるんだ。四人を置き去りにした連中を捜し出さなきゃ、大変なことになるぞ」

曽我部が声を荒らげる。

「まだ置き去りとは決まっておりませんが……」

と西浦は言葉尻を濁《にご》す。

黙っていられず、ちょっとよろしいですかと疋田は口をはさんだ。

幹部たちの視線が集まる。

「四人は何者かにより、置き去りにされたとみて間違いないと思います。保護責任者遺棄《いき》の疑いが濃厚です。相応の数の捜査員を投入して、捜査を開始すべきかと思います」

松林がうなずきながら、「どうだ？　岩井？」と刑事課長の発言を促す。

岩井は煮《に》え切らなかった。保護責任者遺棄になれば、刑事課で捜査を行う必要があるからだ。

「はあ……とりあえず、生安《せいあん》のほうで捜査をしてもらって、動きが出次第、こちらで対処するという形でお願いできればと思いますが」

反論する気もないように松林はため息をつき、そして西浦を見た。

「じゃあ、引き続き生安のほうでやってもらおうか」

署長の発言を受けて、西浦は急に落ち着きをなくし、疋田をうかがった。

「まず、四人の現れた時間帯を特定しなければいけません」疋田は言った。「教会やジム付近の防犯カメラの映像の収集、聞き込みをする必要があります。電車などの交通機関を使った可能性もあるので、赤羽駅の防犯カメラ、それからバスの防犯カメラの映像の収集もいるかと思います」

「それくらいなら、どうだ？　いけるか？」

松林があっけらかんと口にしたので、疋田は慌てて手で制止した。

「それ以外に近隣の介護施設の聞き込みや照会をしなければいけませんし、介護施設などの入居者が集団でいなくなった事例があるかどうかの捜査も必要になります」

「どこまで広げる気だ？」

曽我部に訊かれた。

「地域ですか？」

「どれだけの数があると思ってるんだ。あてずっぽうに広げたって、雲をつかむような話だぞ」

「……最低限、北区全域はチェックしたいと思います」

「全域？」

「まずは、高齢者あんしんセンターと連携を密にして情報収集を進めたいと思いますが」

「高齢者あんしんセンター？　しょせん取次屋だ。そんなもの、あてにできるか」

「四人のうち三人は介護パンツを穿いています。メーカーは同じなので近隣の介護施設に照会する際のキーになるかと思われます」

曽我部が身を乗り出した。

「区内の介護施設がいくつあるかわかってるのか、おまえ」

曽我部はぞんざいに北区の介護ガイドブックをテーブルに放った。

「正確にはつかんでおりません」

目の前にある区の発行したガイドブック以外に持ち合わせがない。そこには正式に認可された介護施設があるだけで、無届けの介護施設などは入っていないのだ。

「あんがい、どっかの介護施設が置き去りにした可能性だってあるな」

松林がふっと洩らした。

それはあり得ると疋田も思った。

都内では介護施設が慢性的に不足している。それに最近では無届けの介護施設が増えているのだ。そうした中の悪質な施設が、もて余した入居者を見捨てたとしたら……。

「その方面は区の福祉課が詳《くわ》しいと思いますので、まずは疋田が言うように、基礎捜査からはじめるのが順当かと思います」

西浦がようやく引き取った。

「その線で行くか。いいね、岩井課長」

「けっこうです」

とりあえず火の粉《こ》は被《かぶ》らない安心感から返事も軽い。

「当面、生活安全課が担当して捜査を続けるように。やりくりして、それなりの人数を投入しろよ」

「はっ、わかりました」

西浦が深々と頭を下げた。

生活安全課に戻る途中で西浦が割り振りを口にした。

「防犯、生活相談係、保安は区内の介護施設への照会。少年一、二、三係は現地の聞き込みと防犯カメラの収集。いいなそれで?」

「了解しました。先ほど言い忘れましたが、やはり教会のミサに参加していた信者たちが気になります。全員に聞き込みをかけたほうがいいかもしれません」

「かもしれんな。四人の高齢者の聞き取りも忘れるなよ」

解決の足しにならないだろうが、生活実態の把握はしておくべきだ。

「先にそっちを回ってみます」

5

北赤羽駅の高架下《こうか》を進み浮間橋を渡る。東京都の北東端——浮間は荒川《あらかわ》と新河岸川《しんがしがわ》に囲まれた文字通りの島を形づくっている。古くから水運が発達していて工場が進出し、浮間工場街というバス停もあるくらいだ。

昨晩、慎二の携帯に電話を入れたときの落胆《らくたん》した声がよぎった。事件が起きて、山登りは行けなくなったと伝えると、「うん、また今度ね」と素直に返されてしまった。慌てて、夕ご飯だけでも一緒に食べようかとつけ足すと、「じゃあ夕方、そっちに行く」という返事をもらい、とりあえず安堵したのだ。

「岩井課長、やる気ゼロですね」

助手席で小宮が洩らした。

「もう引き取られてるからなあ」

「いずれ、家族が見つけて迎えに来ると思っているのかしら」

「たぶん」

「でも、マスコミは放っておかないと思いますよ」

「目撃者も多いし、余計なことを言われるとまずいな」

「ジムの担当者、口が軽いみたいだし」

「信者の聞き込みに行く前に、釘《くぎ》を刺しに行くか」

「ですね」

マスコミは過熱するかもしれない。四人の高齢者の顔写真を公開できれば解決は早い。彼らには多くの知り合いがいるはずだ。そちらから連絡が入るに違いない。ひとりわかれば、芋づる式に身元が判明するだろう。そうなれば、置き去りにした一味に辿り着ける。

しかし、無理だ。

個人情報保護。

その壁は恐ろしく厚くて高い。人権団体などからの批判を気にするあまり、警察も自治体も神経過敏だ。情報はいっさい表には出さない。

「慎二くんとは会えそうですか？」

「あれ？　知ってた？」

「九月の納涼会のときに言ってましたよ」

「そうだっけ」

酔《よ》った拍子《ひょうし》に口から出たのだろう。

「十月の三連休に会えるから楽しみだって」

小宮が覚えていてくれて、うれしかった。

「……こんな調子じゃどうかな」

「大丈夫ですよ。もう、保護されたんだし」

しばらく時間はかかるが、四人の身元はいずれわかるだろう。

ひとまず、安全な場所が確保できたことがなによりだった。

最初の信号を左に取り、埼京線《さいきょうせん》のガード下をくぐった。高層マンションを左手に見ながら、浮間三丁目の住宅街に入る。ぎっしり立て込んだ赤羽と違い、街並みは密《みつ》ではない。工場の社宅らしい建物やアパートが目立つ。カーナビのマーカーが目的地に近づいてきた。

「そこかしら」

助手席で小宮が右前方の家を指さした。

二本の電信柱が立っているあいだに、古い二階建ての日本家屋がある。自転車が二台とスクーターが一台、家の前に斜《なな》めに停まっていた。

道の両側を見たが、介護施設らしいものはない。

少し先に入ったところにあるアパートの駐車場に車を停めて戻った。

そこそこに年季の入った入母屋《いりもや》の二階屋だった。表札に「神楽荘《かぐらそう》」とある。一階部分に片流れの庇《ひさし》がついており、そこにエアコンの室外機が四台取り付けられていた。二階部分に不揃《ふぞろ》いな大きさの窓が三つある。真ん中の窓の両脇に、監視用のカメラが取り付けられていた。玄関はリフォームされたようで、真新しい両開き戸になっていた。一般住宅を改装した施設らしい。イメージしていたものとまったく違った。

玄関はロックされていたので、呼《よ》び鈴《りん》を押した。しばらくして返事があった。マイクに向かって身分を告げる。

「あれ、パパラッチですかね？」

小宮の視線を追いかけた。集合住宅の陰だ。望遠レンズをはめたカメラを腹に抱えた男がこちらをうかがっている。

「もう、嗅《か》ぎつけたのか……」

男がレンズをこちらに向けた。

そのとき、戸が内側から開いて、スーツ姿の三十前後の男が顔を見せた。

疋田は小宮とともに、隠れるように中に入った。

細身で色白のなかなかのイケメンだった。ナチュラルショートの髪型でサイドを短く切っている。区の方ですかと疋田が訊くと、男は奥に引っ込み、ワイシャツを腕まくりした男を連れてきた。昨日顔を合わせた区の保護係の舟山《ふなやま》だ。腹のあたりがたるんで、首回りの肉も厚い。半白髪の頭を額の真ん中で分けている。

三和土《たたき》には五人分ほどの靴がある。小宮とともに家内に上がった。

「マスコミ、来てますね？」

外を指さし、小声で尋ねた。

「朝からバンバン呼び鈴を鳴らされてますよ。さっきも家の前をうろついていたし」

「カメラ抱えたやつ？」

「ええ、三、四人で。テレビカメラ回してるのもいたし」

「テレビですか……」

「顔覗かせて、中を撮らせてもらえないかとか、スタッフも訊かれたみたいですけど」

「ここ、マスコミには知らせてないよね？」

「知らせてませんよ」

狭い廊下の先に二階へ上がる階段がある。かなり急だ。廊下の左手の襖《ふすま》が半分開いていて、畳《たたみ》の上に移動式のベッドが据え付けられているのが見えた。話し声が聞こえる。

導かれた玄関横の居間は八畳ほどだった。デスクトップ型のパソコンの載せられた机や大型コピー機もあり、壁にはファイル整理用の棚がある。事務所スペースだ。紙おむつや着替え用の下着やパジャマ、入浴用品なども段ボール箱単位で積《つ》まれている。

部屋には机と椅子《いす》があるだけで、疋田と小宮はとりあえず畳に正座した。

舟山が後ろ手に戸を閉めると、畳の上で膝を折り、訳あり顔で口を開いた。

「いま、病院から帰ってきました。四人ともかなり疲労していたらしかったんですが、急を要する治療などは要《い》らないということでした」

「おひとり、咳き込んだりして体調がすぐれない方がいましたが、いかがでしたか？　オサムさんとお呼びしていましたが」

　疋田は訊いた。

「あ、うちも警察と同じ名前で登録していますので。で、オサムさんですが血圧が高いそうです。CTを撮ったら、肺に細かな筋や粒《つぶ》のようなものが見つかりました。……何でも、じん肺《ぱい》ではないかということです」

「じん肺？　炭鉱で働いていたの？」

「炭鉱とは限らないって医者は言っていました。土ぼこりや金属の粉塵《ふんじん》が発生しているところに長いあいだいると、肺の組織が線維《せんい》化して硬《かた》くなってしまうらしくて。初期のころは咳や息切れくらいだけど、進行すると気管支炎や肺がんになってしまうみたいですね」

「オサムさんは悪いの？」

「いえ、そこまでひどくないそうです」

「最近までそういうところで仕事をしていたのかしら？」

　小宮が言った。

「それはわからないと言ってました。じん肺の症状は十数年かけてゆっくり進行するみたいですから。念のために肺の生体検査をしていただきました。月曜には結果が出ます」

「土曜日でも検査してくれるの？」

「検査技師の方が、急遽《きゅうきょ》、出てきていただけるということでしてね。検査がかなり苦しかったようで、オサムさん、さっきまで横になっていて」

舟山はうしろを振り返る。

「……認知症のほうは、いかがですか？」

小宮が尋ねた。

舟山が疋田と小宮を見て、自分の頭を指す。

「専門医に診ていただきました。四人ともCTを撮りましたし。海馬《かいば》がかなり萎縮《いしゅく》しています。残念ながら、おそらく皆さんアルツハイマー型の認知症ではないかということでした」

「まだ確定診断ができないんですね？」

「そうですね。家族の証言もないですから」

認知症は主に四つに分かれる。患者数が多い順にアルツハイマー型、脳血管障害型、レビー小体型、そして前頭側頭型だ。脳血管障害型とレビー小体型は体の麻痺《まひ》などの運動障害がある。四人にその症状はなく、CTの写真と合わせて、当面はアルツハイマー型と診断されたのだろう。年齢と行動から見て、前頭側頭型は外されたかもしれない。

「程度は？」

「日常会話もおぼつかないし、意思疎通《そつう》もほとんどできません。食事したことも忘れちゃうし、四人ともかなり重度という診断で。ただし、家族の証言がないし生活歴もわからないので、これらの症状が一過性のものかどうかの判断はこれからになると思います」

とはいえ、重度の認知症は疑いようがない。予想していたが、実際の診断結果が出るとなおさら、〝事件〟の不気味さが感じられた。

「オサムさん以外のお三方の健康状態はどうですか？」

疋田が改めて訊いた。

「タナカミエさんはうつっぽい症状が顕著《けんちょ》。それからユキオさんはかなり興奮しているらしく、ゆうべ、ほとんど眠れなかったようです。ハルコさんの健康状態はいいみたいですね」

「お薬は出てるんですよね？」

舟山が診断書をめくった。

「四人とも共通して、認知症の進行抑制剤が出ています。オサムさんには咳き止め薬と血圧降下剤。それからタナカさんには抗うつ剤、ユキオさんには抗不安薬が処方されています。ハルコさんは特にないです」

言いながらまた、診断書をめくる。

「……ユキオさん、左手の中指を昔、切断していたみたいですよ」

「切断？」

「一度切れて、縫《ぬ》い合わせた痕があるということでした」

自分たちは見落としていたようだ。さほど目立つものではなかったが、医師の目で見て、そうだとわかったのだ。

「一般から問い合わせはありますか？」

「いえ、まだありません」

「問い合わせが来たときの対応はどうします？」

「まず、役所に来ていただいて、顔写真を見ていただくことになると思います」

「この場所について、マスコミに伝えたりしませんでしたか？」

「……伝えてないと思うけどな」

これまで、四人について、二十を超《こ》える関係機関に問い合わせを行った。その過程で、高齢者あんしんセンターや区の職員から洩れた可能性もある。マスコミが一社でも感知すれば、たちまち知れ渡ってしまうのだ。それにしても、マスコミは早いと改めて思った。

「しかし、てっきり特養とばかり思っていたので」

疋田が部屋に視線を飛ばすと、舟山がファイルを畳に置いた。

「あ、そうですね、ふたり分は空きがあったんですけど、一度に四人というのは前例がなかったものですから」

疋田はあぐらをかいた。

「ですよね」

「お話をいただいた段階で、かなり特殊な事例と思われました。今後のことを考えると、四人でまとまって収容できる施設が好ましいのではないかという判断に落ち着きまして、いったんここに入ってもらうことになりました」

「ここはどういった施設になりますか？　やっぱり、有料老人ホームのような？」

「そうですね、形式上はそうなります」

歯切れが悪い。

「こちらは何人入居してるんですか？」

「引き取った四人の方だけです」

「ふつうのお宅ですよね？」

疋田は部屋を見回した。

「少し改造はほどこしてありますけど、ほとんど民家のままで使っていますね」

「正規のじゃない？」と小宮。

ばつが悪そうに舟山がうなずく。

「お話があってから、急いであちこち探したんですけど、こちらしか空きがなくて。……

実は無届けの介護ハウスになります」

「無届けですか……」

疋田は小宮と顔を見合わせた。

行政が堂々とこのような施設を使うことに驚きを隠せなかった。

舟山がしきりと頭のうしろをさする。

「……わたしの知り合いのケアマネから話がありまして、ちょうどこちらがオープンするという情報を聞きつけたものですから。で、すぐ連絡を取って。何しろ時間がなかったし……五月会《さつきかい》という会社の施設になります」

「さきほどの男性はそちらの方？」

「はい、坂井《さかい》さん。こちらの施設長です」

「社会福祉法人じゃなくて？」

「会社です」

「グループホーム的な位置付けになりますか？」

入居者を認知症の人に限定する形態だ。

「いえ、あくまでも有料老人ホームです。今回、急でしたが対応できるということでしたので。もちろん、衣食住と介護はしてもらえますから」

介護保険制度は十八年目を迎え、ビジネスとして定着した。社会福祉法人が独占する業界ではなくなった。しかし、戸建て住宅をグループホーム的な運用をする介護施設に転用するというのははじめて聞いた。それについて、規制はないのかと尋ねてみた。

「正式な届けを出せば、規制がかかりますので。個室にしろとかスプリンクラーを設置しろとか、その他もろもろ。それをやると費用がかかりますから」

「それはわかるけど、安全面がどうかなと思って」

「万が一のときに備えて、火災報知器や消火器などは設置済みです」

「……会社としてやっていけるの？」

「介護報酬はひとりあたり三十四万円程度出ますから、なんとか」

「なるほど」

疋田が懐疑的な表情を崩さないので、舟山がまた口を開いた。

「実はここも近いうちに正式な届出をします。指針通りでなくても、国は認めるように舵《かじ》を切ったものですから」

「……そうだったんですか」

「社会保障費に金がかかりすぎて、国が施設介護から在宅介護に舵を切ったのはご存じですよね？」

「知ってます。特養の入居条件を厳しくしたりして」

要介護三以上でなければ入居できないのだ。しかも、施設自体が圧倒的に少ない。

「でも、実態はこうした施設を利用しなければ生きていけないお年寄りが増える一方です。北区は都内でもいちばん高齢者の多い地域になります」

それは嫌《いや》というほどわかっている。

「二年前だったかな。北区の高齢者向けのマンションでヘルパーが入居者をベッドに縛《しば》り付けたりしていたのが発覚しましたよね？　あれも無届けハウスだったでしょ？」

全国ニュースにもなった。都と北区は立ち入り検査をして、百人近い入居者が拘束され虐待を受けていたと認定したはずだ。練馬《ねりま》区でも無届けの介護ハウスのオーナーが届出の要請に応じなかったため、火災予防条例と老人福祉法違反の疑いで警視庁に書類送検された事例もあった。

「あれはあくまで高齢者マンションであって、病院ではありません。それに、高齢者虐待防止法はご存じですよね……？」

水を向けられた。

「わかっていますが」

罰則はなく、違反しても行政指導しか行えないのだ。

舟山は頭を掻いた。

「すみません、そんなつもりじゃなくて」

「いえ、こちらこそ」

けっきょくは、安い費用で入居できる介護施設が不足していることに尽きるのだ。今後の段取りについて、舟山は当面二週間分の医療費と入居費用は区が持ち、火曜日に四人の仮の戸籍と住民票を作ると説明した。並行して生活保護の手続きも行うという。

「マスコミがうるさいだろうから、警護しようか」

取材の自粛を要請するべきかもしれない。

「そうですね……」

バンと襖が音をたてて開いた。

ベッコウのメガネをかけた男性老人がつかつかと入ってきた。オサムだ。格子柄の長袖シャツに茶色いズボン。寝間着《ねまき》とも区別がつかない。

三人のまわりを歩きながら、

「飯《めし》まだかぁ、飯ぃ……おつけすいてぇー」

ぶつぶつ言いながら部屋を見回す。

やはり訛りがある。

オサムさーん、とヘルパーの男が追いかけてきた。

紺のジャージにピンクのエプロン。両耳の上を刈り上げたモヒカンカット。四十歳手前だろうか。愛想《あいそ》のない気難しそうな顔立ちだ。

「ここは違うよー、戻ろう」

ヘルパーはオサムの腕を取ると、強引に外へ連れ出した。有無《うむ》を言わさないやり方だった。

「……元気ですね。失禁とか大丈夫かな？」

昨日、相談室の床に放尿したのだ。

「おしめを穿かせていると思いますけど」

「こちらのヘルパーさんは何人いらっしゃいます？」

「ふだんは三人です。いまの方は竹本《たけもと》さんです」

様子を見るために小宮とともに部屋を出た。

ヘルパーの竹本が廊下でオサムを引きずるようにしながら片手で襖を開け、連れ込もうとしていた。

「いま、オサムさんは〝おつけ〟って言いましたけど、あれは何かな？」

疋田が声を掛けると竹本がうるさそうに振り向いた。

「味噌汁《みそしる》ですよ」

と答えた。

「そうか」

映画などの時代劇で聞いた覚えがある。

竹本が部屋にオサムを押し込んだ。音をたてて襖が閉まる。

気になり、そのあとに続いて入った。八畳ほどの部屋だ。畳の上に電動ベッドが二台置かれている。右側にくぼんだ目をしている男性老人がぽつねんと座っていた。ユキオだ。オサムと同じ服を着ているが、昨日とあまり変わりはないようだ。

竹本がオサムを押さえ込むようにしてベッドに座らせている。荒っぽい。ヘルパーならもっと上手にできないものか。

「だいじ」

ユキオが首を伸ばし、声をかけてきた。

意味がわからなかった。

ユキオに声を掛けるものの、視線を合わせてこない。

「ちょっと失礼」

とユキオの左手を取り、中指を見た。

右手のそれと比べて、第一関節のあたりに微妙なシワが寄り、そこから先がかなり細い。切断したあたりだろう。

ユキオの重たげな瞼《まぶた》が動き、こちらを見つめた。

「おじいちゃん、ここ痛んだりする？」

と声をかけてみた。

ユキオはかすかに首を横に振った。

「ゆうべは眠れた？」

声をかけてみるが、もうユキオの視線は離れていた。

ぶつぶつ何か口にしている。

「……早く行かねえと」

外を気にしているようだ。

「えー、どこへ行くの？」

小宮が横から口を出す。

「ユキオさん、苗字わかるかな？　姓だよ、姓名わかる？　覚えていない？」

名前は覚えているのだ。少し頑張《がんば》れば、苗字くらい思い出すのではないか。

答えはなかった。

部屋を見渡した。

天井には火災報知器が取り付けられ、ユキオのベッドが置かれた部屋の隅《すみ》に消火器がある。

さきほどのイケメンが現れて、

「あまり急《せ》いてもよくないかもしれませんよ」

と声をかけてきた。

申し遅れました、こういう者ですと丁寧《ていねい》にお辞儀《じぎ》をして名刺を渡される。

株式会社五月会　坂井裕樹《ひろき》、施設長。

笑みを浮かべているものの、目は笑っていない。

疋田も名刺を渡した。

「お宅の会社は、ここと似た施設をほかにも持っていますか？」

と訊いてみる。

「はい、あります。練馬区と板橋区《いたばし》、それから杉並区《すぎなみ》にも開所予定になってます」

かしこまった答え方だ。

「やっぱり民家を使っているの？」

小宮が横から訊いた。

「練馬は会社の寮を改築して十八名まで入居可能です。ほかは、ここと似た感じになりますけど」

「ここもいずれは入居者が増えるのかしら？」

「はい、九名が定員ですので」

あと五人ほど受け入れるらしい。その人たちは二階で生活するはずだ。認知症の高齢者を専門に引き受けるグループホームの法定定員と同じになる。やはり実質的にグループホームとして運営していくつもりのようだ。

「坂井さんはこちら専属の施設長さんになります？」

「いえ、掛け持ちです。ここを含めて三つほど」

「常駐していなくていいの？」

小宮が声を掛ける。

「ヘルパーは二十四時間いますし、何かあればすぐ駆けつけます。失礼します」

坂井は部屋から出ていった。

奥の間に入ってみる。こちらにも火災報知器と消火器は備えつけられていた。

左手のベッドにタナカミエの丸顔が見えた。男性老人たちとは色違いの同じ服だ。感情のない顔で天井を見上げている。右手のベッドも使っている様子があるが人はいない。その横にある床《とこ》の間は、もともとあったものだ。縁側《えんがわ》で洗濯物を干《ほ》している小太りなヘルパーが声をかけてくる。四十すぎぐらいだろうか。髪をひっつめにしている。小野田《おのだ》ですと名乗った。

「タナカさん、けさ、ご飯《はん》をすごくたくさん食べたんですよ」

「それは、よかったですね」

「よっぽど、お腹減ってたのかなあ、ねえ、タナカさん」

慣れた調子で声を掛ける。ベテランのようだ。

声をかけられたタナカはうんともすんとも言わない。

思考が止まっているようだ。

縁側ではオサムがうろついている。竹本に「お疲れ様」と声を掛ける。竹本はにこりともせず、「じっとしていないんですよ」と吐《は》き捨てるように言った。

竹本自身も慣れていない様子がうかがえる。ヘルパーの仕事は長いのですかと尋ねてみると、

「いえ、まだ半年です」

と答えた。

「その前は何か?」

「サラリーマンを十五年やりましたけど」

ぶっきらぼうな答えだった。

何かの契機で会社を辞《や》めて、この業界に入ってきたのだろう。

廊下に戻り、右手奥の部屋に入ってみた。台所と食事用のテーブルが設《しつら》えられている。共用スペースのようだ。大型テレビもあり、六分割された画面に外の様子が映し出されている。監視カメラによる映像だ。さきほどのカメラを抱えた男が映っている。

青いTシャツを着た女性ヘルパーが坂井とともに、流しの前に立って話し込んでいる。

ふたりから離れたテーブルにハルコが座っていた。ピンク色のプラスチックコップを両手で抱えるように握りしめ、ニコニコしながらこちらを見ている。

「おばあちゃん、おはようございます」

小宮が声を掛けるとハルコは機嫌よさそうにうなずき、

「吉田《よしだ》さん、ここさ、ここさ」

と勝手に他人の名前で呼ばれ、しきりに前に座るように勧《すす》められた。

昨日とは人が変わったように明るい。

手にしているコップにはハルコと書かれたシールが貼《は》りつけられてある。

小宮は言われるがまま、その前に腰を下ろした。

「おばあちゃん、こんにちは。わたし、小宮って言います。よろしくね」

「うんうん、吉田さん、きょうは何？」

坂井が疋田の耳元に吹き込む。

「ハルコさん、人を覚えられないみたいなんですよ」

「夫の名前をミノルって言ってましたが、それは？」

「あ、どうかな？　木村《きむら》さん？」

坂井が青いTシャツ姿の女性ヘルパーの名前を呼んだ。

すると、ヘルパーはこちらを向いた。瘦《や》せている。頰骨《ほおぼね》の目立つ卵形の顔だ。ショートヘアーがぺったり頭に張りついている。坂井から木村さんですと紹介される。三十五歳くらいだろう。ハルコより愛想がない。

「今朝方《けさがた》も一度言いましたよ」

と木村は答えた。

「自分の名前や苗字は言いましたか？」

「いえ」

「ほかに何か気づいた点はありますか？」

木村は困り顔になった。

「……ハルコさん、家中のゴミやがらくたなんかを集めてきてベッドの下に仕舞《しま》い込んだりしていて」

「ゴミですか？」

「元気がいいのはいいんですけど……」

食事はここで作るのかと坂井に尋ねると、昼食と夕食は当面、冷凍弁当の宅配を使いますと答えた。食事の担当は木村で、朝食はここで用意するという。

壁にあるサイドボードに大小様々な皿が積まれ、茶碗や味噌汁用の椀《わん》などがきれいに収納されていた。その横のワゴンには、三人分のプラスチックコップが並んでいた。黄色と緑と青。それぞれに名前のシールが貼られ、お茶が入った透明なポットが添《そ》えられていた。黄色い台紙の上に、マジックで四人の名前が書き込まれ、それぞれの食器の色が記《しる》されている。その後ろにあるコルクボードには、施設長を頂点にした連絡網の紙が張り出されている。

食事のメニューも貼られてあった。トマトオムレツとベーコン野菜炒《いた》め、ハヤシライスと大学芋《いも》、小松菜《こまつな》の胡麻和《ごまあ》えと鶏肉《とりにく》のさっぱり煮……。いずれも食べやすいキザミ食となっている。

夜間はひとりが泊まる規則になっていますと坂井から教えられた。仮眠時間も取れると言う。ひとまず安心して、神楽荘をあとにした。

6

室内テニス場は、ボールを打つ音が壁面に谺《こだま》していた。土曜日でもあり、スポーツアネックス赤羽の三面あるすべてが使われている。受付には、昨日対応してくれた早野のほかに若い男性スタッフもいた。早野はまた来たのかという顔で疋田を迎えた。

「新聞記者やテレビの取材は来てますか？」

テニスコートを眺めながら疋田は訊いた。

「あ……はい」

いくらか大げさに小宮が口をはさんだ。

「来たの？」

すぐ横の男性スタッフが驚いた顔で様子をうかがう。

その男に昨日いたかどうか尋ねる。ぼくは土日の契約ですので、知りません、と口にして姿を消した。

「昨日も訊きましたが、老人たちを置き去りにした人間をあなたは見たの？」

改めて疋田は訊いた。

「あ、いえ……」

早野は両手を振り振り、盛んに否定した。

「憶測《おくそく》でものを言うのは捜査の妨《さまた》げになるからね」

「わかりました」

ちょこんとお辞儀する。

もう一度案内してもらえるように頼み、二階のゴルフ練習場に下りた。昨日も対応してくれた別のスタッフにも同様の注意を伝えて表玄関から出た。すると、昨日はなかったが、建物の北側にある施設専用駐車場に二台の車が停まっていた。その向こうにシャッターがあり、ジムのロゴが入ったマイクロバスがバックで入庫しようとしていた。

バスが収まったところに行ってみた。降りてきた運転手は五十代くらいのずんぐりした男だった。身分を明かして、バスの用途を尋ねた。

「契約してもらっている会社や学校を回っています」

と困惑した顔で答えた。

そこから人を運んでくるようだ。

「昨日の午前中、バスを動かしましたか？」

「あ、はい、定期点検に出しに行きましたけど」

「何時に？」

「九時半かそれくらいだったと思いますけど」

疋田は先にあるジムの入り口を指した。

「あそこから見かけない老人たちが入っていくのを見ませんでしたか？」

同じ方向を見るが、表情に変化はない。

「見ませんでした」

「ほかに、なにか気になったことはありませんでした？」

運転手は訝《いぶか》しげな顔で小宮の後ろ側を見た。

「……そこにミニバンが停まっていたかな」

疋田は振り返った。

二台停められている壁に、職員専用と書かれたプラスチック板がついている。

「そこに、その車が一台だけ？」

「ええ」

「人は乗っていましたか？」

「いや……空《から》だったと思いますけど」

「お客さんが停めたんですか？」

「いえ、それはないです。皆さん、職員専用だと知ってますから」

「どんな車でした？　車種はわかります？」

「……いやぁ、黒っぽいミニバンでしたけど、車種までは覚えてません」

署では収集したビデオを野々山がチェックしているはずだ。車に戻り、野々山に電話を入れて、怪しい車が判明したことを話した。そのあと、初金のミサに参加した信者の一覧表を広げた。近いところは赤羽南、その西の志茂《しも》一丁目にひとり。ほかは赤羽西や桐ヶ丘《きりおか》と北区全域に散っている。文京区《ぶんきょう》から来る信者もいた。合計十二名。

まず赤羽南の沼田育子《ぬまたいくこ》という女性信者が住んでいるマンションを訪ねた。金曜日、二度目のミサに信者の中で早めに聖堂入りした人物だ。

度の強い近視メガネをかけた四十三歳のひとり住まいだった。池袋《いけぶくろ》で歯科医院の事務を担当していると言った。信者になって八年ほど、毎週日曜日のミサは欠かさないという。今月初めの共同募金にも参加し、明日行われる隣接幼稚園《ようちえん》の運動会の手伝いもすると言った。

「昨日《きのう》、教会に着いたのは何時ごろでしたか？」

「九時四十五分くらいだと思います。自宅を九時半に出ましたから。歩いて十五分ですの」

「そのとき、聖堂の中にはあなた以外に人がいましたか?」

「もう、四、五人おりましたよ」

「皆さん、顔見知りの方ですか?」

「だったと思います」

「ほかに誰かいましたか?」

やや悪戯《いたずら》っぽい顔を見せる。

「ご高齢のおふたりですよね」

先を越《こ》された。

すでに報道により、認知症のふたりについてわかっているようだ。

「その方々をご存じでしたか?」

「いえ」

「おふたりを見て、どう思われました?」

「女性は座っていらっしゃったし。もうひとりの男性はちょっと落ち着きがなかったですね。祭壇で十字を切ったときも、横で何か言ってましたし」

「どんなこと?」

「よく聞き取れませんでした」

「認知症の方だと思われましたか？」

「かもしれないなとは思いましたよ。でも、そのような方々も教会は祝福なさいますから。お訪ねになられても少しもおかしくないです」

確信のある答え方だ。

「わかりました。つかぬことをお伺いしますが、そのときにいた信者の皆さんはどう対応されましたか？　話しかけたりした信者の方はいませんでしたか？」

はじめて顔を曇《くも》らせた。

「……どうかしら、ミサがはじまる前は聖書に没頭していますから」

念のため家族構成を訊いた。実家は横浜《よこはま》にあり、兄夫婦が両親とともに住んでいるという。このマンションは二十年前に新築したと同時に夫婦で入居したが、五年前に離婚して夫は出ていった。子どもはいないという。

「わたくしたちの天の父は正しいものにも、そうでないものにも陽《ひ》を昇らせるのですよ。雨も降らせてくださいますから」

そうでないものは認知症の人を指しているようだった。

説教を拝聴し、礼を述べて次の信者宅に向かった。

志茂一丁目の信者は六十三歳になる元病院勤務の男だった。妻と子どもがひとりいて、両親はすでに他界していた。男も認知症のふたりを見かけていたという。

　昼食をはさんで、赤羽西と桐ヶ丘の信者を訪ねた。赤羽西の信者はミサのはじまるぎりぎりの時間に入ったらしく、認知症のふたりには気づかなかったという。

　岩淵《いわぶち》にある信者を訪ねたのは午後二時を回っていた。ぎっしり立て込んだ住宅街の中ほど。モルタル造りの古い二階建て家屋で、まわりは鉢植《はちう》えで囲まれていた。玄関は小さな庇がついていて、縦《たて》型の玄関灯と南条《なんじょう》と書かれた表札がある。ドアノブの右側に、五十センチほどの頑丈《がんじょう》なステンレス製の手すりが取り付けられていた。高齢者が出入りするとき補助として使うものだ。

　ブザーを鳴らすと、ドアが内側に開いて大柄な男が顔を覗かせた。短い髪をソフトモヒカンふうに整えている。深いシワが三本、額に刻まれ、油断ならない目をしていた。

　身分を告げると狭い玄関に立ったまま、南条尚之《なおゆき》ですと答えた。

「テレビでやってる例の四人組ですか？」

　先回りして訊かれた。

「昨日の二度目のミサは何時ごろ、教会に入られましたか？」

「九時半すぎぐらいじゃないですか」

「南条さんが信者の中では、いちばん早く教会に入られたと聞いています。そうでしたか？」

　これまで五人の信者に当たり、わかったのだ。

「……かもしれないね」

言葉尻《じり》が揺れた。

「その日、ここから教会へ行かれた?」

「いつも歩いて行きますよ」

「教会の聖堂に入ったとき、誰かいらっしゃいました?」

「……だから、例のふたりがいたんじゃないかな……」

「はっきり覚えていらっしゃらない?」

「信者だと思ったからね」

「ご家族はいらっしゃいます?」

「家内とふたり住まいです」

「ご両親はいらっしゃいますか?」

南条は顔をしかめた。

「ここにですか?」

「ご自宅に限りませんが」

「いないよ」

質問を打ち切るような態度だ。

じっと疋田と小宮をうかがっている。

年齢を尋ねると、五十八歳と言った。

「お子さんはいらっしゃらないですか？」

小宮が尋ねた。

「ひとりいるけど、大阪《おおさか》です」

それがどうしたという顔で睨みつけた。

これまでの信者たちはいずれも穏やかだったので、面食《めんく》らった。

車は持っていないという。職業について尋ねると、サッシ工をしていると言った。兄妹が三人いて、妻方の両親は袖《そで》ケ浦《うら》在住で健在だという。

礼を言って辞した。

南条の油断ならない目つきが気にかかった。

「少し聞き込みをしよう」

小宮と左右に分かれて、コンクリート塀《べい》の続く路地を歩く。

三軒となりの平屋建ての家からはじめた。十五分ほどかけて六軒回ってみたがとりたてて怪しいことはなかった。待ち合わせ場所にしていたコインパーキングで小宮と落ち合った。

「南条家には、八十歳くらいになるお婆《ばあ》ちゃんがいましたよ」

車を走らせるなり、助手席で小宮が口を開いた。

「やっぱりか」

「よくデイサービスの車が来ていたそうですけど、このところさっぱり見なくなったとか」

玄関の手すりを思い出した。

介護員の手を借りて、デイサービスの軽乗用車に乗り込む老女の姿が目に浮かんだ。

「まさかとは思うけどな……」

「ですよね」

キリスト教信者が親を置き去りにするなどあり得ないと思った。

しかし、調べてみるべきだ。

最寄《もよ》りの交番にハンドルを切った。

7

署を出たのは午後七時を回っていた。北車庫前のバス停から赤羽駅行きのバスに乗った。駅に着いたとき、スマホが鳴った。モニターに慎二の名前が表示された。慌ててオンボタンを押す。

「……ああ、ごめん、いまどこ？」

午後に一度、電話をかけた。そのときはつながらなかったのだ。

慎二は駅の東口の大きな木のところにいると言った。急いで向かった。

東口の二本あるケヤキの木の右手に慎二がいた。

灰色っぽいジーンズとチェックのシャツを着ていた。リュックサックを背負《せお》っている。髪が少し伸びていた。肩から大きめのトートバッグを下げた女がすぐ横にいた。ベージュのVネックブラウスに七分丈《たけ》のサルエルパンツを穿いている。別れた妻の恭子《きょうこ》だ。ショートにカットした厚めの髪を流している。きょうは来るとは言っていなかったが。

歩み寄ってきたのは慎二だった。

「ずっと、いたのか？」

「ううん、さっきお母さんと着いたとこだよ」

こちらをうかがっている恭子に視線を送る。

「そうか……夕ご飯、まだだろ？」

「うん」

「じゃ、行くか？」

恭子にも声をかけたつもりだった。

慎二と肩を並べて歩き出す。

「おでんでいいか？」

前に来たときに、慎二はおでんが気に入ったのだ。

「いいよ」

「よし、じゃ」

慎二とふたりなら、気取らない立ち飲み屋ですませられるが、恭子もいる。赤羽一番街を五分ほど歩いた。思いついた脇道に入る。日本料理風の暖簾《のれん》をくぐった。混んでいたが、ちょうどテーブル席が空いたのでそこに腰を落ち着けた。

とりあえずおでんの盛り合わせを頼み、疋田は生ビール、慎二と恭子はウーロン茶を注文する。

「きょうはごめんな」

謝《あやま》ると慎二は小さく首を横に振った。

恭子は控《ひか》えめにウーロン茶をちびちび飲んでいる。

理由はともかく、慎二との約束を反故《ほご》にしたのだからそれを責めてくるだろうと覚悟していたが、これまでのところ、その様子はない。

「お袋さん元気か？」

恭子に訊いてみる。小平《こだいら》の実家住まいなのだ。

「まあ」

取り澄ましたようにうなずく。

どうしてまたきょうは慎二についてきたのか。

おでんの盛り合わせがきた。大きなふろふき大根を囲むように、卵が三つとちくわぶが収まっている。

慎二がさっそく、ちくわぶに手をつけた。

残ったビールをひと息に流し込む。

「仕事、忙しいみたいね」

汚いものを見るような目で恭子が言う。

ブローした髪はボリュームが出て、そのぶん小顔に見える。

「市議選はどう？」

疋田の問いかけに、恭子は首を横に振った。箸《はし》で卵をふたつに分ける。

「いまは市長選たけなわだから」

言いながら卵を口に運ぶ。

恭子は以前、市議選に出馬すると疋田に宣言していた。

「ほんとに出るのか？」

恭子は答えなかった。

慎二は無心に大根を食べている。

「いまの市長は四選しないって言ったくせに、また立候補してるの」

答えになっていない。

「知ってる」

新聞で見ているのだ。

市議選の候補者名は掲載されていなかったが、市長選については候補者の名前が出ていた。市長選は、たしか、ほかにも元市議の若い男と消費者運動の経験のある五十すぎの女性が立候補しているはずだ。その女性の名前を恭子は口にした。

「四年前、都市計画道路が住民投票になったの覚えてる？　投票率が五割以下だったから前市長に票を燃やされちゃったのよ。それに近藤《こんどう》さんは危機感を覚えて、今度立候補して、わたしも手伝っているの」

「あったな……」

やはり政治に絡んだ活動をしているようだ。父と母、いったい、どちらの血筋を受け継いだのだろう。

「ミラクル４はどうなったの？」

耳を疑った。

「ミラクル何だって……？」

「ニュースの人たち、落ち着いたの？」

「……四人の高齢者？」

それまでとは違って、真剣味を帯びた顔でうなずいた。

何事だろう。

「それなりに落ち着いてきたけど、どうかしたか？」

「近藤さんも気にしているの。無届け介護ハウスに入れられたんでしょ？」

「どうして市長選の候補者が気にするんだ？」

「近藤さんて市民運動の草分けなのよ。とりたてて熱心なのが福祉分野の充実。市はそこにお金をかけないから、そうした中途半端な施設が増えると考えてるの」

「でも、よその自治体の話だろ」

恭子は呆れ顔で箸を置いた。

「そんなレベルじゃないでしょ。これだけ話題になってるんだから」

「ミラクルとかいうのは何だ？」

「知らないの？」

恭子はスマホを操《あやつ》り、ツイッターの画面を見せた。

〈神の手によりミラクル４現る〉

〈ミラクル４は現代の救世主たるか〉

〈赤羽に降臨したミラクル４〉

〈ミラクル４、浮間の神楽荘へ〉

ずらずらと書き込みがなされている。

昨日見つかった四人をミラクル4と呼んでいるようだった。

いったい誰が名付けたのか――。

しかも、神楽荘と施設名まで入っている。

たしかに教会で見つかったときの状況はセンセーショナルだったし、報道もされた。だからといって、神格化されるようなものではない。

「ミラクルって誰が名付けた？」

「わからないわよ、そんなこと。でも、いまの高齢者の置かれた状況を象徴しているように思わない？」

「……いや」

「きっと何か特別な理由があるって思っている人が多いのよ」

返事ができなかった。

単純に面倒を見切れない人たちが置き去りにされただけの話ではないか？　ほかに考えられない。教会やスポーツジムという場所を選んだのも、それゆえだと思う。

「わたし、近藤さんから調べてくるようにって言われてるの」

ようやく恭子がやって来た理由が呑み込めた。

「知りたいのは何なんだ？」

「ミラクル4の生活状況全般。無届け介護ハウスの実態を世間に知ってもらうための、絶好のチャンスだと思ってるの」

空になった皿と両親の顔を交互に見つめる慎二の顔が混乱している。

おでんのつみれと岩牡蠣《いわがき》、それから野菜とキノコの天ぷらを追加で注文した。

お腹が空いていると言ったので、ガーリック炒飯《チャーハン》も一人前頼んだ。恭子はいらないと言った。

午前中に見た神楽荘について、かいつまんで話して聞かせた。

教会の信者宅への聞き込みは話せなかった。南条尚之宅について交番の巡回連絡カードを見たところ、母親で八十四歳になる南条加代《かよ》が同居しているとなっていた。どうして、南条が母親について話さなかったのかわからなかった。

恭子は物足りなそうだった。

「一度、見せてもらえる？」

「それは……」

言葉を濁した。

できるなら便宜《べんぎ》を図ってもいいが、捜査に差《さ》し障《さわ》りが出てはいけない。

「四人の身元はわからないの？」

「まだだよ」

管内の介護施設への照会はすべて終わったが、該当する人間はいない。教会とスポーツジム近辺の聞き込みも済ませて、防犯カメラの映像もとりあえず集めたものの、まだすべて見切れていないのだ。

恭子は不満げな顔で、運ばれてきたおでんの皿を見ていた。

マスコミで話題になっているミラクル4を街頭演説などに盛り込めば、現市政の批判に通じる。それが候補者の票に結びつくと考えているのかもしれない。しかしそれは協力できない。

「選挙に使うわけじゃないの。あくまでこれからの市政に反映するための情報収集。どうかな？」

「選挙が終わってからでもいいんじゃないか？」

再来週の日曜日に投票が行われるのだ。

「前もって見ておいたほうがいいと思うの」

なかなか引き下がる様子はなかった。

「考えておくから」

そう答えておいた。

8

翌日。

「こいつじゃないですかね」

野々山がリモコンの一時停止ボタンを押した。

車高の高い黒のミニバンだ。赤羽駅南口交差点で停まっている。交差点西側にあるレンタカー会社の防犯カメラが捉《とら》えた映像だ。ふたたび再生させると、ミニバンは赤羽東本通りを南に向かって走っていった。そこから百メートルも行けば赤羽東本通りは片側一車線の通りになる。撮影時刻は、十月六日金曜日、午前九時三十五分。

四人の高齢者が見つかった日だ。

もうひとつの映像を野々山が再生させた。赤羽東本通りが片側一車線になったあたりから二百メートルほど先。タクシー会社の駐車場が事務所側から撮られた映像。道路を左から右に走っていく同型車が映っている。撮影時刻は、十月六日金曜日、午前九時三十七分。

車の形と時間から見て同じ車と見ていいだろう。車高の高いミニバンだ。

マイクロバスの運転手が言っていた、ミニバンらしきものに該当するかもしれない。

「車種はわかるか？」

「……さっぱり」

疋田は画面ぎりぎりに顔を近づけた。

二列目の席に人らしいものが乗っているのが見える。運転席には男のように見える人間がいる。

タクシー会社から百メートルほど南に行ったところに、スポーツアネックス赤羽がある。

かりにこの車で男女ふたりの高齢者をジムに運び入れたとしたら、時間的にはほぼ整合する。

「ほかにないか?」

野々山はしかめっ面で振り返った。

「ゆうべ、ぜんぶ見ました。これだけだと思うんですよ」

野々山は集められた映像を見る役目だ。夕方から見始めて、終わったのは深夜のはずだ。

「赤羽駅の映像は見たの?」

小宮が訊いた。

「朝の八時からの分を見ましたよ。それだけで二時間近くかかりましたから」

改札口やホームの映像など、十本以上あるはずだ。

「まだラッシュが終わってないわね」

「八時半くらいまでひどかったですよ。あんなところにミラクル4が到着したとしたら、すぐわかります……まあ、電車じゃないと思います」

「バスは？」

　疋田は訊いた。

「そっちはまだですね」

「赤羽スズラン通り商店街は？」

「アーケードのはいちおう、ぜんぶ見ました。映ってません」

　疋田は改めてモニターに映るミニバンを見た。

「こいつのナンバーはどうだ？」

　ダメ元と思って訊いてみた。

　野々山は首を横に振る。

　やはり映っていないようだった。

　Nシステムにかけても、絞り込みは困難だ。

　自動車のナンバーを自動で読み取り、所在を把握するシステムだ。

「このミニバンがそうだとしよう。こいつはいったん教会の敷地に入って、まずふたりの老人を降ろして、聖堂の中に連れ込んだ」

疋田がそこまで言うと、小宮が引き取った。

「あとのふたりも聖堂に入れようとしたけど、信者が来たので中止して、教会の敷地から出た。そのあと南に走って、スポーツアネックス赤羽へ向かった……」

小宮は末松の顔をうかがった。

「教会からジムまではかかっても三、四分。九時四十分すぎにスポーツアネックス赤羽の正面玄関からふたりを中に連れ込んで、三階の室内テニス場に置き去りにした」

防犯カメラはなく、ジムのトレーナーたちの目にもとまらなかった。トレーナーたちの目を避けていたかもしれない。

「こいつを特定しよう」

疋田は画面を指さし、声をかけたが、野々山と末松から色よい返事はなかった。

「ほかの映像だってこれから入ってくるし。何とかやろうじゃないか」

もう一度声を掛ける。

ようやくうなずいた野々山の肩を末松がぽんぽんと叩く。

「幸平、おまえにかかっているからな」

野々山は目の周りをこすり、晴れない顔で疋田を見た。

「……ミラクル４はどうですか？」

「ミラクル４はよせよ」

「都市伝説っぽくて、なかなかいいネーミングじゃないですか。ネットなんかじゃ、公共機関がこっそり仕組んだ社会実験なんていう噂でもちきりですよ」

「何の社会実験なんだ？」

「平成《へいせい》の姥捨て山」

末松が野々山の頭をはたいた。

「でも、あの四人の現れ方を見ると、それもあるなと思ったりして」

野々山は諦めなかった。

「そんな馬鹿《ばか》な話があるか」

末松が追い討ちをかける。

「でも、幸平くんの言い分もわかるな」小宮が援護射撃する。「区の福祉課に問い合わせは入っているんでしょ？」

神妙な顔付きになった。

「入ってるようですけど。行方不明になっている高齢者を抱《かか》える家族からの問い合わせがほとんどみたいですね。気になる人からは写真を送ってもらって、その場で回答していると聞いてますけど、どうですか？」

野々山に訊かれる。

「そうみたいだな。区の舟山さんの話だと、冷やかし半分の問い合わせも入ってるみたいだけど、信憑性《しんぴょうせい》があっても神楽荘には案内できないしな」

「でも、ネットで名前がバレてますからね。その気になれば、誰でも探し当てられますよ。いっそのこと、顔写真を公表してみたらどうかなあ」

できないとわかっているくせに野々山が口にする。

ネット全盛の時代なのだから、やろうとおもえばいくらでもできる。しかし、顔写真の公開は不可能だ。

小宮が南条尚之のことを話すと、末松が反応した。

「臭《にお》うな」

「でしょう。すごく変だったんですよ」

「顔、四人組の誰かと似ていた?」

「それが……」

答えた小宮が疋田をうかがった。

「顔の形がユキオと似ていたような気はした……でも違うかもしれん」

それくらいしか言えない。

末松は興味を覚えたようだ。

「かりにその南条が自分のじいさんを置き去りにしたとして、ほかの三人はどうなんですか?」

「誰か、一緒にやりましょうって、そそのかす者がいて、あのような形になったとか?」

小宮が応じた。

「そりゃ、どうかなあ」

疋田は言った。

「もう少し調べてみますか?」と小宮。

「できるのか?」

小宮はあてのあるような顔付きだった。

「わかった。やってみてくれ」

「了解、じゃ、さっそく」

部屋を出ていく小宮を見送ると、疋田は末松に声をかけた。

「神楽荘へ行ってみよう」

9

神楽荘の脇で地域課の若い巡査が立番をしていた。道の先にステーションワゴンとセダンが停まっている。巡査にマスコミかと尋ねてみた。

「朝の八時からいます。堂々と神楽荘の写真を撮ったり、裏手から入ろうとするのもいたのでやめさせました」

　やはりそのようだ。

「裏から？」

「ミラクル4をどうしても撮りたいとか言ってました」

　奇妙な呼び名が瞬《また》く間に広まってしまった。

「小競《こぜ》り合いにならなかった？」

「そこまではなりませんでした。注意したら引き揚《あ》げましたし」

「マスコミ以外の野次馬は？」

「どうでしょうか。声をかけたわけじゃないので」

「わかった。ありがとう」

　巡査の敬礼を背中で受けて、神楽荘の玄関に手をかけた。施錠《せじょう》されていなかった。引き戸を横に引くと目の前をハルコが通りすぎた。それを追いかける木村が奥の縁側に消えた。

　名前を告げて末松とともに上がった。左手の八畳間にはベッドにユキオがぽつねんと座っていた。左手のベッドにはオサムがいて、何か歌のようなものを口ずさんでいる。目の緊張が解けていた。

「……ハーー……ヨイヨイ……」

うまく聞き取れない。口をついて出てくるような感じだ。

奥の部屋を覗くと、タナカミエが上半身部分を半分ほど起こした電動ベッドにもたれかかっていた。あたりを警戒した、臆病《おくびょう》そうな目つきだ。その脇にヘルパーの小野田が張りついていて、しきりと話しかけている。

「……おら、消えちゃいてぇ」

タナカミエが洩らした。

「ええ、どうして？」

「いでもいねくても同じだべよぅ」

「茨城弁《いばらきべん》？」

末松が囁《ささや》いた。

どうだろう。

「そんなことないよ、タナカさん。大丈夫だからね」

しきりと小野田が声を掛ける。タナカミエの丸顔に表情は現れない。やはり硬いのだ。

「消えちまいてえなぁ」

同じことを繰り返している。

末松がとなりのベッドの下を覗き込んでいる。

小野田がベッドから離れて横に来た。

「家族が見捨てるとか、そんな話ばかりしているんですよ」

「見捨てるですか……」

自分が受けた仕打ちをある程度理解しているのだろうか。

「あ、額面《がくめん》通りに受け取らないでくださいね。それって、本当じゃないことが多いんですから」

「というと？」

タナカミエに気取《けど》られないように小声で訊く。

「たぶん、自分が家族の役に立たないから、申し訳ないって思ってるんです」

「自己否定が強いわけですね……」

「ええ」

小野田は認知症について、それなりの知識は持っているようだ。世話する様子もベテランの雰囲気を感じさせる。

「土曜日までには訪問介護で看護師さんもいらしてくれるんでしょ？」

「明日来てくれると思います」

「そちらとも相談して、世話を続けるしかないですね」

「そう思ってます」

「ユキオさんとオサムさんはどうですか？　眠れたのかな」

「四人とも十時くらいまでには寝ついてくれたみたいですよ」

「昨日の夜勤はどなたが？」

「竹本さんでした」

「男性ひとりじゃ、細かいところまでなかなか手が回らないでしょ？」

法令では最低でもひとり宿直者がいて、休憩時間も仮眠時間を確保する義務はないと改正されたはずだ。トイレの介助だけでも大変なはずなのだ。

「途中まで木村さんもいたみたい。全員が眠ってから帰ったって聞いてます。きょうはわたしが泊まりの番ですけど」

「ハルコさんはどうですか？　なかなか元気がいいみたいだけど」

「昨日もいちばん活発でしたね。夕方になったら、勝手に玄関から出ていこうとするじゃないですか。家に帰るって言ってきかなくて。もう、手こずっちゃった」

それぞれの個性が出てきているようだった。

「ゴミを集めたりするのは？」

「ああ、何かやってるみたいですね」

「四人のしゃべり方は、方言が混じっているみたいですけど、どうですか？」

「ありますね。何々べ、とか何々したっけとか、四人とも言いますよ。〝い〟と〝え〟がうまく区別できないでしゃべってるみたいです」

「〝い〟と〝え〟？」

「色のことを〝えろ〟とか、〝いく〟を〝えく〟とか」

「ほかは？」

「歩くのを〝あるって〟とか、よく〝だいじ〟って言いますね」

「聞いたことあるな」

竹本がオサムをベッドに押さえ込んだとき、となりにいたユキオが言ったのだ。

そのときのことを話すと、

「大丈夫かって訊いてるんじゃないかと思います」

と小野田は言った。

「そうなんですか、よくわかりますね」

「わたしの甥《おい》っ子が栃木《とちぎ》に住んでいて、よく使っていたものですから」

「栃木ですか……それ、四人とも言います？」

「どうだったかしら」

もっと詳しく尋ねたかったが、タナカミエが喋《しゃべ》り出したので、できなかった。

末松のいる縁側に回ってみた。ハルコが立ったまま木村と対していた。こちらもタナカと同じ服だ。

「……ミカン、ニンジン……おそば」

ハルコが細い声で言う。

「それなら、ミカン、リンゴ、イチゴじゃない？」

木村がそれに応えた。ハルコに食べ物の名前を問いかけ、カテゴリー別に分けさせているようだ。

ハルコは真剣な表情で、

「イチゴ、ミカン……」と繰り返す。

木村の対応はどことなくぎこちない。素人《しろうと》っぽいのだ。

ハルコの手にガラケーが握られていた。

「おばあちゃん、いいもの持ってるね」

末松が呼びかけると、ハルコはにんまりした。

あちこちに傷がついたガラケーだ。がらくたか。

邪魔になると悪いので、向かいの事務所スペースに寄ってみた。

机で書き物をしていた施設長の坂井が振り返った。

挨拶もそこそこに、身元につながるような話は出ませんでしたかと尋ねる。

「残念ながらまったくないです」

一言のもとに斬り捨てられた。

「ご飯はちゃんと食べています？」

末松が問いかける。

「はい、そちらの心配は要らないと思います。かなり体力も回復してきたようですし。それに、タナカさんはかなり量を食べるらしくて」

丸顔がよぎった。

「四人とも眠れたみたいでよかったですね」

「ええ、それは助かっています。就寝前にユキオさんとタナカさんには薬を飲んでもらいましたから、それが効《き》いたのかもしれませんね」

「このまま、うまくいくといいのですが」

「それはもう……はい、そう願いたいです」

「ハルコさん、携帯を持っていましたけど、あれは何か？」

末松が訊いた。

「ああ、昨日、小野田さんか誰かの携帯を使って勝手に写メしていたので、僕が家から持ってきました」

「あなたのなの？」

「もう使っていないやつですから。よっぽど、好きなんでしょうね。始終、撮ってますよ」

「回復につながるといいですね。ところで、オサムさんはどうでしたか？　またお漏らしとかしません？」

　坂井の顔色が変わった。

「介護パンツ穿いてますし、便所を一所懸命《いっしょけんめい》探したりするようになりました。でも、気をつけて見ています。きょうの朝、会社に行くとか言い出して、外に出ようとしたので引き止めるのが大変だったとヘルパーは言ってます」

「……会社ですか」

　末松が視線を送ってくる。

「ずっと若いときの習性だと思いますので」

　坂井の答えは理解できる。認知症の場合、最近の記憶はほとんどなくなり、若いときに焼き付いた思い出が脳の中にあふれているのだ。

「ところで、おじいちゃんたち、ウマの話します？」

　末松が発した奇妙な質問に坂井は首を傾げた。

「ウマ……？」

「タナカさんのゴミ箱にこれがあったものですから」

　末松が差し出したのはしわだらけの馬券だった。

　先週の日曜日、中山《なかやま》競馬場で行われたスプリンターズステークスの複勝馬券。

「外れ馬券ですけどね」

末松はスマホで検索したのだろう。

「保護した時は、持ってなかったですよ」

疋田は言った。

署で四人の所持品は検査したが、漏れがあったのだろうか。

「タナカさん、屋内のどっかで見つけて、自分のゴミ箱に放り込んだんじゃないですかね？」

疋田は答えた。

もともと家の中にあったのだろう。馬券など、場外馬券売り場でも買える。この家に出入りしている人間が買い求めたのだろう。

末松はゴミ箱に捨てると、疋田の顔を見た。

「四人のしゃべり方、似たような訛りがありますよね？」

「そうですね、ありますね。群馬《ぐんま》とか栃木とか」

関東一円の訛りは、そこそこ共通している。言語学者なら区別がつくだろうか。

昼食の準備がはじまったので神楽荘を出た。

二台の車はいなくなっていた。

朝から立番をしている巡査と目が合ったので歩み寄った。

「左のアパートの陰にひとり隠れています」

巡査の視線の先を見た。

比較的新しいアパートの裏手から、グレーのロング丈Tシャツを着た若い男が、半分ほど道路に身をさらしていた。こちらをうかがっている。面長で眉の濃い顔立ち。カメラを持っていない。野次馬だろう。黒いボディバッグを肩に下げ、ぴっちりしたスキニーパンツを穿いている。記者特有のすれた感じがない。しばらく見ていると、きびすを返した。角から消えて見えなくなった。

疋田は気になり、男のいたところに向かった。角まで達した。立ち止まり右手を見た。狭い道の路側帯の上を速足で歩く男の姿があった。同じ方角に踏み出たとき、ちらっと男がこちらを振り返った。眉が神経質そうに動いた。顔を隠すかのように肩を上げると、いきなり走り出した。疋田もつられた。

しゃにむに男は駆けた。美容院のある次の角で右に曲がり、ふたたび視界から消えた。咎《とが》められるのが、よほど嫌だったのだろうか。それにしても、必死だった。美容院まで疋田も走った。男の姿は見えなかった。

10

翌日。

日の強い気温二十五度の汗ばむ陽気になった。昼前、疋田は神楽荘に車で向かった。自粛要請が効いたらしく、マスコミ関係者の姿はなかった。立番の巡査も消えていた。呼び鈴を押してしばらくすると、区職員の舟山が顔を覗かせた。休日だが気になっているのだろう。

家の中は静かだった。居室を覗いたがベッドは空だ。スタッフもいない。

「あ、いま、散歩に出かけました」

舟山に声をかけられた。

「え、いつ？」

「五分前」

「大丈夫なの？」

「天気もいいし、スタッフも三人ついていますから」

「どこまで行くの？」

「北公園まで。帰りに認知症カフェに寄ると言ってました」

浮間北公園は埼京線をはさんで北側にある公園だ。車の多い通りを避けて行けば、安全に着けるだろう。

「認知症カフェなんてあるの？」

「あるみたいですよ」

地域の有志により、認知症の人たちが寄り合うように作られた場所だ。

「しかし、スタッフは大変ですね。宿直勤務もあるでしょ？」

舟山は勤務表を見ながら、

「昨日は小野田さんだったですね」

「あの人も散歩についていったの？」

「行きましたよ」

「大変だな」

「今週一週間は同じスタッフで乗り切るようなことを施設長は言ってますね」

「竹本さんて素人じゃない？」

「みたいですね。木村さんも……」

言いかけて、舟山は口を噤《つぐ》んだ。

介護施設はどこでも人手不足なのだ。

「介護スタッフ、なかなか集まらないから大変だね」

「……ですね」

申し訳なさそうな顔で、お呼びだてしてすみませんと舟山は謝った。

先を急かした。オサムの肺の生体検査の結果が出たらしいのだ。舟山は病院名の入った封筒から一枚の紙を取り出した。診断書だ。氏名欄にオサムとある。診断名にはじめて見る病名が記されてあった。

〝溶接工肺〟

「これもじん肺なの？」

末松が尋ねた。

「鉄肺とか言われています。溶接のときに鉄分が空中に出るそうで、長いあいだ吸い続けると肺に悪影響が出るそうです。進行はゆるやかなので、無症状例も多いらしくて。歳をとってから症状がひどくなるような人もいるみたいですよ。悪化すると肺の組織が硬くなってしまって、治療する手段はないらしいです」

「オサムさんの症状はどの程度なの？」

「そんなにひどくないようですよ。咳き止め薬が出ただけです」

「溶接工か……いろいろ職種はあるよね。工場とか造船所とか」

「電気溶接（アーク溶接）に限ると言ってましたよ」

「区では、北区周辺で電気溶接をしている工場なんて把握できてる？」

手がかりになるのではないかと淡い期待を抱いていたが、ムダのようだ。

舟山は苦い顔でまったくないです、と答えた。

住宅地図を見て、工場などを一軒一軒尋ね歩くしかないのだろうか。

砂漠に放り出されたような気分だ。

舟山のスマホが鳴り、すぐ取った。

「……えっ、いなくなった」

驚きの声とともに、舟山が天井を仰いだ。

目が点になっている。

「寺の……うん、うん……ああ、わかった、すぐ行く」

通話を切ると舟山は火照《ほて》った顔でこちらを見た。

「いなくなってしまって」

「誰が？」

「ユキオさん」

「ほかは？」

「三人はいます」

「どこでいなくなったんだ？」と末松。

「すぐ先のお寺の中に入ったらしくて」

呑み込めない。

「寺の中で迷子になったの？」

「さあ」

舟山は弱り切った顔で首をかしげる。

あてになりそうにない。

寺の方角を聞き、末松とともに神楽荘を飛び出た。

突き当たりまで駆けた。

右手に取る。ゆったりした敷地の住宅街を抜けた。片側一車線ずつある車道に出る。向こう側の角に教えられた酒屋があった。道なりに百五十メートルほど走った。ふと、反対側の民家の塀際にロング丈のTシャツ姿が見えたような気がした。もう一度そこを見ると消えていた。

コンクリート壁が途切れた右手に寺の境内《けいだい》があった。お手水《てみず》の横に見知った連中がいた。

竹本がオサムとハルコの腕を取り、木村がタナカミエの脇にいる。小野田が手を上げ、青い顔で走り寄ってきた。

「いなくなっちゃって……どうしよう」

落ち着きなく道路の左右を見る。

「ユキオさんがいなくなったんだね？」

「はい」

「いつ気がついたの？」

小野田は皆の顔を見廻しながら、

「この中に入ったとき、気がついたらもういなくて」

竹本も木村も、お面のように放心した表情で疋田を見つめてくる。

「あなたたち、どこで見失ったの？」

「そのあたりで」

竹本が境内の左手を指しているが、それだけではわからない。

木村はただ首を横に振っている。

この場を動かないように小野田に申し渡し、末松に声を掛ける。

「いま来たほうを捜してください。ぼくはこっちを」

道の先を指し、門の前で二手に分かれた。

走る車は少なかった。広い敷地に住宅が建っている。コンクリート塀が途切れるとまた空き地だった。奥まったところに廃屋の平屋がある。敷地の中にケヤキの木が連なり、鬱《うっ》蒼《そう》と葉が茂っていた。金木犀《きんもくせい》の甘い匂いが鼻につく。そこを通りすぎる。

右手、歩道沿いの金網フェンスに園芸店の看板が張られていた。三角屋根の大きな温室があり、店先に山茶花《さざんか》やパンジーの鉢植えが並んでいる。店内に人の姿はない。となりは三階建てのアパートだった。先を急いだ。

ところどころ、左右に小道がある。そのたびに覗き込んだ。それらしい影はない。信号に行き着いた。右手の角にコンビニがある。店内に入って、このあたりで老人を見かけなかったかと尋ねたが、店員は見ませんでしたと言った。額から汗が落ちる。

外に出ると甲高い機械音が流れてきた。車道をはさんだ向かい側からだ。外壁パネルに覆われた町工場だ。二階部分に輸送機器部品、機械加工と書かれている。工場の手前側が透明な波トタンで囲われた小屋になっている。その中に黒っぽいズボンを穿いた人影が立っているのが見えた。

車道を渡り、トタンを回り込んで横から小屋の中を覗き込んだ。

ユキオがいた。

アルミのテーブルの前に立ち、手を動かしている。

気取られぬよう近づく。工場脇の通路から、中で忙しく働く人が見える。

ユキオは鉄ヤスリを右手に持ち、銀色に光る円筒形の先にあてて擦《こす》っていた。やや首を右に曲げ、リズミカルな動作だ。汗ひとつかいていない。

疋田が真横に来ても、気がつかない。

「ユキオさん」

動かす手を止めない。涼《すず》しげな顔だ。

円筒形の先にある小さな突起にヤスリをあてがい、それを擦り取っているのだ。慣れている手つきで、みるみる出っ張りが消えていく。

無心な顔と手の動きをしばらく眺めた。足元から工場の振動が伝わってくる。

もう一度声をかけた。

「ユキオさん、もういいだろ」

耳に入らないようなので、動かしている手を無理やり止めた。鉄ヤスリを剝《は》ぎ取り、円筒形の筒をその手から外した。ポカンとした顔でこちらを見つめるユキオの上腕部を握り工場から外に出た。

寺まで連れて帰った。

小野田が駆け寄ってきた。

「ユキオさん、どこにいたのぉ」

「工場」

ハルコが真剣な表情で近づいてきた。

「だいじ?」

そう言った。

工場に入り込んでいたと説明すると、小野田は呆れたような顔でユキオの肩を突《つつ》いた。

「そんなところに、どうして……」

「音につられて、入ったのかもしれません」

疋田は当てずっぽうに答えたが、まんざら間違いでもなかろう。

「ほかの三人が勝手に動いたりして、つい見失ったみたいで」

末松がヘルパーたちの肩を持つように言った。

ハルコがガラケーでユキオを写している。

「すぐそこにカフェがありますけど……」

言いにくそうに小野田が口にする。

「認知症カフェ？」

「予約してある時間には早いですけど、お昼ご飯を食べさせてもらうようになっているので……」

「そこって近いですか？」

「それほどじゃないですが」

ユキオが入り込んだ工場から、歩いても五分ほどだという。

末松が仕方なさそうにうなずいている。

「そこまで行ってみましょう」

小野田がほかのヘルパーたちに声をかけた。

むっつりした表情を隠さない竹本がユキオの腕を握り、歩き出した。そのあとを木村がハルコの手を握ってついていく。小野田はオサムとタナカミエの腕を取り、歩道に出ていった。

七人のうしろについて歩く。

「あの信号のところまで行ったのか」

末松が呆れたように言う。

「けっこう、あるよね。勝手に入り込んでバリ取りなんかして」

「訳わかんないですね」

先頭でしきりとハルコが話しかけている。

「そうよ、マグロの漬丼《づけどん》食べられるからね。好きかなあ？」

調子よさげな木村の声が響く。

「うんうん」

すぐ前にいる小野田に、このあたりは立て込んでないですね、と訊いてみた。

「そうですね。昔は荒川がよく氾濫《はんらん》して、あまり住み着かなかったし」

「この近くにお住まい？」

「はい、ちょっと先の五丁目のほうに」

「木村さんも？」

「そうですよ。社宅の手前のアパートに」

どの社宅かわからなかったが、それ以上訊くこともなかった。

園芸店の手前まで来たとき、ハルコが足を速めた。つられるように竹本と木村があとについた。呆然と佇《たたず》むユキオを追い越し、疋田も三人を追いかけた。

園芸店の軒先にハルコが入り込んだ。そこにある花々にガラケーを向ける。写真を撮るようだ。

突然、竹本が温室の中に向かって走り出した。人影があり、ハルコのいるあたりにカメラを向けている。竹本が近づくと男は背中を見せ、温室の奥へ駆け出した。ロング丈Tシャツに黒いボディバッグが揺れている。……さきほどの男ではないか。

固まって動かない木村を追い越し、疋田も温室の中に駆け込んだ。生い茂る葉が天井を覆っている。水気を含んだむっとする暑さだ。突き当たりまで来た。ガシャンと左手で植木鉢が割れるような音がした。見ると、すぐ先の通路でボディバッグの男を竹本が追いかけていた。

疋田も走った。「あの男？」と竹本に声を掛ける。

竹本が振り返った。

あいつ、と小さく言うのが聞こえた。

ボディバッグの男が通路の先にある裏口から外に飛び出るのが見えた。その先にある駐車場方向にぐんぐんスピードを上げる。竹本が諦《あきら》めて、裏口の手前で立ち止まった。どうして竹本が男を追いかけたのか、わからなかった。

木村を連れて、竹本とともに温室から出た。

小野田がじっとこちらを見つめていた。

「いまの人ですよね」

「は？」

「一昨日《おととい》も昨日も、神楽荘の近くにいました」

「新聞記者か何か？」

「違うと思います。勝手に戸を開けて覗き込んだりして。呼びかけると、いなくなっちゃった」

竹本が何度もうなずいている。

神楽荘に設置された監視カメラの映像に残されているだろう。週刊誌の記者だろうか。自粛を呼びかけても、応ずるような種類の人間ではない。記事に仕立て上げるためのネタ取りだったのか。

七人はひとかたまりになって歩き出した。

疋田も末松とともに列についた。

スマホが震えた。小宮からだった。

「南条尚之の母親の居場所がわかりました」

「わかった？　どこ？」

「神谷《かみや》三丁目にいます。来てください」

切羽《せっぱ》詰まった声だった。

地番を訊き、末松に話して一行から離れた。

11

北本通りを南に走った。赤羽中央署前の信号を左に取る。都営神谷三丁目アパートを回り込む形で、最初の角を左折する。交通量は少ない。印刷工場裏手のフェンス際、水色のタイトスカート姿の女が立っていた。すぐ横に車を停めると、慌ただしく小宮は助手席に乗り込んできた。きょうは茶のレザージャケットだ。

「歩きで来たのか？」

疋田は訊いた。

「そうですよ」

小宮は道の先を指した。都営アパートの垣根の向こうだ。道一本へだてた道路の角に四階建てのマンションらしきものが建っている。一階は店舗スペースのようだが、入居している様子はない。軽い黄色で塗られたマンションの各部屋の窓やベランダの手すりは茶色く錆《さ》びついている。

「あの二階の二〇三号室です」

「母親、何ていう名前だっけ？」

「南条加代八十四歳。尚之の妹とふたりで住んでいるらしいです」

「南条の妹と？」

　その母親がミエもしくはハルコである可能性はあるだろうか。

「母親が使っていたデイサービスセンターが岩淵にあって、そこに出向いたら、ここを教えてくれました」

「タナカミエとハルコの写真を見せたのか？」

「もちろん見せました。ずいぶん前にほかのデイサービスの事業所に移ったらしくて、わかる人はいませんでした」

「尚之の家には住んでいないんだな？」

「はい、一年くらい前からここにいるみたいです。さっき、二階に上がって部屋をノックしましたが留守です」

「……いない？」

　小宮は顎《あご》を引いた。

「同じ階の住人が加代と尚之の妹をときどき見かけるらしいんですが、ここ一、二週間、見ていないと言っています。管理会社に訊きました。妹の名前は高垣寿子《たかがきとしこ》と言います」

「寿子の旦那はいないのか？」

「そのあたりもわかりません」

「住民にタナカミエとハルコの写真は見せたか？」

「見せました。よくわからないと言っています」

「……尚之は何歳だっけ？」

「五十八です」

タナカミエとハルコ。どちらかが、南条加代なのか？

疋田は改めてマンションを見た。

「いないですね。管理人はいないだろ？」

「年代物だな。管理人はいないだろ？」

「いないですね。賃貸と分譲が混じってるみたいですけど。高垣寿子の部屋は分譲で、彼女の名義になっているみたいです」

「ふたりともいないか……もう少し聞き込みをしてみるか？」

車を発進させようとしたが、小宮に止められた。

「留守の家がほとんどだし、賃貸契約が多いみたいで、住民同士のつながりが薄いと思います。ふたりを見たという人も、寿子の名前を知らなかったくらいですから」

「じゃあ、どうする？」

小宮は険《けわ》しい顔で眉間を掻いた。

「……母親の替わったデイサービスの事業所に訊けば……」

「わかるのか？」

「休日だけどやっているはずです。ちょっと待ってください」

小宮は加代が通っていたデイサービスの事業所に電話をかけた。そこではわからなかったらしく、電話を切ると、一分後に電話がかかってきた。しばらくやりとりが続き、それらしい名前をメモ帳に書き出した。

「前の担当に調べてもらって、替わった先がわかりました。ここですね」

と自らが書き込んだ事業所を見せた。

地番は神谷二丁目だ。近い。

カーナビの画面を拡大表示させる。

「行くぞ」

疋田はアクセルを踏み込んだ。

北本通りにいったん出た。宮堀《みやほり》交差点を右に取り、環七《かんなな》の陸橋沿いに王子《おうじ》方面に向かった。陸橋が下道と合流する左手に細長い五階建ての雑居ビルがある。手前のコインパーキングに車を停めた。社会福祉法人名の書かれたビル一階の自動ドアから入った。事務スペースに三人の若い男女がいた。ノートPCやファイルを開いていた。手前の女性に身分を告げ、来意を伝えると、そのとなりの髪の長い女性が席を離れた。カウンターはなく、直接相対した。

細身でチノパン。白いシャツの首元にかけたラベルに、ケアマネジャー杉崎《すぎさき》江見《えみ》と書かれていた。

「わたくし、南条加代さんを担当させて頂いていますが……何か？」

唐突な警官の訪問に戸惑っているようだ。

「この住所にお住まいだと思いますけど、いかがでしょうか？」

小宮が見せたメモ帳を覗き込むと杉崎は、髪をたくし上げながらうなずいた。

「……はい、間違いないと思います」

「伺ったらお留守でしたので、こちらでしたら、いまいらっしゃるところがおわかりになるかと思いまして」

杉崎は自席の前に並んだファイルのひとつを取り戻ってきた。それを開きながら、

「……きょうはデイサービスのご利用の日だったはずですけど」

と口にした。

「加代さんの写真ありません？」

「あー、それはないです」

小宮がタナカミエとハルコの写真を取り出すと思ったが、それはしなかった。

ここまで来たら、南条加代なる人物の居場所に行くほうが確実だ。

「デイサービスセンターはこの上にありますか？」

「いえ、ここではなくて近くにあります。ご案内しますか？」

「歩きで行けます？」

「はい、この裏手にあります」

ビルを出て、すぐ横にある路地を入った。

小宮が肩を並べて歩きながら、疑問を口にする。

「加代さんはいつから、こちらのセンターに移られましたか？」

「去年の九月からです」

「利用されるときは、センターから迎えに？」

「はい、そうさせて頂いています。月曜と木曜日のご利用になっています」

きょうは利用日で間違いないようだ。

「加代さんの娘さん――高垣寿子さんが連れてくるようなことはないんですか？」

杉崎は少し戸惑った顔で、

「……ないと思いますけど」

「加代さんのご体調はいかがですか？」

「えっと、ひと月前にお会いしたときは、特にこれといって具合の悪いところはありませんでした」

毎日は会っていないようだ。

「ひとりで歩けます？」

「はい、杖《つえ》なども持たないで、歩けます……あの加代さんの息子さんのことでしょうか？」

意味がわからず、小宮が訊き返した。

「うちに移ってきたとき、前の担当のケアマネジャーから聞いたんですが、岩淵の息子さんの家に妹さんも同居していらっしゃったと伺っています」

「高垣寿子さんが？」

曇った表情で杉崎がうなずいた。

「はい」

「神谷町のマンションに住んでいなかったんですか？」

「そこは、元々、亡くなった寿子さんのご主人の持ち物だと思います」

「寿子さんのご主人が亡くなった？　いつですか？」

「はっきりとわかりませんけど、もう五、六年前だと思いますよ」

「そのときから、寿子さんは岩淵のお兄さんの家に住むようになったんですか？」

杉崎は首を横に振り、小宮を一瞥《いちべつ》した。

「もっと前だと伺っています」

「ご主人が亡くなる前から、お兄さんと同居していたんですか？」

「ご両親の介護のために、ずいぶん前から岩淵のほうに住んでいらっしゃったと思います」

「旦那さんを放っておいて？」

「……お兄さんのお嫁さんが、ご両親の介護を拒否されていたらしくて」

「それでお兄さんと同居？　お父さんはどうしたんです？」

疋田がうしろから訊いた。

「もう、ずいぶん前にお亡くなりになったと思います」

「でもどうして、いまになって旦那さんの家に戻ってきたんですか？」

小宮が訊いた。

「はっきりとは存じ上げませんけど……」杉崎は言いにくそうに口にする。「岩淵のお宅、三十年前に建てたそうですけど、借地権があるらしくて、それをめぐって何かあったみたいで……」

南条尚之が住んでいる岩淵の家の土地は借地のようだ。

「ひょっとして、その家、加代さんの名義じゃないですか？」

疋田が訊くと、杉崎ははっとしたような横顔を見せた。

「……そうみたいです」

杉崎の声とともに、小宮が疋田を振り返った。

借地権は売買できる。あの家の坪数からすれば、一千万はくだらないはずだ。

その持ち主の母親とともに、妹が家を出た……。

夫を途中で見捨ててまで、寿子は兄の家に移り、そこで暮らす両親の介護をした。同居する兄嫁はいっさい手を出さなかった。兄も同様だったかもしれない。

寿子は堪忍袋《かんにんぶくろ》の緒《お》が切れた。それゆえに、母親とともに岩淵の家を出た。

借地権を持つ母親は自分のものよと言わんばかりに。

その真偽について、このケアマネジャーに問い質《ただ》すのは失礼だろう。

比較的新しい集合住宅の前に来ていた。一階に茶色い木枠で「デイサービスセンターさらり」とある。

「こちらになります」

少しお待ちくださいと言って、杉崎は中に入っていった。

すぐ戻ってきた。申し訳なさそうな顔になっている。

「……あの、やはり、きょうはお見えになっていません」

「いない？　どちらに？」

「先週から具合が悪くなって、十条《じゅうじょう》の病院に入院しているそうです」

病院名を訊き出し、その場をあとにした。

東十条駅の西側だ。

病院まで十分もかからなかった。八階建ての総合病院の地下駐車場に車を入れ、一階に上がった。総合受付で身分を明かした。

「南条加代さまは五階内科病棟に入院していらっしゃいます」

それだけ聞いて五階まで上がった。ナースステーションで同様に尋ねた。

「肺炎で入院されています」

と女性看護師は言った。

十七号室と教えられ、そこに向かう。

静まりかえった廊下を早足で歩く。

奥から二つ目の部屋に達した。女性の四人部屋だ。扉が開いている。

入り口のラベルに、南条加代の名前があった。

中を覗き込む。手前のふたりは、窓を向いていたので顔が見えない。奥の二床はカーテンが引かれていた。ラベルの位置からして、窓側の右手だ。

小宮が目配せして、ひとりで入っていった。

しばらくして戻ってきた。

気落ちしている顔だ。首を横に振っている。

「……いらっしゃいました」

と小声で言った。

「南条加代に間違いない？」

「保険証で確認しました。南条加代でした」

「そうか……」

自分たちは無関係の人間を追いかけていたようだ。

しかし、後悔してもはじまらない。

「署に戻ろう」

声をかけ、廊下を歩き出した。

12

休日にもかかわらず、生活安全課は半分ほどが顔を見せていた。南条家の件を西浦課長に報告した。全くの無駄骨でしたと締めくくると、それは残念だったな、とだけ返事を寄こした。介護施設への電話照会は手がかりがつかめそうにないので、生活相談係と保安係も外の聞き込みに出したという。

「照会先は区内に限らず、周辺まで広げないといけないかもしれません」

疋田の言葉に西浦はむっとした顔になった。

「どこまで？　板橋、荒川、足立《あだち》あたりまでか？　北区にしたって、まだろくな情報も入ってきていないんだぞ」

言葉につまった。

北区には赤羽中央署以外に、滝野川《たきのがわ》署と王子署がある。その二署の管轄区域も当たったのだ。しかし、北区の周辺三区まで加えれば、介護施設の数は数百に上る。そのすべてに当たるのは無理なのかもしれなかった。そもそも、四人が介護施設にいたという証拠はないのだ。

野々山は相変わらず防犯カメラの映像と首っ引きだった。日に日に増えるＤＶＤが机に山と積まれている。

声を掛けたが、野々山は力なく首を横に振った。

「神楽荘の四人はどうですか？」

と腫《は》れぼったい顔で訊き返される。

「とりあえず元気よ」

疋田に代わって小宮が答えた。

野々山はちらっと課長席を一瞥する。

「課長、何か言ってましたか？」

「電話照会はとりあえず切り上げるそうだ。どうかしたか？」

野々山はあたりをうかがってから、小声で「……昼前、村越《むらこし》係長が報告していたのが聞こえたんで」と口にした。

「村越さんが？」

村越は二日前から聞き込みに出ている少年第三係の係長だ。

「村越係長、朝一で赤羽公園に行って、ホームレスの聞き込みをしたみたいなんですよ。四、五人いたうちのひとりがオサムさんを見たことがあるって言ったらしくて」

「オサムさんを？」

なぜ、課長は教えてくれなかったのだろう。

「いつ見たんだって？」

「七月後半。そのホームレス、正確な日は覚えていないみたいで」

「確かなのか？」

野々山は怪訝そうな顔でモニターに向き直った。

「ホームレスですからね。当てにならないと思いますよ」

だから課長も無視に近い扱いをしているのだろう。

「そのホームレスの名前は？」

「タツニーとか呼ばれてるらしいです。四十代ぐらいだったそうですけど。二日ほどオサムさんと似た男と同じ場所にいて、そのあと警官がふたり来て、その男を連れていったようなことを言ってるらしくて」

「え？　警官がオサムさんを連れていったの？」

小宮が声を上げた。

「ええ」

「その話、裏を取ったのか?」

疋田が訊いた。

「村越係長、地域課で尋ねて回ったみたいです。でも、そんなことをした警官、見つからなかったんじゃないかなあ」

赤羽公園は赤羽駅東口にある赤羽駅前交番が受け持ちだ。ふだんからホームレスが多い赤羽公園を常にパトロールしているはずである。赤羽駅前交番に所属する地域課の警官は三十名ほど。パトカーでの警ら も行われている。オサムと似た人間を連れていったというなら、そのうちの誰かだろう。四人の写真は地域課の警官全員が見ている。名乗り出てもおかしくはない。それがないのはやはり眉唾《まゆつば》だろうか。

スマホが震えた。末松からだった。

「至急来てもらえますか?」

「何かあったんですか?」

「電話じゃ説明できません」

「わかりました。すぐ行きます」

何があったのだろう。

西浦の了解を得て、ふたたび単独で署を出た。午後二時を回っていた。

神楽荘に着くと、すぐ玄関の呼び鈴を鳴らした。しばらくして、食事担当の木村が顔を出した。中に入る。木村は小野田とともに、廊下の拭き掃除に余念がなかった。小野田はバケツにモップを入れて、吸い取った水を絞り出している。掃除にしては大がかりなので、様子を尋ねた。

小野田は額の汗を手の甲で拭《ぬぐ》いながら、「ハルコさん、これで廊下にお水をぶちまけたんですよ」とモップでバケツを突いた。

そうしていると、風呂場の洗面台からハルコが現れた。愉快そうな顔で廊下まで来て、

「水浸し、水浸し」とつぶやきながらあたりを歩く。

「もう勘弁してよ、ハルコさん」

呆れ顔の小野田が声を掛ける。

何事もなかったように、水浸し水浸しとハルコは口にするばかりだ。

木村がハルコの背中を押して、ベッドの置かれた部屋に連れ込んだ。

困ったものだと思った。

「全員、無事に戻りましたか？」

疋田は訊いた。

「あ、はい、どうにか」

答えた小野田とともに、男性二人のいる部屋に入った。

ユキオはベッドに横たわっていた。寝ているようだ。散歩して疲れたのかもしれない。オサムは肩を落とすようにベッドに腰掛けている。ベッコウメガネの奥の瞳が虚《うつ》ろだった。こちらも疲労している。続きの間にいるタナカミエもベッドで横になっていた。目を固く閉じているが、寝てはいないようだ。ハルコも木村に促されベッドに横になったところだった。しかし、目が爛々《らんらん》と輝き、すぐにでも歩き出しそうだった。明るいのはいいが、見守るほうはたまったものではない。竹本がいないので訊いてみると、「またあの男が外にいて、追いかけて行きましたよ」と木村は言った。

「……あの男って、園芸店にいたやつ？」

「はい」

「また来たんだ……いつ？」

「三十分くらい前に」

かなり時間が経《た》つが、竹本はどこまで追いかけていったのだろう。

縁側から末松が顔を見せた。

「四人はカフェでマグロの漬丼にありつけました？」

疋田はあぐらをかきながら末松に訊いた。

末松もあぐらをかきながら、どんぶりを箸でかきこむ仕草を見せた。

「好物みたくてね。こうして、あっという間に平らげちゃいましたよ」

「そりゃよかった。で、何か?」

末松が顔を近づける。

「食い終わるかどうかってときに、テレビの音楽に合わせてハルコさんが踊り出しちゃって」

「テレビ? 何の?」

「NHKの旅番組。日光《にっこう》からの中継ですよ。民謡が流れてきて、タナカさんも調子合わせて体揺らすし、オサムさんなんか、歌とハモったりしましてね」

「ユキオさんは?」

「手拍子してました」

「ほー、全員が……」

四人ともおそらく八十歳前後である。民謡が身近にあった時代に育っている。散歩して気分も高揚していたはずだ。それほど奇妙とも思えないが、四人が調子を合わせたのを目の当たりにして末松は驚いたのだろう。

「スエさんの用事って、それなの?」

やや気落ちした気分で訊いた。

「まあ、これ見てください」

　末松はスマホをかざした。

　動画サイトだ。手前に滝、奥手に湖。中禅寺湖《ちゅうぜんじこ》だろう。『日光和楽踊り《わらく》』というタイトルがかぶさる。笛《ふえ》と太鼓《たいこ》の音色が響き、朗々とした男性の声で唄がはじまる。

　――ハアーエー　ニッコウヨイトコ　ハヨーイヨイ
　スローペースだ。

　歌詞が映し出された。

（はぁーえー　日光よいとこ　はぁーよいよい）

　歌い終わるのを待っていられない。

「これ、けっこうポピュラーなやつですよね？」

「栃木を代表する民謡みたいですけどね。わたしは知らなかったけれど。それに、昨日ここへ来たとき、ベッドにいたオサムさんが、これと同じような感じで口ずさんでいたような覚えがあって……」

　耳を澄ます。オサムが心地よさそうに歌っていたのは記憶にある。しかし、その口から出たフレーズまでは思い出せない。

「たしかにあのとき歌っていたけど、それがどうかしました？」

　末松は首をすくめた。

「伴奏も何もないのに口をついて出てきた感じだったでしょ？　テレビを見たときも同じ

感じだったんですよ。ほかの三人もひどく懐《なつ》かしそうに反応して。たまたま、テレビから民謡が流れたので調子を合わせたというようには見えなかったんですよ」

訥々《とつとつ》と口にする末松の顔に見入った。

「……スエさんは四人ともこの地方出身だって言いたいわけ？」

末松はかすかにうなずいた。

「だとしたら、どうかなと思って」

確信に満ちた顔だ。

「日光……栃木か」

たしかに、四人の言葉の訛りは共通している。栃木出身とみてもおかしくないかもしれない。

「その民謡がどれくらい地域に根付いているかどうかわからないけど、日光というより、栃木県全域と捉えたほうがいいんじゃないですか？」

「ですよね」

高揚しかけた気分はしぼんだ。

かりに四人が栃木県出身だとしても、特定する手段はない。

「ハルコさんは別にしても、タナカミエさんとユキオさんはおそらく本名だろうし」末松が諦めないふうに言った。「男性ふたりは身体的特徴がありますから」

「溶接工肺とか、指の切断？」

「オサムさんは溶接関係の工場で働いていた可能性があるんじゃないですか？　ユキオさんの指の切断も工場勤務だったせいかもしれないし。そこから追えないかなと思って」

「工場か……」

　それでも、漠然としすぎていると思った。ふたりの男性が栃木県の工場勤務だったとしても働いていたのは三十年以上も前のはずだ。それだけをヒントに身元を割り出すのは無理だろう。それに溶接工肺と診断されたオサムは仮名だ。溶接業者の名簿のようなものが手に入ったとしても、名前では見つけられない。ユキオの指の切断も工場勤務のせいとは限らない。

　しかし、ほかに四人を特定できる手がかりはない。

……やってみるか。

　でもどうやって？

　自問した。やはり、関係先の名簿を取り寄せるくらいしか浮かばなかった。

13

「宇都宮《うつのみや》に行くって？」

曽我部が怪訝そうな表情で訊いた。手に関係先リストを持っている。

「はい、やはり行くしかないと思います」

疋田は答える。

「向こうの民謡に反応したから栃木県民？　短絡しすぎだぞ」

「いえ、いくら一般的な民謡としても、口をついて出てくるというのはなかなかありません。四人ともかなりのリアクションを見せました。栃木方面に的を絞るべきだと思います」

曽我部が顎を高く上げた。

「栃木県民が何人いるかわかってるのか、おまえ」

松林が長い手を伸ばし、あいだに入る。

「疋田係長、向こうへ行ったとしてさ、どうやって捜し出すんだい？」

言われて疋田は署長を向いた。

「そのリストにある工場関係の組合で名簿を手に入れ、工場を訪ねるしかないと思います。それでもだめなら、県の産業関係部局で紹介してもらうなど、臨機応変に捜査を進めたいと思っています」

曽我部が身を乗り出した。

「ユキオっていう名前だけが手がかりなんだろ？　昔、工場で働いていたとしたって歳だぞ。名簿だって現役しか載せていないだろうし」

「……かもしれないです」

「係全員で行く気か？」

「はい。最低でも四人は要ると思います」

少年第一係全員で当たっても、見つかるかどうかはわからない。

「こっちを留守にして大丈夫なのか？」

松林が割り込んでくる。

「幸い、大きな事件は抱えていません。数日程度ならば可能かと思います。四人で工場を回れば……」

言い終える前に、曽我部がかぶせてくる。

「工場で全従業員に『工場をやめてから、認知症になった人を知ってますか』って訊いて回るのか？　日が暮れるどころか、相手にしてもらえんぞ」

「写真もありますし──とにかく、名簿を見せてもらって判断するしかないと思います」

曽我部は引かず、たたみかけてくる。

「あのなあ、溶接工といったって、ちっぽけな町の鉄工場で働いているだけじゃないぞ。自動車、重機といった大型工場、それに建設業だって大勢働いてる。ビルを建てたり、橋やダムの工事現場にだってわんさといる。そのぜんぶを回るのか？」

見かねたように西浦課長が割って入った。

「副署長、ユキオさんは町工場に入ってバリ取りなどをしていますから、やはりそうした一般的な工場から手を着けるべきだと思うんですよ」

曽我部は手にした書類を机に叩きつけた。

「だからその数なんだよ。いったい、いくつあると思ってるんだっ」

「場合によったら、病院などを回る手もあるかもしれません」

疋田の言葉に、曽我部が目を丸くした。

「病院？　何だそれ？」

「溶接工肺や指の切断をした患者を洗い出せば該当者が見つかるかもしれません」

曽我部は大きく息をつき、ソファにもたれかかった。

「勘弁してくれよ。連中、病院に世話になったのは大昔だぜ。まったく、おまえってやつは常識外れだ」

うーんと唸り声を上げたのは松林だった。

「西浦課長、とりあえず、疋田係長ともう一名を先行部隊として送り込むというのはどうだ？」

訊かれた西浦はうんもすんもなくうなずいた。

「了解しました。いいな、疋田。すぐ準備にかかれ」

「わかりました」

深々と頭を下げた。

14

翌日。

東北自動車道から北関東自動車道へ抜けた。とたんに車が減る。曇天だ。署を出て一時間。カーナビの表示では午前九時五分到着となっている。実際は十分早く着けるはずだ。

助手席の小宮はタブレットの画面に没頭している。今日はグレーのスカートスーツだ。

「もうそろそろ、中央会に電話を入れてもいいんじゃないか？」

小宮はコンソールのデジタル時計に目を当て、タブレットの代わりにスマホを握った。あらかじめ入力してある電話番号をプッシュする。

相手が出ると、さっそく金属加工業種の団体を尋ねはじめた。

中央会の正式名称は栃木県中小企業団体中央会。漠然とした問い合わせにも応じてくれるはずだが、会話はどっちつかず。二分もしないうちに電話を切った。

「だめですね。県の工業振興課に訊いてくれの一点張りです」

「やっぱりか」

すでにそれは赤羽を出る前にすませている。

それらしい団体を五つほど教えられ、そのうちのひとつがカーナビにインプットされている。栃木県央金属機械協同組合。金属機械製品を中心に輸送用機械や精密機械などの製造や加工を行う事業所の組合だ。

「栃木って工業県ですよね」

「そうだな」

人口二百万弱。昭和三十年代から工業団地を作ってきた土地柄だ。工業製品出荷額は全国平均をはるかに超えている。

その中から溶接工肺や指を切断した男を探す――。

幹部の前で大見得《おおみえ》を切ったものの、正直、手漕《てこ》ぎボートで海に出るような茫洋《ぼうよう》とした気分だった。

「とっかかりはやっぱり宇都宮市かな。工業団地が七つもあるし」

小宮が弾《はず》んだ声で言う。

「そんなに」

「ええ」

小宮が読み上げる七つの団地の名前を聞きながら、ペットボトルのブラックコーヒーを飲んだ。まだ慎二と会ったのを話していなかったので、口にしてみた。恭子も一緒だったのは内緒にしておいた。

　すると小宮は明るい表情で疋田の横顔に目を当てた。

「よかったじゃないですか。慎二くん、変わりないですか？」

「ちょっと太ったかな」

「どこで食べたんですか？　新宿《しんじゅく》？」

「違う違う、地元」

　赤羽一番街の店の名前を告げると、不満げな顔になった。

「おでんか……もっと、おいしいところに連れていってあげればいいのに」

　焼き肉が好物だから、慎二もそうした店がよかったはずだ。

　ただ、恭子もいたので、手軽な店にしただけの話だ。

「『ミラクル4』の話、慎二からはじめて聞いてさ」

「早いですね。係長の子どもだから、人一倍センサーが効いてるんでしょうね」

「でもないと思うぞ。もうあちこちで話題になっていたし」

「かもですね。連休が明けたし、お昼のワイドショーでばんばんやりますよ」

「だろうな」

　へたをすれば写真なども出しかねない。

　それはそれでよいのだが……。

待もある。

呼ぶと決めていた。ひとりが見つかれば芋づる式にほかの三人も判明する……との淡い期

きょうのうちに何カ所かの事務所で名簿に当たる。目星がつけばすぐに部下のふたりを

小宮も同じ考えらしく押し黙った。

「……難しいんじゃないか」

「家族、名乗り出ますかね？」

「マコ、このごろは見合いパーティ、出ないのか？」

冗談めかして口にしてみる。

「婚活パーティ？　もうこりごり」

「そうか、そうだよな」

以前参加したとき、小宮は医師と知り合いになった。その医師は自分の名前をほかの病院に貸して、アルバイト料をもらっていた。その不法行為に気づいて熱が冷めたのだ。

「出てほしいんですか？」

小宮は上目遣《うわめづか》いで訊いてくる。

「いや、自由意思だからさ」

宇都宮上三川《かみのかわ》インターチェンジを降りて、国道四号線のバイパスに入った。北へ向かって走る。平出《ひらいで》の交差点で左に取り、鬼怒《きぬ》通りに入った。一キロほど直進すれば宇都宮駅

だ。

「もう着くぞ」

「了解」

小宮は降りる身支度《みじたく》をはじめた。

この地域の総合病院は宇都宮駅周辺に集まっている。手がかりは年齢七十から八十五歳くらいまで、過去に左手中指切断の縫合手術を受けた患者がいるかどうかだ。ベッド数の多い順にタクシーで回っていく腹だ。

宇都宮駅東口に隣接している総合病院の前で小宮を降ろした。ナビをセットし直す。いちょう通りから狭い道を南に走った。下栗《しもぐり》の交差点を渡り、田園風景の中を南下する。瑞《みず》穂《ほ》野《の》団地の交差点を直進し、次の信号を南に入った。ナビによれば五百メートル四方は比較的新しい工業団地だ。ここから西に十キロほど行けば、古くからの清原《きよはら》工業団地があるが、そこほど大規模ではない。

道の左右にそこそこ大きな工場が建ち並ぶようになった。しばらくして、カーナビの到着コールが鳴った。画面は右手の建物を示している。左右を低い金網でさえぎられた土地に二階建ての真四角な事務所らしきものが立っている。奥手に小屋が連なり、運送用のパレットが積まれていた。

五メートル近く間をおいてコンクリート製の門柱が立てられている。表札があるが、長年の染みで読み取れない。

ハンドルを右に切る。コンクリートの門柱の手前で一時停止する。

栃木県央金属機械協同組合。

かろうじて右手の門柱の文字を判読できた。

左の門柱にも細かい字で、健康保険だの年金だのと、かすれた文字が浮かんでいる。

セダンとミニバンが一台ずつ、小屋の前に三トントラックが停まっていた。

空いたスペースに車を停めて降りた。

ガラス戸の入り口にある取っ手を引いて中に入る。

広くない事務所だ。低いカウンターに組合員向けのチラシ置きと観葉植物の鉢《はち》がある。

カウンターを越えるとソファセットがあり、壁際にホワイトボードが備えつけられていた。左手奥の事務スペースに、女性がふたり向き合って座っていた。それに接して、入り口向きに机があるが人はいない。

声を掛けると、背中を見せて座っている小太りな女がこちらを見た。席を立ったとき、サイドチェストに積んだ台帳のひとつを床に落とした。慌ててそれを拾い上げて元に戻し、長い前髪を掻き上げながらカウンターまで来る。やや猫背気味にご用件は何でしょうか、とハスキーな声で訊かれた。

疋田は名刺を差し出し、名乗る。

紺のチョッキは制服らしく、肌理《きめ》の粗《あら》い四角い顔立ち。名刺をつまんで、しきりとオレンジっぽい色で染めた前髪を触る。

用向きを話したものの、ピンとこないようだった。

「……えっと、うちの会員の名簿でよろしいんでしょうか？」

自信なげに、ちらちらうしろを振り返りながら口にする。

二十代だろう。胸元に『須賀《すが》』の名札をつけている。

「事務長さん、いらっしゃいます？」

訊くと、横長の目がぱちくりした。

「……えっと、きょうは留守にしてまして」

言いながら、身を翻《ひるがえ》した。対面に座る女の元に急ぎ、話しかける。

オーバルのメガネをかけた細身の女がこちらに視線を投げかけてきた。髪を後ろでたばねピンでとめた地味な卵形の顔立ち。立ち上がると、カウンターに歩み寄ってきた。胸元に『板谷《いたや》』の名札。こちらは三十代前半。

「あの……御用向きは会員の確認ということでよろしいでしょうか？」

低い落ち着いた声。眉は薄く、メガネ越しに見える目は大きく潤《うる》んでいる。

「そうですね。うちの管内で行方不明者が出ましてね。その中のひとりがこちら方面の会社で勤めていたのがわかったものですから、伺わせてもらいました。名簿のようなものがあれば閲覧《えつらん》させて頂けますか?」

押しを強く尋ねた。正確には身元不明だが、行方不明とぼかした。

できれば、写真がついているようなものもあれば、とつけ足す。

「加入社ごとに従業員の名簿を提出してもらっていますけど、それでいいんですか?」

首を傾《かし》げ、訊き返される。

「それでけっこうです。お願いします」

うなずいて引き下がると、板谷は自席のうしろにあるラックから分厚いファイルを取り出した。それを持って、ソファの前のテーブルに置き、「お入りください」と手で示した。

案内されるまま中に入った。

腰を下ろし、ファイルをめくりはじめる。

ざっと見たところ、顔写真が入っているものとそうでないものが混在しているようだ。若い者から高齢者まで見える。

板谷から栃木県央金属機械協同組合のパンフレットを差し出された。

「あ、ありがとうございます」

礼を言い、パンフレットを開ける。

加入社は百二十一社あり、人材育成や福利厚生、共済、金融などの幅広い事業を行っているようだ。昭和三十七年の結成だから、五十五年近い歴史がある。理事長は株式会社マツザキの松崎宗一《まつざきそういち》。

「こちらの組合、常勤の方は何人いらっしゃいます？」

「わたしと須賀さん、それから事務長の三人です」

「理事長さんもいらっしゃいますよね？　いまはどちらに？」

「ふだんはこの近くの工場にいます。呼びますか？」

「お願いします」

板谷が電話するあいだに加入社をざっと見る。オーナーの名前を取った社名がほとんどだ。製作所、工業、鉄工所、鋳造所、金型。名前のあとに業種名がつけられていた。機械加工、板金、プレスといった会社が多いようだ。一般的に名の通ったメーカー名はない。地元の中小企業ばかりだ。

戻ってきた板谷が「十分くらいで来ると思いますので」と言った。

席に戻ろうとするので、こちらの組合に加入している人の総数はどれくらいですかと訊いてみた。

「二千人ほどです」

すぐ答えが返ってきた。

「多いですね。健康保険や年金なんかも、こちらでまとめて扱ってらっしゃるんですか？」

「はい、やらせて頂いてます」

従業員の家族も合わせれば、かなりの人数になるだろう。健康保険まで扱っているのだから、事務量は多いはずだ。

肝心なことを訊かなければならない。

「各会社を退職された方の名簿のようなものはありますか？」

板谷はきょとんとした顔になった。

「倉庫にありますけど……」

「それも拝見させて頂けませんか？」

戸惑ったような顔で引き下がり、事務所からいなくなった。

ふたたびファイルに向き合う。七頁《ページ》ほどめくったとき、それらしい名前が目に飛び込んできた。矢部由紀夫《やべゆきお》。深谷《ふかや》製作所所属。昭和四十一年生まれ。五十一歳。

写真はない。

ユキオの顔を思い浮かべた。……若すぎる。

奥から台車を押して、板谷が現れた。段ボール箱を四つ積んでいる。衝立《ついたて》のある狭いところで向きを変えるのを手伝った。ソファの横に置いてもらい、いちばん上の箱を開けて中身を取り出した。うっすら黄ばんだ背表紙に、平成十五年から平成二十年加入者名簿とある。五年ごとに綴《と》じられているようだ。

平成元年から平成五年までのものを選んで、机に載せた。ユキオの年齢から見て、このあたりだろう。なければ、もう五年さかのぼる。それでも、見つかるかどうか……。

改めてファイルを開け、頁を繰った。

五分近くかかったすえ、ふたたびその名前を見つけた。

長尾《ながお》幸夫《ゆきお》。渥美《あつみ》鉄工所所属。昭和二十一年生まれ。七十一歳。

写真なし。

やや若いか？

付箋《ふせん》を貼り、先を急ぐ。

唾《つば》をつけ、目を皿にする。

須賀がお茶を運んできてくれた。

さっと口に含み、またファイルに戻る。

物音がして見上げると、ぷっくりした頬の男が真横に立っていた。一重まぶたの目がじっとこちらを見ている。グレーの作業着と紺のスラックス。黒々とした髪がワックスで光り、腹部がやや出ている。

「理事長の松崎です」

と男は革靴の先をそろえ、軽く会釈した。

すかさず立ち上がった。

調べるのに夢中で、入ってきたのに気づかなかった。

作業着の胸元にMATUZAKI、腕の部分にもMのイニシャル入りだ。

名刺を渡される。

株式会社マツザキ　社長　松崎宗一
「お呼びだてしてすみません。こういう者です」

渡した名刺をしげしげと眺め、疋田の顔を正面から見つめる。

「……うちの加入社の従業員を調べていると伺いましたが」

値踏みするように訊かれる。

「あ、それをいま調べさせてもらっています」

と疋田は山と積まれたファイルを振り返った。

「その赤羽で行方不明になった方……うちの組合の従業員になるんでしょうか?」

そわそわした感じだ。

「はっきりしたことはまだ」

疋田がソファに座ると、松崎もカウンターを背にして浅く腰掛けた。

「松崎理事長さんの工場はこの近くにあると伺いましたが」

「一ブロック置いた東側にあります。失礼ですけど、行方不明の方の会社は何と言います?」

身を乗り出し、要点を尋ねてくる。

「それがまだ……こちらの組合所属の企業であるかどうかもわからない状態でして」

そう答えると、松崎は戸惑い顔で腕を組んだ。

「組合に加入している社は百二十一と伺いましたが、この近くに多いですか？」

「いえいえ、この工業団地には七社だけですよ。宇都宮中心ですが東は芳賀《はが》郡、南の真岡《もおか》市、それから西側の鹿沼《かぬま》市まで散らばっていますね」

指を折りながら、せかせかした調子で松崎は答えた。

「平出や清原の工業団地は昔から大きな工場が進出していますよね」

「そうですね。うちの加入社もそっちの下請けが多いですから」

「製造品はどのようなものが主になりますかね？」

まだ訊くかという顔で、「やっぱり航空機や自動車なんかの機械関連ですね。うちもそっちですから。次いで精密機械、医療関連の順かな」と答える。

「理事長さんの会社の従業員はどれくらいいらっしゃいます？」

「え、うち？　八十名弱。自動車部品の鍛造やプレスを手がけていますよ」

先回りするように口にする。

「八十名というと、大きな部類に入りますよね？」

「組合の中でも従業員数は上から五番目ですけどね」

「社業もあって大変ですね。ふだんは会社に？」

しかめっ面でうなずく。

「だいたいそうですけど、二日にいっぺんは半日、ここにいますよ」

「組合の仕事も大変じゃないですか？」

肩で息をつき、ちらっと事務員を振り返る。

「まあ……理事長も持ち回りで、一昨年《おととし》から就いてますけどね。彼女たちに任せてますから」

健康保険や年金まで取り扱っているとなれば、かなりの事務量だ。

形のまばらなファイルのつまったラックや書類を入れた収納ケースがあちこちに置かれている。事務員らの机の上にもびっしりファイルが並んでいた。

世間話をしている暇《ひま》はなかった。要点を切り出さなくては。

開いたファイルを逆向きにして、松崎の前に差し出した。

「こちらの長尾さんという方ですが、指を切断しているかどうかなんて……わかりませんよね？」

松崎の視線が目まぐるしく動いた。

「指ですか……」

迷惑げな顔で訊き返されたので、左手の中指を立てた。

「このあたりなんですけどね」

「どうかなぁ、本人に訊いてみないとわかりませんよ」

「知人で指を切ったような人はいらっしゃいますかね？」

「よくありますよ」松崎は首を伸ばし事務員を見る。「サトミさーん。指切る人ってたまにいるよね？」

書き物をしていた板谷が顔を上げた。

「はい、ときどき」

「だよなあ」

ぶっきらぼうに言うと、ふたたび疋田を向いた。

「昔は指一本切って、やっと一人前なんていう人もいたくらいですから」

昔気質《かたぎ》な言い方に聞こえる。

「そうですか。で、指を切り落とすというと、どんな工場が多いですかね？」

呆れ顔で松崎は睨みつける。

「旋盤《せんばん》とかプレス工場で多いと思いますよ。ちょっと待ってください」

松崎は板谷を呼び、疋田が見ていたファイルを渡した。付箋の貼られた人のところに電話を入れて、指を切ったかどうか訊けと申し渡した。

板谷が戸惑った顔で自席に戻り、電話を取る。

「もうこのへんでいいですか？　会議を抜け出してきたものですから」

腰を浮かせるのを押しとどめる。

「すみません。あと少し。溶接工肺なんて聞いたことありますか？」

松崎は首を傾げる。

「溶接工肺……ありますよ。どうかしました？」

「こちらで把握している患者の方がいらっしゃったら、教えて頂けると助かりますが」

松崎は面倒そうに、また事務員たちに顔を向けた。

「須賀さん、保険でじん肺の人なんてわかる？」

須賀は慌ててこちらを向き、「いえ、わかりません。特殊健診している人なら、わかるかもしれないけど」

「それでいいからさ。見せてやってくれる」

言うなり慌ただしく席を立つ。

入れ替わりに板谷がやって来て、「この方は指を切ったことはないそうです」と言いながら、名簿を寄こした。

「じゃ、いいですね」

松崎はこれ以上質問は受けないという顔で、「失礼します」と頭を下げて外に出ていった。よほど忙しかったのだろうか。

須賀がラックの前で右左と動き、一冊のファイルを抜き取り疋田の元にやって来た。

「えっと……こちらが特殊健診を受けられた方になります」

それだけ言って須賀は席に戻っていった。

開いてみると、健康診断の申込書の綴《つづ》りだった。じん肺健康診断のほかに石綿健康診断など、合わせて九種類もある。受診しているのはほとんど六十歳以下だった。ユキオの年齢からして、見ても意味がない。

須賀の席まで歩み寄り、「すみません。組合で溶接工をしている方のリストのようなものはありますか?」と問いかけた。

須賀は戸惑った表情で正面の板谷を見る。

「組合ではわかりません。溶接業協会に訊いたほうが早いんじゃないかしら……」

と板谷が須賀に声をかけた。

「溶接業協会? そこに行けば特殊健診の診断結果などもわかりますか?」

板谷は顎を引き、下を向いた。

そんなところまで、事務員がわかるはずない。

ソファに戻りかけたときスマホが震えた。小宮からだった。

オンボタンを押す。興奮した声が伝わってきた。

「……ユキオさん、見つけました。市内です。本名はアダチユキオさんって言います。安いの安、達人の達、行くの行に男。安達行男《あだちゆきお》さん、七十七歳」

面食らった。

「いま、どこにいるんだ？」

「医療センターです」

「三つ目のところか？」

リストで三番目に回る病院だったはずだ。

「いえ、二つ目、国立の総合病院。四つ目の病院で指を切断した行男さんが見つかりました」

「なんだって、四つ目の？」

「すみません。いまいるところが四つ目に回る病院と提携していて、看護師さんがそっちに電話してくれて、患者の電子カルテに当たってくれたんです。それで見つかって。昭和五十七年の三月六日に手術を受けています」

いまから三十五年前だ。

「わかった。その人の住まいは？」

「市内のヨウトウ五丁目。安達コウギョウとなっています」

「遠いのか？」

「いえ、宇都宮駅から東に四、五キロ。産業《さんぎょう》通り沿いだそうです。どうしますか？」

「すぐ行く。詳しい地番をメールしてくれ」

「了解。わたしもタクシーで」

「わかった。現地で落ち合おう」

電話を切り、ソファに戻った。

念のため組合の加入社リストを見た。

三枚目にそれらしいものが見つかった。

安達鋼業。

住所は陽東《ようとう》五丁目。ここのようだ。

メモしていると、小宮からメールが届いた。同じ地番だった。

机に広がったファイルを閉じる。事務員に挨拶して早々に組合を出た。

15

宇都宮駅に向かったときと同じルートだった。途中、末松に電話を入れて、事情を話した。課長にも伝えるように頼み、野々山を連れて宇都宮に来るように命令した。国道四号線のバイパスから鬼怒通りに入った。産業通りとぶつかる交差点で北に曲がる。一般住宅がほとんどで空き地が多い。タイヤショップを過ぎたところで、左手に平屋の小さな工場があった。青いスレート屋根だ。手前にある立て看板の脇に小宮がいた。立て看板に安達鋼業とある。

工場は道から十メートル以上奥まっていて、駐車スペースに白いセダンと軽ワゴン車が停まっていた。セダンの横に車を停めて降りた。十時半になっていた。

「中に入ってないよな?」

小宮に訊いた。

「まだですよ。何があるかわからないし」

小宮はアルミサッシの扉に目を当てる。

シー、コチン、シー、コチン――。

一定のタイミングでプレスしているような低い機械音。

工場の大きさは幅十メートル、奥行き二十メートル程度。途中から左手にトタンで囲われた小屋がつなぎ合わさっている。工場本体の壁は白く塗り直しているが、一目で年代物とわかる。

「ユキオさんの写真、用意できてるな?」

「ここに」

小宮は革のトートバッグを叩く。

「じゃ、ここで待っていてくれ」

アルミサッシの扉に手をかける。油アカで汚れた横の壁に、『基金解散反対』と赤く大書されたポスターが貼られてあった。開けると一気に騒音が来た。屋根に採光部があり、中は明るかった。見慣れない機械が通路をはさんで並び、作業服姿の男が三人、それぞれに張りついている。手前のグラインダーで火花を散らしている五十がらみの男が振り返ったが、すぐ作業に戻った。

「安達さん、いらっしゃいますか？」

疋田は男に向かって声を張り上げた。

すると無言でいちばん奥で作業している人を指した。

横長の赤っぽい機械を操作している。ほかの作業員と同様、黄色いヘルメットをかぶり、長髪がはみ出ている。ずんぐりした体格だ。

通路を進む。

機械から突き出たレールのあいだに立ち、薄い革手袋をはめた左手でスイッチを押し、右手で三十センチ幅の鉄板を送り込む。そのたびに、機械は音をたてて、鉄板を裁断している。マスクをはめた顔はこちらを向かない。

「安達さんっ」

真横から声を掛けると、男は赤色のボタンを押して機械を停止させた。

騒音が少しやんだ。ようやく、疋田を振り返る。面長な顔立ち。唇に特徴がある。

「安達さんですか？」

「はい」

マスク越しの声がくぐもる。

ヘルメットの下から小さく細い目が覗いている。童顔。伸ばした髪に白いものが混じっている。五十歳手前くらいか。

「突然で申し訳ない。こういう者です」

疋田は警察手帳をかざして見せたが、安達に表情の変化はなかった。

「お名前を聞かせてもらっていいですか？」

「安達利文《としふみ》です」

「利文さん、あなた、おじいちゃんいる？」

「……父ですか？」

間違えた。父だ。

「ええ、お父さん。名前、何とおっしゃる？」

「行男ですけど」

「外で話せないかな」

強引に安達を外の小宮の待っているところまで連れ出した。

小宮から渡された写真を安達の眼前にかざした。

「この人ですか？」

短髪で唇が厚く、むっつりした顔立ち。ユキオの写真だ。

首を伸ばしたかと思うと、疋田の顔を見てこっくりうなずいた。

「この人、安達行男さんで間違いない？」

目の前にいる男と似ている。厚い口元などそっくりだ。

「はい……そうですが」

と安達はヘルメットを脱いだ。

「お父さん、指を切断したことある？」

「ああ、ありました」

「どの指？」

安達は両手を広げ、少し迷ってから左手中指の第二関節をつまんだ。

当たりだ。ユキオはこの男の父親だ。

「あなた、お父さん、いまどこにいるかわかる？」

安達は細い目を見開き、胡散臭《うさんくさ》げに見守る小宮に一瞥《いちべつ》をくれた。

「どこって……」

言葉尻を濁らせる。

「お父さん、ふだん、どこに住んでるの？　同居してる？」

声を嗄《か》らすと、安達は戸惑い顔で口角を下げた。

「……別々に住んでますけど」

小宮が一歩前に出た。

「どちらに？　施設に入っているんですか？」

「やぁー、借家のほうに」

ヘルメットのせいで、ぺったり張りついている髪に手をやる。

「お母さんとふたりで住んでるの？」

疋田は訊いた。

「や、ひとりで。母は五年前に亡くなりました」

小宮が呆れ顔で疋田を見た。

「その家はどこにあるの？　この近く？」と小宮。

「ちょっと離れていてナカクボのほうに」

「失礼だけど、あなたの親父さん、認知症だよね？」

疋田が声を掛けると、安達はまじまじと見つめた。

「……ですけど……見つかりました？」

「いなくなっていたの？」

小宮が横から訊いた。

「デイサービスの人に言われて、捜したんですけど見つからなくて」

「それ、いつのこと？」

「先週の金曜日」

「それまでは家にいたの？」

安達は体をゆすり首を傾げた。

「どうかなぁ……いたんじゃないかな」

無責任な言い方に、腹が立った。

「一緒に住んでいなかったんですよね？　警察に届けた？」

体をゆすりながら、安達はうなずいた。

「いつ？」

「先週の金曜日ですよぉ」

この男の話している中身は本当なのか？

「何時に届け出たの？」

「夕方です。警察署に行きました」

「金曜は朝から何をしていたんです？」

「ずっと工場で仕事してました」

「そのあと、警察から見つかったという連絡はなかった？」

「ないですけど」

「安達さん、いま、お父さんがどこにいるかわかる？」

安達は子どもじみた顔で、首を横に振った。

「赤羽だよ。東京の」

言われて、安達は目を見開いた。

「東京に？」

「浮間の神楽荘っていう施設にいるんだよ」

「『ミラクル4』って、聞いたことないですか？」

小宮が口をはさむ。

「いえ」

真顔で答える。うそではないようだ。

「もう一度訊きます。この方、お父さんに間違いないですよね？」

まじまじと安達は写真を見つめた。

「……はい、親父です、間違いありません」

「お父さんはふだんから教会に行くの？」

「いえ、仏教ですけど」

「お宅はどこ？　この近く？」

「あ、この裏手に」

と安達は手を上げて工場のうしろを示した。

「ご家族はいる？」

「いまの時間なら女房がいると思いますけど」

「じゃ、そっちへ行こう」

「ちょっと待ってください」

安達は工場に入ってから、すぐ戻ってきた。

頭を低くして、道案内をはじめる。

名状しがたい気分だった。散歩途中に迷子になり工場に入り込んだユキオの姿が目に浮かんだ。どうして、認知症の父親をひとりで住まわせていたのか。体は元気で足腰も丈夫だ。放っておけば、外に出かけて迷子になるのは目に見えている。デイサービスが充実しているのか。

「お父さんは工場で指を切断したんですか？」

安達の背中に小宮が声を掛ける。

「ええ、シャーリング機にはさまれちゃって」

「何ですか、その機械？」

「鉄板なんかを切る機械ですけど」

「さっき、あなたがやってたやつ?」

疋田が訊いた。

「あれより、ひとつ古い型です。もうないけど」

工場の生産品目を訊くと、板金加工が専門で、試作から量産まで対応しているという。社員は自分も含めて四名。小さな町工場だ。

通りから路地を回り込む。クランクになっている角の広い土地に、和風の二階建ての家があった。二階に通じる外階段もあり、二世帯住宅のようだ。全体がややアンバランスだ。リフォームしたのかもしれない。家の前にシルバーのコンパクトカーが停められていた。

玄関の引き戸を開けて、「ヨシコ」と言いながら、利文は上がり込んだ。

玄関脇の応接間に通される。

ソファの横で立って待っていると、小柄な女が利文に続いて入ってきた。化粧が濃い。目が吊り上がり、外ハネパーマが髪全体を厚く見せている。妻の好子《よしこ》だ。警察の方々だよと利文が声をかけているが、表情を変えない。

小宮がユキオの写真を見せると、好子は覗き込んだ。

「お義父《とう》さんですか?」

「……と思います」

抑揚《よくよう》のない口調。

小宮が質問をくり出した。

突然の警官の来訪にも驚いた様子はなく、淡々と夫と同じ答えを口にする。

続けて、行男以外の三人の老人の写真を見せた。

ふたりとも、心当たりはないと言った。

「よく見てもらえませんか？」

小宮が苛立った顔で呼びかける。

もう一度、ふたりは代わる代わるに写真を見た。反応はない。

落胆しなかった。四人のうちひとりの身元がわかった。ほかの三人も遠からず判明すると思った。

「お父さんの写真はありますか？」

疋田が声を掛けると、利文が持って来ますと言って席を外した。

「子どもさんは学校ですか？」

小宮に訊かれ、好子はさっと流し目をくれる。

「……高校に行ってます」

「お子さんはおひとり？」

「はい」

行方不明になった義父について、何も尋ねてこない。

「木曜日と金曜日はどちらにいましたか？」

「朝から夕方までパート先にいました」

「どこですか？」

近くにあるショッピングモール内のとんかつ店を口にする。

「きょうは休みなんですか？」

「二時で終わりです」

「家の中を見せてもらいますよ」

疋田は言い残して応接間を出た。食卓と台所は艶々《つやつや》して新しかった。廊下をはさんで左手に暗い感じの日本間がある。こちらはリフォームする前のままなのかもしれない。壁の中に古い仏壇が収まっているのが見えた。覗き込むと位牌《いはい》には六人ほどの戒名《かいみょう》が刻まれていた。

利文に声をかけられて、応接間に戻った。

写真入れを渡された。写真屋で焼き増ししたとき、無料でくれる紙製のアルバムだ。半分ほど写真が収まっていた。七十歳くらいの男が、妻らしき人物と一緒に収まっている写真がほとんどだった。旅行に出かけているときに撮られたようだ。表情が生き生きしている。赤羽にいるユキオと同一人物であるのは間違いなかった。利文らの家族とともに写っている写真はない。

「この家でご両親と一緒に住んでいたことはなかったの？」

疋田は訊いた。

「結婚するまで、ここで同居してましたよ」

あっけらかんと利文は答えた。

「結婚してから外に出たわけですね？」

「はい」

「ご兄弟は？」

「新潟《にいがた》に嫁《とつ》いだ妹がひとりいます」

「もともと、ご両親はこの家に住んでいたんでしょ？　あなたがた、いつから同居するようになったの？」

「四年前から」

「そのあと、お父さんだけ出ていったんですか？」

「……ですね」

「いつ？」

「三年前に」

一年間同居しただけで、父親だけが外に出ていった。

よくわからない話だ。

「お持ちの車は玄関先にある車ですか？」

「はい」

「あれ一台だけ？」

「そうですけど」

「工場にはないの？」

「軽ワゴン車が一台ありますけど」

それは見ている。

「ミラクル４」の四人を乗せた黒のミニバンは見当たらなかった。

「あなた方の顔写真を撮らせてもらいます。赤羽にいるお父さんに見てもらいますから」

利文は緊張した面持ちで、小宮が差し出したスマホと向き合った。好子のほうは、動じる気配がなく、ふたりの顔写真を続けてカメラに収めた。

「行男さんの住んでいる家に案内してくれますか？」

そう言うと、利文は好子の横顔をうかがってから、「はい」と答えた。

「われわれの車で行きましょう。道々、これからのことについてお話ししますので。工場に先に戻っています」

早々に席を立ち、小宮とともに玄関から出た。

工場の従業員に安達利文のアリバイの確認をしなくてはならない。

16

金型工場脇の路地を入った行き止まりに、三軒の古い平屋が建っていた。長屋風だ。車から降りた利文は、伸び放題の植木で囲われた家の玄関に立ち、引き戸を開けた。その肩越しに、疋田は中を覗き込んだ。すえたにおいに鼻を突かれた。下足入れにはタオルや紙箱が雑然と積まれ、土間は古新聞やカタログ類で足の踏み場もない。居間から台所まで、ゴミのつまったレジ袋やペットボトルが散らばっていた。

「鍵《かぎ》かけていなかったの？」

「だって、いつ帰ってくるかわからないじゃないですか」

玄関先で立ったまま利文は答えた。

「お父さんが認知症になったのはいつ？」

「診断出たのは……二年前だったかな」

実際はもっと早い時期から症状が出ていたに違いない。

「通帳とか現金はお父さんが自分で管理してたの？」

「通帳はぼくが管理してますよ。現金はときどき渡していますから」

「通帳、いつお父さんから預かったんですか？」

険しい顔つきになった。

「一年半くらい前」

「通帳を渡すのをお父さん嫌がらなかったですか？」

利文は後頭部を掻いた。答えはない。

「年金が入っていたんでしょ？」

と意地悪く小宮が問いかける。

高齢者がいちばん気にするのは自分の通帳だ。たとえ息子でも、簡単には渡さないはずだ。認知症になったとしても。

「お父さん、お金はどこに保管していたのかな？」

改めて疋田は訊いた。

「ショルダーバッグでしたけど……」

そこで待っててと声をかけ、小宮とともに上がった。

レジ袋からは割り箸やプラスチックのスプーンがはみ出ていた。ローテーブルの上に空の弁当パックや食品トレイがいくつもある。小宮が指紋採取キットを携《たずさ》えて台所に入っていった。

テレビ台に載せられた小型液晶テレビの表面は、ほこりで覆われていた。リモコンは見つけられなかった。電源コードが蛇《へび》のように垂れて、居間を横切っている。コンセントはたこ足配線になっていた。

三段のタンスを開けてみると、下着や洋服は雑然とたたまれて収まっていた。その上に買い置きの洗剤が三箱重なっていた。扇風機と座布団《ざぶとん》のあいだに、ぱんぱんにふくらんだショルダーバッグがあった。中に薄手のブルゾンがしわくちゃになって収まっていた。その下に保険証入れの革ケースと財布があった。財布の中には一万二千円と小銭が残されている。

となりの八畳ほどの日本間は、大小の押し入れが四つあり、奥にある衣装ケースのふたが開いたままだった。畳の上には雑多なものが詰め込まれた段ボール箱やワゴン、座椅子、そして衣類のかけられたラックなどがあり、隅にせんべい布団が敷きっぱなしになっていた。足の踏み場もない。こんなところで寝起きしていたなら、息がつまったのではないか……。押し入れを開けてみる。客用の布団が上から下まで押し込められていた。ノートや日記の類いは見つからなかった。

小宮がやって来て、採取した指紋の台紙を見せた。台所のコップにたくさん付着していたという。ライトを当て、ユキオの指紋と比較してみる。

右手親指の左渦巻きの渦状紋とぴったり一致していた。安達行男に間違いない。

ショルダーバッグを拾い、靴を履いて外に出る。

「財布は持っていったほうがいいんじゃないの?」

待機していた利文にショルダーバッグの中身を見せると、利文ははっとした顔で引き取った。

「お父さんを最後に見たのはいつですか?」

利文はすぐに思い出せないようだった。

「先々週の日曜日だったかな」

と考えながら口にする。

工場の従業員たちに利文のアリバイの確認をすませた。先週の月曜日から土曜日まで、朝は八時半、夕方は六時まで利文は工場で仕事をしていた。妻の好子も、ほぼ同じ時間帯にパート先にいたことまではわかっている。

「お父さん、ふだんはどうやって生活していたの?」

改めて訊いた。

「一日おきにデイサービスに通ってましたけど」

「ご飯なんかは?」

「介護の人が置いてってくれますから。ショートステイもよくやるし」

他人事《ひとごと》のように口にする。

「どれくらいの期間ですか?」

小宮が訊いた。

「一週間通しだったり、土日だけのときも。そのときそのとき、決めてもらっていました」

デイサービスのスタッフも、家の中の掃除までは手が回らなかったと見える。片づける端《はし》から、ゴミを散らかすので追いつかなかったのかもしれない。

デイサービスをしていた社会福祉法人の名前と連絡先を聞き出す。

「もう一度伺いますが、認知症になったお父さんを引き取ろうとは思わなかったの？」

疋田の質問に、ばつの悪そうな顔で利文はうつむいた。

「ヘルパー、よくしてくれていたし。ここに慣れてたから、いいかなと思って……」

そういう問題ではなかろう。

「わかりました。すぐにでもお父さんを引き取りに赤羽に出向いていただけますね？」

「あ、はい、そうします」

「車のほうがいいと思いますよ」

「ですね、そうします」

とりあえず、神楽荘の住所と関係者の電話番号を教えた。

引き取り時は、赤羽中央署の警官も立ち会わせる必要がある。

自宅まで送っていくと申し出たにもかかわらず、利文はなぜか逃げるように退散していった。家まで車で五分の距離。しかし、歩けば二カ所で大通りを渡り、路地を巡る必要がある。認知症の高齢者が息子の住む家に辿り着けるものではない。

「……何か事情があるみたいですよね」

大通りの左手に消えた利文の姿を見ながら小宮が言った。

「あるな」

「ほんとにほかの三人を知らないのかしら……」

「……担当のヘルパーやケアマネを訪ねて、最後に行男さんと会ったときの状況を訊かんといかんな」

「ええ。三人につながる話もあるかもしれないし」

「その前に警察署に息子が届け出たときの様子も訊いておかないと」

疋田は車のドアを開けた。乗り込みながら、「行くぞ」と声を掛ける。

小宮は乗ろうとしなかった。

「そっちは、お任せしていいですか?」

「いいけど、どうする?」

「近所で少し聞き込みしてから、ヘルパーと連絡を取ってみます」

利文の態度が納得できないという顔だった。

「わかった。何かあったらすぐに電話をくれ」

「了解」

隣家の戸を叩く小宮をルームミラーで見ながら、車を出した。

17

「あ、えーとですね、先週金曜日の午後五時五十分、こちらの行方不明者届を受理しております」

菊池《きくち》巡査は答えた。

ここは宇都宮警察署二階にある生活安全課。そろそろ昼休みが終わる時間帯だ。

「本人がここに来たんですか？」

「はい、わたしが事情を聞いて受理しました」

いくらか緊張した面持《おもも》ち。まだ三十手前だろう。

嫌な予感がした。手元にあるファイルは、写真などはそろっているものの、行方不明者届とその受理票のみ。安達利文が書いた届には、父親の行男が認知症である旨の記載がない。

「……特異行方不明者手配書、ありませんか？」

菊池は大きくかぶりをふった。

「特異行方不明……ですか？」

犯罪に巻き込まれた恐れのある者、そして今回のように認知症の高齢者が行方不明になれば、それは生命の危機に直結する。警察はただちに大がかりな捜索に着手しなければならない。

菊池はそれを通常の家出人と同等に受理した。

菊池はこわばった顔でファイルを携え、防犯係長席に回り込んだ。

部屋の中央にある課長席では、丸顔の女性がノートPCと向き合っている。

防犯係長を紹介された。梅原久則《うめはらひさのり》警部補。顎の張った四十代後半、疋田と同じくらいの歳に見える。席に着いたまま、首の後ろをこすりながら、「特異行方不明ということですが……どういう内容になりますかね？」と訊いてきた。

疋田は梅原の横に立った。

「赤羽で四人の身元不明の高齢者が見つかった件はご存じでしょうか？」

梅原は戸惑った様子で、「……あの盛んにニュースで流れているやつですか？　全員認知症なんでしょ？」と言った。

「はい。あの中のひとりがこちらに行方不明者届が出されている男性であることが確認できました。安達行男さんといいます」

梅原はまだ理解できない顔だ。

「陽東の方みたいです」

菊池が口をはさんだ。

「安達行男さん、医師に診てもらいましたが、やはり認知症の診断が下りていまして……」

疋田が言うと、梅原は両眉を上げて菊池を見た。

菊池は顔をしかめ、梅原の視線を外した。

疋田は四人の身元不明者について、詳しく話した。安達行男の指紋も照合して、本人確認ができているのも伝えた。

ふたりの顔つきが変わった。途中から、疋田は梅原にすすめられて、斜め前の席に腰を落ち着けた。直立したままの菊池の表情が硬い。

聞き終えた梅原は「菊池」ときつい調子で言った。「おまえが届け出を受理したとき、申請者の息子さんは行男さんが認知症だと申し出なかったのか?」

菊池は背中を伸ばした。

「はい、ただ、自宅からいなくなったので捜してほしいというだけでしたので……」

「詳しく訊かなかったのか?」

「写真など持参されていましたし、体格や身体的特徴、失踪時の服装や所持品なども正確に記憶されていましたので……」

「それを記録するのに忙しかったのか？」

「当人のよく行かれる場所なども上げられてましたし」

「薬物の使用歴の有無《うむ》、精神障害の既往歴《きおうれき》は？」

「はっ……いちおうお伺いしたと思いますが」

少しずつ歯切れが悪くなっていく。

それ以上は無駄だと思ったらしく、梅原は諦めた顔で「おまえ、まだ捜してないよな？」と口にした。

図星《ずぼし》という表情で菊池は唇をかんだ。

「捜しておりません。地域課には伝えましたが……」

「地域が捜索活動に入ったか？」

「……わかりません」

「確認しろ」

命令され、その場で菊池は電話を取る。

「疋田さん、ちょっと待ってて」と梅原は顔の前に手をかかげ、課長席に走った。

女性課長がノートPCのふたを閉じ、梅原を仰ぎ見た。ショートヘア。こちらも疋田と同じくらいの年齢かもしれない。

しかしなぜ、安達利文は父親の認知症について話さなかったのか？

電話を切った菊池が課長席に駆けつける。

女性課長の切れ長の目がちらちらと疋田に向けられる。

話がすんだ三人がこちらに来た。

梅原が姿勢を低くしながら、課長ですと紹介した。疋田も席を立った。

渡された名刺に、警部上岡伸子《かみおかのぶこ》とある。薄化粧。糊《のり》のきいた白いワイシャツに黒のスラックス。つや消しの黒いパンプス。小柄だ。

「どうもご苦労様です。話は伺いました。赤羽の例の四人の高齢者ですよね？」

ショートヘアを揺らし、確認を求めてくる。警戒のまなざしだ。

「はい。そのうちのひとりがこちら在住の方でして」

先を続けるように、上岡が見つめているので、梅原に話した内容をふたたび口にした。

すると、上岡は鼻から息を吸い、口から大きく吐いた。顔つきが一変していた。

「でありましたら、当方の落ち度の可能性が高いと思われます」

疋田を見据えたまま言う。

「あ……いえ」

「ただいま、地域に確認中ですが、おそらく捜索活動は行われていません」

いさぎよい響きに聞こえる。

「ひとつよろしいでしょうか。交番の巡回連絡票には認知症の旨、記載はなかったでしょうか？」

　菊池の顔と見比べながら訊く。

「はい、それもなかったみたいです」

すでに報告済みらしく、菊池が答える。

　交番でも把握していなかったようだ。

　行男の家を巡回連絡で訪れていないのだろう。

「こちらの三名につきましても、宇都宮署に行方不明者届が提出されていないか、ご確認願えますでしょうか？」

　疋田が差し出したタナカミエ、ハルコ、オサムの写真や資料を上岡が受け取った。

「あ、ほかの三名のですね」立ったまま上岡が中身をめくる。「この資料はいただけますか？」

「はい、複写分ですのでお受け取りください」

「助かります。ではデータベースとうちの資料に当たりますので」

　資料を梅原に渡し、目で至急、調べるように合図する。

　それを菊池が横から覗き込み、自席のノートPCで作業をはじめた。

　梅原が壁際に並べられたラックの前に赴《おもむ》いた。該当する届出書類の簿冊を引き抜き、さっそくチェックを開始する。

「部下のミスはわたしの責任でもあります。大至急、チェックさせますので」

「ありがとうございます。助かります」

「お忙しいのは承知していますが、赤羽を出られるとき、ご一報いただけたらと思いました」

上岡に表情を変えないまま言われた。

「あ、申し訳ありません」

急いでいたし、宇都宮出身者である確信など持てないままやって来たのだ。

それについて釈明しようと思ったが、部下を見守る厳しい目線を目の当たりにして口にできなかった。

五分ほどで終わった梅原が戻ってきた。

「この三名については見当たりません。そっちはどうだ?」

梅原が菊池に問いかける。

「はい、栃木県警で把握している七十歳以上の行方不明者は現在、六名います。全員女性です」

と菊池はモニターを見ながら答える。

「その中にタナカミエさんは?」

上岡が訊いた。

「おりません。ハルコさんと同一人物もいません」

上岡は疋田に向き直り、口を引き結び、腰に両手をあてがった。

「……どうしますか？」

「もしほかの三名も宇都宮方面の出身でしたら、こちらの署にもより多くの情報が上がってきているはずだと思いました」

「……かどうかはわからないですけど」

「こちらに届け出のあった行方不明者について、再度ご検討お願いできますでしょうか？」

「もちろんそうします。そちらは？」

「はい、身元のわからないオサムさんは溶接工肺です。それを手がかりに、市内にある溶接業協会に出向いてみたいと思います」

上岡は小さくうなずいた。

「疋田係長、捜査要員は足りていますか？」

「わたしを含めて四名がこちらで捜査に当たります」

「わかりました。この件、ただちに署長に報告しますが、捜査の手が足りなかったらお申し出ください。全力で応援しますので」

「そう言っていただけると助かります」

挨拶も早々に背を向けると、

「もし何かわかりましたら、ご一報願えますでしょうか？」

と上岡の声がかかった。

その場で振り返り「もちろん、すぐにお知らせします」と答えた。

何かしらの援軍を得たような気分で署をあとにする。

しかし、安達行男の身元が確認されただけで、ほかの三人は相変わらず不明のままだった。四人のうちひとりでも身元がわかれば、芋づる式にほかも判明する……。その見込みは甘すぎた。

赤羽中央署の西浦課長に報告を入れる。たったいま、宇都宮署の上岡生活安全課長から電話があったという。早いと思った。安達利文の受け入れについて了承を得た。電話を切ると、末松から電話がかかってきた。もうあと三十分ほどで宇都宮に入るという。自分のいる場所を教え、高速道路を降りたあたりでもう一度電話をよこすように告げた。

十分ほどで溶接業協会に着いた。宇都宮大学に近い平松町《ひらまつちょう》の住宅街だ。

二階建ての総タイル張り。先に訪ねた栃木県央金属機械協同組合よりも、ひとまわり大きい。隣接する駐車場も二十台ほどの駐車スペースがあり、その八割ほどが埋まっていた。車をおいて、協会の建物に入った。小さなガラス戸の受付があり、名乗り出るとしばらく待たされた。壁に来月開催される溶接技術競技会のポスターが貼られてある。二階は研修室になっているらしく、作業着姿の五、六人の男が階段を降りてきた。和《なご》やかそうな会話をかわしながら、外に出ていった。

髪を額の真ん中で分けた五十がらみの男が現れて、中に案内された。ふたつのシマがあり、六人の男女の事務員がせわしげに働いていた。ヘルメットや作業服の詰まった段ボール箱やパンフレット類が部屋のあちこちに置かれていた。書類やファイルの数も栃木県央金属機械協同組合よりもはるかに量があった。事務局長室に通された。渡された名刺に事務局長の阿部輝義《あべてるよし》とある。

すすめられて座ったソファは硬かった。

「ずいぶん、お忙しいようですね」

と疋田は切り出した。

阿部は髪をしごきながら、「明日は高校生の見学会があるものですから」と口にする。

「こちらにですか?」

「いえいえ、市内の大手メーカーの工場です」

阿部が口にしたメーカーは、名の通った自動車メーカーだった。

「溶接関係のところを見学するんですね?」

「そこが中心になりますよ。溶接の仕事にひとりでも多く興味を持ってもらいたいですから」

言いながら、協会のパンフレットを滑《すべ》らす。

パンフレットを見た。全国的規模で展開しているようだ。東京に本部がある。活動内容も溶接の研究をはじめとして、様々な資格や技術情報を会員企業に流す役目を負っているようだった。

「こちらの会員社はどれくらいになりますか？」

「県内で二百五十社ほどです」

会員の一覧表には大手企業の名前が並んでいた。栃木県央金属機械協同組合とは比べものにならない規模だ。ただし、保険などの共済事業は行っていないようだった。

「こちらの協会に参加している個人の方々の名簿のようなものはありますか？」

阿部は首を横に振った。

「うちはあくまで会社単位ですので、個人は把握しておりませんが」

阿部は太ももに両手を当て、背筋を伸ばした。用件はという顔だ。

「じつはですね……こちらの地方で溶接工肺に罹《かか》っている方を捜しておりまして」

「溶接工肺？」

「そうした方々をこちらで把握しているのではないかと思いまして。どうでしょうね？」

阿部は弱ったという顔で身を引いた。

「……さあ」

「そのような名簿がないのはわかります。会員の会社で健康診断をするじゃないですか。溶接工肺と診断された方を病院に紹介されたりすると思うんですが」

歯切れの悪い訊き方になった。

「そちらも参加企業のほうに任せていますから、うちではどうも……」

と阿部は頭を掻く。

それはそうだろうと思った。溶接工肺というだけで該当者を絞り込むのは無理からぬことだ。

「……ちなみに、こちらの協会に栃木県央金属機械協同組合に加入されている企業の方々もお入りになっていますか？」

「県央協ですか？」

「ええ、瑞穂野にある金属機械関係の組合ですが」

「知ってますよ。うちに加入している社もけっこうありますから」

「ですよね」

阿部は胡散臭げに足を組んだ。

「県央協についてお調べですか？」

「……そうですね」

「うちは研修や啓発事業だけですけど、あそこは健保や年金なんかの会員向けの事業をやってるから大変でしょう」

意味ありげに言う。

「……そうなんですか？」

「うちにもちょくちょく社員が研修に来てますけどね。年金が出なくなったら、どうしようなんて言う人もいるから」

「年金が出ない？」

「最近よく言うじゃないですか。厚生年金基金の運用がうまくいかなくて、赤字を出したりする組合が多いって。県央協もその基金をやってますからね」

「……厚生年金基金というと？」

「本来なら国がやるべきところを、企業が集まって基金を作り、年金業務を代行するんです。一時期は猫も杓子《しやくし》もそれでしたよ。一円でも多く年金を支払いたいから」

よくわからなかった。

「すみません。もう少し、詳しく教えていただけませんか？」

「えっと、たとえばですね。四十年勤続で、そのあいだ厚生年金基金に入っていた男性がいるとするでしょ。一般的には、そうだな、ひと月あたりの年金支給額を十七万円としましょう。その内訳は基礎年金が六万円、厚生年金が七万円、それから基金が四万円ほどになるんですよ。わかります？」

「……だいたいは」

警視庁は共済年金なので、厚生年金の仕組みはわかりづらい。

阿部はメモ用紙にボールペンで縦長の長方形を描いた。それを三等分するように二カ所に線を入れる。

「県央協に限らず、企業年金というのは、この一階部分が国の基礎年金、二階部分は厚生年金になってるんですが、そこはおわかりですか？」

「はい」

阿部は三等分された一番上の箱にペン先をあてがった。

「この三階部分は、企業が独自に積み増しする分なんですよ。県央協に加入している会社の場合、組合に金を委託して厚生年金基金を作ってましてね。その金で組合は株や債券に投資して資金を運用するわけです」

「三階部分の年金を少しでも増やすために？」

「そうです。ただ、バブル以降、損失を出して基金自体が立ちゆかなくなった例が出てきてましてね。大手企業の基金はほとんど解散しちゃったけど、中小は財政状態が悪いまま、ずるずる引きずってるのが多いですね」

「県央協もそうなんですか？」

阿部はふと目をそらした。

「……まあ小規模ですからね。県央協に限らず、問題は基金が国の厚生年金業務を代行しているところなんですよ。基金の財政が悪化して解散するとしたって、国は年金支払いをストップするわけにはいかないでしょ？　だから、解散する場合は、年金支払いの代行部分の原資を国にそっくり返済しなきゃならない事態に追い込まれるんですよ」

「基金の財政が悪化したら、そんな余力、あります？」

「ないから困ってる基金が多いんです」

「解散したくてもできない状況にあるわけですか……」

「端的に言えばね。それに基金がなくなったら、びた一文年金が出ない人だってぞろぞろいるだろうし」

「え？　基礎年金や厚生年金の二階部分は出るんじゃないですか？」

「そりゃ、二十五年勤めて、きちんと保険料を払っている人は年金が出ますよ。でも、勤続二十五年以下の人なんて、ざらにいますからね。その人たち、無年金になっちゃいますから」

「県央協の加入者もそうなる人が多いんですか？」

阿部は口の端をゆがめた。

「……いや、それはごく一般に年金に当てはまることですよ。どっちにしたって、早いとこ解散しないといけないのにね」

協同組合の事務所を思い浮かべた。加入社は百社を超えている。基金で運用している額もそれなりにあるだろう。数億？　いや数十億？　素人に運用は無理だから、当然、信託銀行などの専門機関に委託しているはずだ。低金利の時代に運用は思うに任せない。阿部が言うのが本当なら、基金、いや、組合の存続自体覚束《おぼつか》ない事態に陥《おちい》っているのではないか。どうして、あの理事長はそれについて明かさなかったのだろう。やましいところがなければ、少しぐらい触れてもよかったはずだ。それに……妙に煙《けむ》たがられていた。話も早々に切り上げて、帰っていってしまった。不在だった事務長からも話を聞く必要がありそうに思えてきた。

丁寧に礼を述べて溶接業協会をあとにした。小宮と末松に電話をして、行く先を告げる。小宮はタクシーで県央協に向かいますと言った。

腹が減ってきた。コンビニに立ち寄り、昼食を仕入れなければ。

18

県央協前の車道に小宮が立っていた。そのまま助手席に乗せ、木材加工工場の裏手の駐車場に入った。末松に電話して現在位置を知らせる。

「あの奥さん、問題ありそうです」

電話を切ると、いきなり小宮は言った。

「何だよ、奥さんて？」

「安達利文さんの奥さんの好子さん。行男さんを担当しているヘルパーと会えました。彼女によると、四年前、行男さんは長男の利文さんから懇願《こんがん》されて同居に踏み切ったらしいんですよ」

「懇願された？」

「行男さんの奥さんが亡くなった翌年、借家住まいだった利文さんから、実家をリフォームすればみんなで住めるし、老後も安心だからと言われて同居に踏み切ったらしくて。行男さん、なけなしの貯金千五百万円を使ってリフォーム資金にあてたんだそうです」

「ヘルパーが言ってたのか？」

「ええ。となり近所でも事情を知ってる人がいますし」

「そうか……」

食べ物のつまった袋を差し出すと、小宮はタラコのおにぎりを取り出して、勢いよく食べはじめた。疋田はハムサンドイッチを選んだ。

小宮は咀嚼《そしゃく》しながら続ける。

「……同居してしばらくすると、利文さんの奥さんがパートに出るようになって。利文さん、ろくに面倒も見てくれなくなったらしいんです。それでも、月々五万円ほど家に入れていたようなんですよ」

「世話になっている手前だろう」

「それで、好子さんなんですけどね。行男さんが風呂に入ろうとすると『お義父さんは銭湯に行ったほうがいいんじゃないの』とか言うようになったんです。そうかと思うと、行男さんには一言も知らせないで、勝手に旅行に行ったり。好子さんは冷凍食品ばかり出すし、家にいても小言ばかり掛けられる。半年もしないうちに文句を言う気力もなくなって、行男さんのほうから一緒に住めないって申し出たそうです」

そこまで言って、最後に残ったおにぎりをほおばる。

「あの奥さんがか……」

冷たそうな安達好子の顔を思い出した。

「そしたらどうです？　息子さんも、受け継いだ会社の業績が芳《かんば》しくないからって、それまで家に入れていた月々五万円に加えて、行男さんにかかっていた食費分の三万円を、追加してくれって言ったそうなんです。それも呑んで、さかのぼった分の四十万近くを払ったそうです。ほとほと参ってしまって、息子が見つけてきた借家に移り住んだそうなんですよ」

「呆れた話じゃないか……」

「息子さん、奥さんの尻に敷かれていたみたくて」

「鬼嫁だな」

「そのものです。行男さんがもらっている年金だって、使い込んでいるだろうし」

「息子も見て見ぬふりだろう」

「別居した当時から利文さんは半分認知症に罹っていたのかもしれません。ていよく息子夫婦に丸め込まれて、別居したとしか思えませんね」

疋田は微糖コーヒーで、サンドイッチを胃に流し込んだ。

チーズ蒸しケーキの封を開けた小宮に、コーヒー缶を渡す。

「ヘルパーが行男さんを最後に見たのはいつだ？」

「先週の水曜日。朝迎えに行って夕方まで世話したそうです。金曜日の朝も九時に迎えに行ったんですが声を掛けてもいないので、近所を捜したらしくて。それで息子さんの携帯に電話を入れたそうです」

「息子の言い分と合ってるな。ミラクル４のほかの三人と関係するような話はなかったか？」

「行男さんが使っていたデイサービスセンターに連れていってもらいました。利用してる高齢者や職員の方々全員に写真を見せましたがだめでした。知ってる人はいません」

すぐ横にセダンが停まり、助手席から末松が顔をのぞかせた。

末松に続いて、運転席から野々山が降りた。後部座席に乗り込んでくる。

「あれ？　いまごろ昼飯？」

パンにかじりついているのを見て末松が言った。

「そっちは済んだんですか？」

「交代でばっちり食べましたよ」

疋田はうなずきながら、食べ続ける。

「たったいま、課長から連絡があって、大まかなところは聞きました」末松が言った。

「長男の安達利文さんの受け入れはできているみたいですよ。あれだけ騒がれたんだから、マスコミもほうっておかないだろうし」

「それは助かる」

疋田は食べるのをやめ、あらためて見聞きしたことを話した。小宮も補足した。

すると末松が「届け出のとき、行男さんの長男が親父さんの認知症を話さなかったのは変ですよね」といぶかしげに言った。

「そうなんだよ」

「息子さんに理由を訊きましたか？」

「いや、まだ」

「その息子、こってり絞ってもらわないといけませんね」

野々山が口をはさむ。

「そっちはうちの課長に任せるさ」

　安達利文については、赤羽中央署の生活安全課が徹底的な事情聴取を行うはずである。

「うちの親戚にも似たようなやつがいますよ」末松が口を開く。「居酒屋をやってる又従《また い》兄弟《とこ》ですけど、毎月赤字出して両親に穴埋めしてもらって。両親はもう七十過ぎてるのに、穴埋めする分の金を稼がないといけないので外に出て働いてるんですよ」

「その人たちも同居？」

　小宮が訊く。

「そうそう。孫もいるから両親は老骨にむち打ってさ」

「やってられないな」と野々山。

「疋田係長、もう一度、協同組合に行くんですか？」

　末松がうしろを見ながら言った。

「そのつもりだよ。ほかの三人の手がかりがあるような気がしてさ」

　小宮もうなずいた。

「わたしもそう思います。徹底的に調べたほうがよさそうですね」

「ガサ入れですか？」

　そう言った野々山の頭を末松がポンと叩いた。

「馬鹿、協力してもらうんだよ」

「わかってますよ。手早くここを片づけて、宇都宮競輪場に行かないといけませんからね」

末松は顔をしかめ、もう一度手をふり上げた。

「スエさん、それくらいにしとけよ」

道々、末松は趣味にしている競輪の話を聞かせたのだろう。

「どちらにしても、安達行男の周辺を調べる必要があると思う」疋田は続ける。「マコ、スエさんと一緒にもういっぺん、そっちを回ってくるか？　こっちはおれと幸平で片づけるから」

「了解です。じゃ行こう」

末松は小宮とともに車を乗り換えて、走り去っていった。

19

県央協のガラス戸を開けると、ふたりの事務員が振り返った。驚いたように互いの顔を見つめあったあと、板谷という事務員が慌てて電話を取った。背中を向けて話しはじめる脇で、須賀が太った体をカウンターまで運んできた。

「……あの何か……？」

前髪を掻き上げ、上目遣いで睨まれる。

「さきほどの続きをお願いできればと思いましてね。構いませんか？」

須賀が後ずさりしたので、野々山を促してカウンターから中に入った。

「あの……名簿でしょうか？」

あとを追いかけるように須賀が訊いてくる。

「そうですね。ほかにも、いろいろあると思いますけど」事務スペースにあるラックを見た。「あのあたり、適当に見させてもらっていいですか？」

須賀は肩をこわばらせ、もうひとりの事務員を見やった。

小さく板谷がうなずいたので、野々山を事務スペースに送り込んだ。

「あなた、いま電話で理事長さんを呼んだ？」

疋田は板谷に問いかけると、気まずそうに「はい」とほとんど聞き取れない声で返事した。

「ついでに事務長さん、呼んでもらえますか？」

さらに言うと、ふたりの事務員の体が凍りついたように固まった。

様子がおかしかった。

疋田も事務スペースに入った。女性事務員たちの座る机の上には台帳やファイルが開かれ、忙しそうだった。ふたりの机に向き合う事務長の席はすっかり片づいている。鉛筆一本ない。

「……事務長さん、どこかに行かれたの？」

ふたりとも顔がこわばった。須賀がちらちらと板谷をうかがう。

板谷は板谷でひじを体の両脇につけて、自分を小さく見せようとしていた。

「事務長さんの携帯の電話番号、教えてくれるかな？」

口を開きかけた須賀に、板谷がオーバルのメガネ越しに諫《いさ》めるような視線を送りつける。

「須賀さん、事務長さんの名前はなんて言うの？」

須賀は黙ったまま脇を向いた。

「難しいこと、訊いたかな？」

「……田中《たなか》さんです」

ようやく須賀が洩らした。

「板谷さん、事務長って本当にいらっしゃるの？」

板谷の口が小さく開いた。

「はい……」

それだけだった。

「ぜひとも事務長さんから話を聞きたいんですよ。お願いできませんかね？」

板谷が胸元を覆うように、体を前に丸める。

「しばらく、お見えになっていません……」

細い体から、絞り出すように口にした。

「病気か何かで?」

機械仕掛けのように、板谷の卵顔が左右に動く。

見かねたように、野々山が日報らしきものを開いて見せた。

「タナカヤスシさんですよね?」

事務局を紹介する記事のようだ。この事務所の中で撮られた写真が載っている。事務長席で、額の広い面長の男が右ひじを机にのせ、半身になった姿勢で収まっていた。短髪だ。田中康志《やすし》事務長とある。左サイドで板谷がほほえみ、右手の須賀は前を見ている。事務長席にはデスクトップ型のモニターとキーボード。手前に木製のスタンプケースが開かれ、左には五段の書類トレー。その前には、分厚い法律書のようなものが二冊重ねられ、わずかな隙間にマグカップが置かれていた。

いま、その田中の机には、何もなかった。デスクトップのパソコンも見当たらない。

作業に戻るよう野々山に言い、板谷を向いた。

「田中さんはいつから不在ですか?」

板谷は目を合わせないまま、「十日ほどになります」と答えた。

疋田は壁に貼られたカレンダーを見た。

「九月三十日からいなくなったんですか？　土曜日ですよ」

「たぶん、その前の日くらいから」

「九月二十九日の金曜日ですね？　朝からいなかったんですか？」

「朝はいたと思います」

「ご家族と連絡は取れないですか？」

「無理……と思います」

声がかすれる。

どんと当たるような音がして、板谷の目が入り口を向いた。

理事長の松崎が威勢よく現れた。カウンターを回り込み、疋田の前に来た。

「まだ何かあります？」

頰肉《ほほにく》を揺らしながら、訊いてくる。

疋田は自らソファセットに移動した。

「もう少しこちらで調べさせていただこうと思いまして」

松崎に座るよう目で促す。

「……いいですけど」

まごついた顔でしゃがみながら、事務スペースにいる野々山を見やった。

「同僚です。名簿だけではわからないので、組合員の方々の写真などを見せてもらっています」

「ああ……」

「パンフレットも見せてもらいましたが、ソフトボールの試合とか会員同士の交流が盛んなようですね？」

「小さい工場ばかりですからね。楽しみも少ないし、家族同士でバーベキューとかよくやりますね」

「組合から補助を出したり？」

「うーん、ですね」

「加入社で安達鋼業さん、ご存じですよね？」

「安達……ああ、陽東の切り出し屋」

「社長の安達利文さんは？」

「知ってますよ」

「利文さんのお父さんはどうです？」

「親父さん？　ご存命なの？」

「もちろん。安達行男さんといいます」

疋田は頭を低くして、松崎の顔を見つめた。

「理事長さん、先週末からテレビでやってるミラクル4って知らないですか？」

「ミラクル……ああ、身元不明の老人が見つかったっていう、あれ？」

「四人のうちのひとりが、その行男さんだったんですよ」

松崎はぽかんと口を開けた。

「……は？」

「こちらに加入している会社の社長の父親だったんですよ」

「それが何か……」

「行男さんは七十七歳になります。長いこと工場で働いていて、こちらの組合からも年金を受給しているはずですが」

「……それを確認すればいいんですか？」

首を伸ばし、板谷のほうを見る。

「のちほどでけっこうです。それより、もう一度こちらを見ていただけませんか？」

あらためて四人の写っている写真を差し出した。指で行男を示す。

「この方ですよ」

しかめっ面で、目を落とした松崎を見つめた。

それ以上の反応はない。

「理事長さん、こちらでは、厚生年金基金を運用されていますよね？」

松崎はとぼけたように「してますが」と口にした。

「運用で苦しい状況にあるんじゃないですか？」

松崎は目をしばたたいた。

「どこで、そんな話を聞いたんですか？」

「あるところから」

松崎は顎を引き、ワックスで固めた髪に手をやった。

「……そりゃ高齢化社会で受給者も増える一方だし、支えるほうの現役だって横ばいですからね。……それが何か？」

「そのあたりの詳しい説明をお聞かせ願えませんかね？」

松崎は目線を外した。

「……困ったなぁ」

「事務長さんはどうされました？」

表情が曇った。答えが出てこない。

「……それが」

「どちらにいらっしゃるんですか？」

「ですから」

視線がさまよう。

「事務長さん……ひょっとして行方不明なの？」

松崎は息を呑み、瞬《まばた》きした。

「……じつは……そうなんですよ」

胸につかえていたものを吐き出すように言った。

やはりか。

「十日前からいない？」

「……ですね」

ばつが悪そうに言う。

「どうして、いなくなったんです？」

太い体を縮《すく》ませ、喉の奥でうっと洩らした。

みるみる青ざめていく。返事がない。

「連絡がつかないんですね？」

「……はあ」

肩で息を吐く。

「事務長さんのお住まいはどちら？」

「富士見《ふじみ》が丘《おか》のほうに」

「ご家族は？」

「母親と息子さんがひとり」

「奥さんは？」

「十年前にがんでお亡くなりになっています」

「家族の連絡先は？」

松崎は事務スペースを向いた。

「サトミさん、事務長の家族、わかる？」

板谷が慌てて席を立ち、手書きのメモを持ってきた。

田中康志とボールペンで書かれた横に、
母　田中三恵《みえ》
長男　亮太《りようた》
とある。

亮太の下には、携帯の電話番号が記されていた。

「その番号にかけても、つながらないんですよ」

あきらめたふうに松崎は言った。

「息子さんは何歳になるんですかね？」

「たしか東京の大学に通ってるはずですが」

「そちらの住所はわかりますか？」

「健保で遠隔地保険証を出してるから……須賀さん、ちょっといい？　この人の住所調べてくれる」

須賀がやって来て、自分のメモ用紙に亮太の名前を書き込み、台帳の収められたラックの前に出向いた。

「それから、お母さんは……」

口にしたとき、はっとした。

田中三恵……タナカミエと読む？

まさか……あのミラクル4のタナカミエ？

「お母さん、ご自宅にいらっしゃる？」

改めて訊いた。

すると、松崎は首を伸ばして板谷に訊いた。

「どう？　自宅にいる？」

「あ、いいえ、施設に入っていると伺ってますけど」

「どちらの施設に？」

板谷は首を横に振った。

「聞いていませんけど」

「お母さんのお歳はわかります？」

「ちょっと待ってください」

板谷は慣れた様子で、須賀と並んでラックにある台帳を取り出した。

見守っていた野々山が疋田の元にやって来た。

タナカミエについて耳打ちする。

「え？　ここの事務長の母親がタナカミエ？」

野々山が驚きの声を上げた。慎《つつし》めと目で抑え込む。

該当するページを見つけた板谷がこちらに来て、そこを広げて見せた。

「えっと、昭和十三年生まれ……七十九歳におなりです」

疋田は机の写真を取り上げ、板谷の眼前にミラクル４の写真を掲げた。丸顔で額の狭いタナカミエの顔を指す。

「よく見てもらえる？　この人、見覚えない？」

言うと、板谷はうしろでまとめた髪をつかみ、真剣な目線を注いだ。

一瞬、はっとしたように見え、それもすぐに消えた。

「……そういえば」

とだけ口にする。

「この人、事務長のお母さんなの？」

「前に一度、事務長から写真を見せてもらったことがあります。……似てるなって思って」

頭の中で火花が散った。

この事務員が言っていることが本当なら、タナカミエは安達行男が所属していた協同組合の事務長の母親ということになる。偶然の一致とはとても思えなかった。まだわからぬハルコとオサムも、組合と何らかのつながりがあるのではないか……。

「事務長のお父さん、ご健在ですか？」

「四年前に心筋梗塞《しんきんこうそく》でお亡くなりになったと聞いてますけど」

「四年前ですか……」

教会ではじめて田中三恵と出会ったときのことを思い出した。

——じっちゃん、四年めえに死んだべ

たしか、そう言ったはずだ。

須賀から、東京に住む長男の住所の書かれたメモを渡された。

文京区の大塚《おおつか》だ。白山《はくさん》にある私立大学の経済学部に籍を置いている。

田中三恵が赤羽に現れたタナカミエであるかどうか、大至急確認しなければならない。

小宮と末松を田中の住まいに送り込まなくては。東京在住の亮太という孫についても、大至急電話するなりして確認する必要がある。そちらは赤羽中央署に任せるしかない。

野々山に目配せして、事務所の隅で額を合わせた。

田中三恵に関する情報と捜査方針を伝え、西浦課長と末松に電話するよう命令する。

急ぎ建物を出る野々山を見送り、疋田は松崎のいるソファに戻った。

20

「もう一度伺います。事務長さんの失踪した理由に心当たりはありませんか？」

改めて疋田は松崎に訊いた。

「……それは」

「事務長の机、すっかり片づいているけど、どうしてですか？」

はっとして、松崎はそちらを向いた。

「もう帰ってこないとわかってるから、片づけたんじゃないですか？」

松崎は息を呑み、横を向いた。

「………」

「まさか、年金の運用なんかに絡んでいないですよね？」

松崎の横顔がゆがんだ。

当たりか？

「ひょっとして、運用に失敗したんですか？」

「んー」

　松崎は喉の奥から声を出す。

　埒《らち》があかない。証拠となるべきものを見るしかない。

「理事長」疋田は呼びかけた。「組合の厚生年金基金の決算書、見せていただけませんか？」

　松崎はおそるおそる顔を上げた。

「……それは……」

「もう十月です。ありますよね？」

　遅くとも六月にはできているはずだ。

「まだ議決されてない暫定版《ざんていばん》しかなくて」

「それでけっこうです。見せてください」

　松崎は決まり悪そうに席を離れた。事務スペースのラックから、厚いファイルを引き抜いて戻ってきた。背表紙に年金経理とある。最初のページを開いて、こちら向きに見せた。前年度分の損益計算書のようだった。

　一般的な売上げや営業収益などの記載はない。左に費用勘定《かんじよう》、右に収益勘定とある。給付費やら責任準備金など、はじめて見る科目が並んでいた。両方とも総合計は十六億七千四百万円。頁をめくると、貸借対照表になっていた。こちらは通常の貸借対照表と同じ形だ。左に資産勘定、右に負債勘定。勘定の計は二十七億円ほどだ。未収金や未払金などの科目の数字が目立つ。組合の資金ポジションは規模から見て、かなり低いように感じられた。

「これ、今年の三月三十一日現在のものですよね？」

疋田は訊いた。

松崎は頭を掻きながら「そうなんですけどね」と曖昧《あいまい》な返事をよこした。

「どなたが作られたんですか？」

「田中です」

「事務長ですか……いちばん費用がかかるのは、年金の支払いですよね？　それがこちら？」

疋田は費用勘定の中にある給付費を指した。十億円ほどだ。

「そうですね、それです」

「こちらの組合の年金受給者は何人いますか？」

「三千人強かな……」

「あれ？　組合に加入している人は二千人じゃなかったですか？」

「ですね」

「すると現役の一・五倍の人数が年金を受け取ってるんですか？」

「そうなります」

「ここに限らず、どの基金も似たようなものなんですか？」

「いや……うちは受給者の比率が高いと思いますよ」

「現役の負担が大変ですね。これかな？」

疋田は収益勘定にある掛金収入を指した。およそ四億円だ。

「それですね」

「単純計算で六億円の赤字になりますよね？　どこで埋め合わせしているんですか？」

「預金や剰余金から繰り入れして、何とか……」

「組合の口座にある金はどれになります？」

松崎は顔を表に近づけた。

損益計算書にある流動資産と固定資産の欄を指さした。

流動資産は二十二億円。固定資産は五億円。

これだけか？

「今年度も年金費用は同じくらいかかってますよね？　このままで、やっていけるんですか？」

今年度の年金支払いは何とかなる。しかし、再来年あたりで資金は枯渇《こかつ》してしまうのではないか。

松崎は腕を組み、渋面《じゅうめん》を作った。

「……どうかわからないね」

投げやりな答えだった。

「理事長、こちらの基金……解散する予定はあるんですか？」

松崎は唇を嚙みしめ、小さくうなずいた。

「何年か前からその予定はあったんです。でも、見込みがつかなくなっちゃって……」

がくっと頭を垂れる。

「……ひょっとして、厚生年金の代行部分の国への返済ができなくなったんですか？」

松崎は目を見張った。

どうしてそこまでわかるという顔だ。

「二十億近くあるんです……」

「返済金ですか？」

「ええ」

「どうやって払うんですか？」

松崎は横身になって足を組み、頰をふくらませた。

「そりゃ、年金を減らしたり、掛け金を増やせばいいんでしょうけど、そんなこと簡単にできますか？　ただでさえ、どこもカツカツなんだから」

「でも、やらないとだめでしょ？」

松崎はきっと疋田を睨んだ。

「簡単に言うけど、返済の見込みの立たないまま解散したらどうなると思います？　加入してる会社に返済金を負担させなきゃならないじゃないですか。一社当たりで割ったって、額が額ですから……。なんべんも代議員会に諮《はか》ったんですよ。まとまるはずないじゃないですか……ちっ、みんな田中のせいだ……」

「田中事務長のせい？　どういうことです？」

松崎は顔を紅潮させ、貸借対照表に目をやった。未収金の欄を指で叩く。

そこには二億八千万が計上されている。

「未収金がどうしたんですか？」

松崎は嗚咽《おえつ》をこらえるように下唇を噛んだ。

「……持ち逃げしくさって」

「持ち逃げ？……事務長が横領？」

松崎は疋田の顔を見据え、大きく首を縦に振った。

「それで行方をくらました？」

「ほかにないでしょ」

ぼそりと言う。

「横領した額は二億八千万円？」

松崎は首を何度も横に振った。

「とんでもない。それ最低ライン。実際はどれくらいなのか、やつにしかわからない……」

ようやく、これまでの松崎の不審な対応が腑《ふ》に落ちた。

基金の運用を任せていた人物が横領し、しかも失踪したとは！

「行き先の見当はつかないんですか？」

「わかれば苦労しませんよ」

「親戚とか知り合いは？」

「前橋《まえばし》に弟がいるだけで、ほかに身内はないです。友人とかも極端に少なかったし。わかる限り、ぜんぶ当たりました。誰も知らない」

「どこの出身ですか？」

「本籍は宇都宮の今宮《いまみや》になってるけど、そこには誰もいませんよ。北関東ブロックの年金機構を渡り歩いて、五十五歳で宇都宮年金事務所の副所長を退職。そのままうちの組合に事務長として天下りしてきやがった」

「歳は？」

「たしか五十八」

「富士見が丘の家は、いつ建てたんです?」

「十五年前ぐらいと思うけど」

「横領はいつからですか?」

「わかれば苦労しませんよ」

「横領さえなかったら、解散に持ち込めたんですか?」

「はっきりしたことは言えないけど、たぶん……」

「確認させてください」疋田は言った。「基金は解散を予定していたが、田中事務長が多額の横領をしたために解散を見合わせている。そういう状況なんですね?」

松崎は不承不承うなずいた。

「……見抜けなかったんですか?」

「あいつひとりに任せていたし……」

「監査とかしてたんでしょ?」

「月例の監査はね」

「毎月やっていて?」

「大学の先生と監事がふたりだけだから。年にいっぺん総合監査だってしてましたよ。それでもやつがうまく言い逃れていたから、ここ数年、代議員会も通って決算が議決されちゃったんです。今年はまだだけど」

「それで理事長さん……警察には届け出てあるんですよね？」

松崎は苦い顔で目線をそらした。

「……いま弁護士に相談してるとこです」

「弁護士に？　そんな悠長なこと言ってられるの？」

「だって、厚生局に報告しないと。その前に警察なんて……」

「厚生局って、さいたま市の関東信越厚生局？」

「ええ」

「ちょっと待って。そこの監査は入らなかったの？」

「五年に一度ですよ。でも来月の七日、特別監査があるんで……」

厚生労働省も何年か前から、この組合の財務状況を危ぶんでいたのだ。そのため、特別監査をする必要があると考えたのだろう。しかし、その監査が行われれば、基金の実態が国側に露見してしまう。そうなったら、とんでもない要求が出されるかもしれない。それで、関係機関への届け出を渋っていたようだ。しかし……それで許されるのか。

「理事長、あなたは国の特別監査の前に田中事務長を捜し出して、事の次第をはっきりさせたかったわけ？」

図星というように、松崎は首を縦に振った。

「事務長さえ捕まえれば、金は戻ってくるの？」

とたんに表情が曇った。

「……かどうかは、あいつしかわからないし」

呆れた。

「松崎さん」疋田は言った。「まず横領の被害届を警察に出してもらわないといけないな」

悠長に言い逃れしている時間はない。

松崎も悟ったらしく、覚悟を決めたような顔で疋田を見た。

「……そうします」

「これからは我々に従ってもらいますので」

犯罪が露見した以上、手をこまねいて見ているわけにはいかない。

ここで待つよう申し伝え、疋田は野々山を呼んで事務所を出た。

彼に事情を話してから、宇都宮署の上岡伸子生活安全課長に電話を入れた。すぐ応答があった。要点をかいつまんで報告すると、ただちに知能犯担当の刑事二課長に取り次ぎ、指示を仰ぐという返事だった。

「……横領ですか」

野々山が建物を見ながら口にした。

「ああ、スエさんらはどうだ？」

「もう、富士見が丘に着く頃だと思いますよ」

「うちの課長は何と言ってる？」

「あ、村越係長の班を田中亮太の住まいに急行させてます。まずは様子見するということでした」

「そのほうがいいな」

孫も何らかの形でミラクル４出現に関わっているかもしれない。事情聴取する前に行動確認の必要があると西浦課長も判断したようだ。

「しかし、行方をくらました事務長の母親がタナカミエか……」

「どうした？」

「いや、何かミラクル４って、この横領に関係してるのかなと思って」

「田中康志の横領は宇都宮署に任せる。おれたちはあくまでミラクル４の身元確認だ。どうだ？　ほかのふたりに通じる手がかりは見つかりそうか？」

「手当たり次第、当たってますよ。組合の紹介誌から年報、基金便り――古いものは倉庫から出してもらってるし」

「もう一度、当たろう。手伝うぞ」

「お願いしますよ」

野々山は浮かない顔でついてきた。

21

到着した車に気づかなかった。名前を呼ばれて入り口を振り向くと、上岡伸子課長の姿があった。野々山とともに事務所から出る。ふたりが乗ってきたシルバーのセダンの前で、頭の薄い赤ら顔の男を紹介された。刑事二課の海老原隆夫《えびはらたかお》知能犯係長という。五十代前半だろう。ひと癖《くせ》ありそうな顔立ちだ。

「理事長さん、中にいる？」

ろくに言葉も交わさないうちに、海老原が抜け目ない様子で中を覗き込む。

それを見る上岡はどこかよそよそしかった。

ソファの向こうにそれらしい頭が見える。

「いてもらっています」疋田は言った。

「どう？　素直に応じてる？」

「はあ……横領を認めてからは、それなりにと思いますが」

「年金基金か……いい噂《うわさ》は聞いたことないけど、はじめてだからなあ」

口にしているものとは別に、興味津々の顔だ。

「じゃ、行くか」

早くもイニシアチブを取り、事務所に入っていった。

ソファにいた松崎は、緊張した面持ちで海老原と上岡を迎えた。

「ああ、どうも、宇都宮署の海老原と申します」

上席に当たる壁側の席に堂々と腰かけ、松崎に向かって吐いた。

仰々《ぎょうぎょう》しいとも感じさせられるその態度に、松崎は声を潜めるように自分の名前を口にする。

海老原はおそるおそる差し出された名刺をちらっと見ただけで、自分の前に置いた。そしてすぐ疋田に目配せしてきた。説明するようにという合図と受け取り、疋田は松崎のとなりに座った。上岡は疋田の横についた。

松崎はそれまでとは別人のように素直な応答を繰り返したが、その口から新たな事実は出てこなかった。

海老原は終始、黙って聞いていた。口を開いたのは、決算書の説明を受けたのちだった。

「組合の常務理事はいないの？」

痛いところを突かれたように、松崎がぎくりとした。

「そんな、隠すようなことじゃないでしょ」

と海老原が言う。

「はあ……去年、経費節減ということで廃止しました」

そう、松崎は申し訳なさそうに答えた。

海老原はなおも田中が写っている日報を眺めながら「事務長の考えでそうしたんじゃないの？」と訊き返した。

「……はあ、そうなんです」

苦しげに松崎が認めたので、海老原が含み笑いを浮かべ疋田に視線を送ってきた。

「事務長ってやり手じゃない」

「あ……まあ」と松崎。

「冗談ですよ。それより理事長、このままじゃ、解散できないってなると大変だよ」

ねちねちした海老原の言い方に、松崎が首をすくめた。

「しかし、もう少し早く、気がつかなかったかなぁ」

と海老原は腕組みして、大きく構えた。

さらに松崎が体を縮《ちぢ》こませる。

上岡は一言も口をはさまず、ぎこちない表情でやりとりを聞いている。

「あなた、監査に同席したことあるんでしょ？」

ふたたび海老原が訊いた。

「はい、一、二度……」

「本来入るべき入金が少なかったりして、不自然とは思わなかった？」

「それについては監事も問いただしまして。掛け金の入金が少ないって。でも、そのたびに、田中は不況で滞納する会社が多いとか言ったもんですから……」

「うーん、どうかな。ほかにもいろいろとやっていそうだな」

「あ……はい」

「それとどうなの？　事務長が横領に走った理由、わかります？」

「それについては、さっぱりわかりません。こっちが訊きたいくらいで……」

苦しげに言うのを見かねたように、上岡が疋田越しに海老原をうかがった。

「係長、松崎さんはふだんここに常駐していないのですから、詳しい話は無理だと思いますが」

上岡課長の放った言葉に、海老原は眉毛を上げて冷笑で応えた。

そのとき、スマホが震えた。末松からだった。

カウンターの外に出て、耳を押しつける。

「……いま、田中事務長の自宅近くで聞き込み中です。宇都宮署からも応援が来てくれてますよ」

「そうか。よかった」

上岡に頼んでおいたのだ。

「自宅は鍵がかかっていて、中を見られませんけどね」

「きょうじゅうにも、宇都宮署の二課がガサ状を取ることになると思う」

「でもガサは明日になりますね？」

「たぶん」

「それはいいんですが、田中三恵さんの行方です。たぶん、市内の介護施設に入所していたと思います」

「わかったの？」

「郵便受けをちらっと見させてもらいましてね。それらしいところから、請求書っぽいものが送られてきてます。セイコウソウ。ここから北に八キロほど。場所はなんて言うのかな――タカラギホンチョウ？　宇都宮インターの近くですね」

「わかった。地番をメールしてくれ。すぐ行く」

「了解」

上岡と海老原に声をかけ、外に出てもらった。

そこで末松から得た情報を伝えた。

「疋田係長はこれからそちらに？」

上岡から訊かれる。

「すぐ行きます」

「わかりました。そっちはお願いします。ここは任せてください」

「えっ、課長はそっちに行ったほうがいいんじゃないの？」

海老原が口をはさんだ。

上岡は強い目線を海老原に当てた。

「いえ、部下が行ってますので。こちらの話も大事ですから」

海老原は肩をすくめ「お好きにしてください」と言った。

「海老原さん、これから田中事務長の横領関係の捜査はどうされますか？」

「まあ、じっくり理事長の話を聞いてから、組合の関係者を署に呼びつけますよ。携帯と固定電話の通信記録も大至急取り寄せないといかんでしょうな。それによっちゃあ、急行する場合も出てくるだろうし。東京にいる息子……何といったっけ？」

「田中亮太」

「連絡が取れないって言ったよね？」

「ええ。携帯は出ないみたいです」

「東京か……」海老原は頭のうしろに手をやり、抜け目ない顔で疋田を見た。「そっちはお願いしていいですね？」

「もちろんです。態勢が整い次第、アパートの張り込みなり、行動確認を行いますので」

海老原は視線を遠くに向けた。

「……ですね、そのほうがいい」

「きょうはこちらにお泊まりですか?」

上岡に訊かれる。

「そのつもりです。あとで署に伺います」

「わかりました。何かあったらすぐお互い、連絡を取り合いましょう」

「まあ、こっちから電話することはないと思うけどね」

そう言う海老原の顔に底意地の悪そうな笑みが張り付いていた。

降って湧いた大型事件だ。ニュースバリューはでかい。刑事の血が騒ぐ。寝る間も惜しんで部下の尻を叩く姿がありありと浮かんだ。

22

田中三恵の入所していた介護施設の「青光荘《せいこうそう》」に着いたのは午後五時ちょうど。宝木本《たからぎほん》町《ちょう》だ。宇都宮インターの真西、東北自動車道のすぐ脇にある。田んぼや畑に囲まれ、こんもりした森を背にした、二階建ての古い建物だった。道路をはさんで反対側に特別養護老人ホームがある。正面駐車場に車を停め、玄関から入った。

事務所に末松と小宮の姿があった。窓際のソファで四十前後の白衣姿の男と話し込んでいた。小宮と目が合い、中に招き入れられた。五分前に着いたばかりだと言う。

白衣を着た男は施設長の森山《もりやま》で、医師の肩書きを持っていた。面長の顔立ち。愛想良さげに、手で向かい側の席に座るように促される。

「あ……係長さん、いまこちらのおふたりにご説明していたんですけど、田中三恵さんでいいんですよね?」

森山の前にタナカミエの顔写真が置かれてある。

「はい」

腰掛けながら返事する。

「たしかにこの方、入所されていましたよ」

と森山は写真を示しながら言う。

「間違いないですか?」

「ええ、この人ですよ。息子さんは瑞穂野にあるえっと……何組合?」

末松と小宮を見ながら言う。

「栃木県央金属機械協同組合。そこの事務長をしている田中康志さんです」

森山は手元にある台帳を指で突きながら「ああ、ですよね、そうそう。康志さんですよね。うん、間違いない、この人この人」と言った。

落ち着きがない。警察に不慣れなようだ。

「康志さんをご存じですか？」

「知ってますよ。何度かお見えになっていたし。職員も知ってます」

「そうですか……医師をなさっていらっしゃるということですが、入所者の診察もなさるわけですね？」

「もちろんしますよ。ここ老健ですから」

介護老人保健施設のようだ。医師をはじめとする医療関係者が常駐し、介護とともにリハビリに重きを置く公的施設になる。入所費用も安いはずだ。

「一階は比較的軽度の方、二階に認知症の方が五十人ほど入所されています」

「田中三恵さんは、いつまでこちらにいらっしゃったんですか？」

小宮が口をはさんだ。

「先週の木曜までですね。午前中にご家族が引き取りに来られましたから」

「康志さんが？」

森山は大げさに手を振る。

「いえいえ、康志さんの弟さん。ちょうど退所日でしたので、すんなり引き取っていかれましたけど……」

目を見開き、何が問題なのかわからない様子で言う。

「康志さんじゃなかったんですか？」

「違いますよ。弟さんです。わたし、立ち会いましたから」

「康志さんには亮太さんという二十歳になる息子さんがいますが、引き取りに来たのはその亮太さんじゃありませんか？」

「違いますよ。そんな若くありませんでした。四十すぎていたと思いますよ。弟さんとは初対面でした。引き取りのサインも、ここにこうしてありますから」

と森山はそこを指で突いた。

引き取り時に提出する書面の署名欄だ。田中直弥《なおや》とある。

住所は前橋市東片貝町《ひがしかたかいまち》。携帯の電話番号も書き込まれていた。

「弟さんが前橋の自宅に引き取ったんですか？」

「いえ、書類を見る限りでは、田中康志さん宅ですね。ただし、ご家族の事情もあるでしょうから、前橋かもしれないし。とにかく、どっちかの息子さんの家に戻られたと思いますよ」

「弟の直弥さんは、おひとりで来られたんですか？」

「ええ」

「身分証明書の提示を求められましたか？」

「そこまではしてませんよ」

「田中三恵さんは認知症でしたよね？」

「そうですね」

「介護認定は受けていらっしゃいましたよね？」

森山は台帳に目を落とした。

「もちろん……えっと、一ですね。要介護一」

認知症でも自力歩行ができて、食事も自分で取れるから一だったのだろう。

「三恵さんの場合、帰宅しても問題はなかったわけですね？」

「うちはベッドシェアリングしてまして、三ヶ月単位でこちらに入ったり出たりを繰り返していますから」

「……あ、老健でしたよね。施設と自宅を一定期間で行き来するような形をとる？」

「そうですよ。月単位でご家族は介護から解放されますから。ここにいるあいだはうちが面倒見ながらリハビリもして、またご自宅のほうに帰ってもらうようなシステムになってます」

「ほかの皆さんも、そうなさってます？」

「程度にもよりますけど、そうなる方が多いですね。ご家族に問題があるような場合は、その都度《つど》申し出てもらっていますけど」

「田中三恵さんはいつからこちらを利用されていたんですか？」

小宮が割り込んだ。

「ちょうど一年経ったみたいですね」

「その間ずっと、三ヶ月単位で出たり入ったりしていたわけですか？」

　森山は台帳をめくる。

「これを見ると、そうなってます」

「弟の直弥さんをご存じの職員はいらっしゃいますか？」

　森山は怪訝そうな顔で首をかしげた。

「……いないと思いますよ。今回がはじめてだから」

　森山はふたたび書面を確認する。

「ちょっとよろしいですか」末松が言いながら、ハルコとオサムの顔写真を森山の前に滑らせた。「このふたりは、こちらに入所されていたことはありましたか？」

　森山は手に取り、しげしげと眺めた。

「や……見たことないなぁ」

「田中三恵さんがいらっしゃった階を見せていただけますか？」

　疋田の申し出に、森山は快く応じた。

　事務所を出たとき、疋田は小宮にここに残って、弟の直弥に連絡を取るよう命じた。

　階段で二階に上がった。閉鎖病棟に通じる頑丈な鉄扉《てつぴ》の前で、森山は、腰に吊《つる》したキーを鍵穴に差し込み、ロックを外して手前に引いた。

ひんやりした空調の風が頰に当たった。廊下に高齢者たちの姿が見える。リノリウムの床を歩き、ナースステーションを通り過ぎる。広いホールに設けられたテーブル席の半分ほどが埋まっていた。じっと座り込んで、テレビを見ている者、うつむいている者。会話している人はいなかった。うろうろと落ち着きなく歩き回っている者を看護師が追いかけ、だらりと首を垂らした高齢者を乗せた車椅子を押している職員もいる。ホールにも個室にも監視カメラの類いは取り付けられていない。

田中三恵がいたのは北側の廊下に面したふたり部屋だった。三恵は窓際のベッドを使っていたと教えられた。いまそこは使われていないようだった。

入所者を家族に引き渡す際の手順を森山に訊いた。

この閉鎖病棟まで上がってくる人もいれば、一階の玄関に職員が連れて行って、引き渡すこともあるという。田中三恵は玄関まで職員が連れて行って引き渡したと森山は言った。その職員を見つけて直弥を覚えているかどうか訊いてみたが、初対面だったという以外情報はなかった。

末松と手分けして、看護師や職員のあいだを回って聞き込みをした。

彼らの八割方は田中三恵を覚えていた。長男の康志を知っている者は一割に満たなかった。ハルコとオサムについては、まったくわからなかった。

閉鎖病棟から一階に降りた。

玄関にいた小宮が厳しい顔で首を横に振った。

「連絡取れなかったのか？」

「いえ、本人と話しました。引き取りに行かなかったそうです」

「ほんとか？」

「業務用パンの製造工場で、ライン管理をしているみたいです。先週は月曜から土曜日まで勤務していて、朝の八時から晩の六時まで工場にいたそうです。話したあと、工場長に電話を入れて確認しました。うそじゃないです」

「じゃ、引き取りに来たのは誰なんだ？」

「……わかりません」

玄関や事務所の中をのぞいた。防犯カメラは取り付けられていない。駐車場にもなかったはずだ。森山に出入りする人を撮影しているカメラがあるかどうか尋ねたが、いっさいない、と言う。事務所に戻り、田中三恵に関する届け出書類や台帳を見せてもらった。家族の写真はなく、長男の康志と弟の直弥以外の人物は見つけられなかった。改めて森山に、引き取りに来た男の人相風体《ふうてい》を訊いた。

「ちょっと瘦せ形だったかな。こう、髪を刈り込んでさっぱりした感じでしたけどね。あんまり愛想はよくなかったかな」

「顔はどんな形でした？」

「顔、うーん、ふつうの卵形っていうの？」

「身長は？」

「わたしと同じくらいだったと思いますけど」

ならば百七十センチくらいだ。

「田中三恵さんの反応はどうでした？　素直に従っていきましたか？」

「……んー」

森山が考え込んだ。

「どうだったんです？」

「よくあることなんだけど」森山は玄関の扉のあたりを指した。「あのあたりで、イヤイヤとか言ってたかな。弟さんは無理やり連れ出していったけど」

「たびたびあるんですか？」

「たまにありますよ」

「三恵さんは嫌がっていたんですね？」

「……のようにも見えましたよ。でも、三ヶ月もいてすっかり慣れたところから外に出されるんですからね。抵抗する人もいれば、すんなり出ていく方もいるし。大なり小なり、ありますけどね」

その人物が田中三恵をはじめとするミラクル4を赤羽に連れてきた人物なのだろうか。

だとしたらなぜ？　田中三恵の長男はどこへ雲隠れしたのか。

礼を述べて施設を出た。

念のため、向かいにある特別養護老人ホームに出向いた。同様にハルコとオサムの写真を見てもらい、防犯カメラがあるかどうか尋ねたが、取り付けられていなかった。青光荘のまわりは田んぼと畑で、店はおろか人家さえない。

来たときと同じように野々山が運転する車に乗った。

「宇都宮署でいいですね？」

「その前に、近くを走ってみるか」

「了解」

野々山は末松が運転するセダンに声をかけ、先に駐車場を出た。

十五分近くかけて、あたりを走ってから宇都宮署に向かった。

途中、西浦係長から電話がかかってきた。捜査状況について訊かれたので、要点を話した。

「そこまでわかったか……」

「オサムとハルコはまだ手がかりがつかめません」

「いいよ、いいよ。まだ初日だし。しかし、横領事件が絡んでるなんて夢にも思わなかったな」

「……ですね。田中康志の息子のヤサはどうですか？」

「いないぞ」

あっさり西浦が言ったので、疋田は背もたれから身を起こした。

「踏み込んだんですか？」

「人のいる気配がなかったからな。空き部屋になってたぞ。ひと月前に引っ越していったそうだ」

「そうだったんですか……」

「大家も転居先はわからん」

「困りましたね」

嫌な予感がかすめる。

「知り合い関係の聞き込みをさせてるが、時間がかかりそうだな」

「了解しました。動きが出次第、電話いたしますので」

「おう、頼むぞ」

疋田の心に田中三恵を連れ出した男の存在が根を張り出していた。青光荘の前を走る道路は、北に一キロほど行くと宇都宮北道路と交わり、南方向は東北自動車道と並行するように延々と林の中を走っている。ミラクル4を乗せてきた黒いミニバンを〝弟〟がここでも使ったとして、その映像が記録されている防犯カメラを探すのは容易ではない。三恵を引き渡した人物は特定できそうになかった。

23

宇都宮署に二時間ほどいて、宇都宮駅近くにあるビジネスホテルに着いたのは九時を回っていた。疋田の部屋に全員集まり、コンビニで買い込んだ夕食を食べながら話し込んだ。最初話題に上ったのは、失踪した県央協事務長の田中康志だった。

「弟の直弥さんは何と言ってますか？」

ベッドに腰掛け、とちぎ和牛を使ったコンビニ弁当をほおばりながら、野々山が口にする。

「ここ四、五年音信不通だそうだ。兄貴とはぜんぜん連絡が取れないと言ってる。明日にでも母親を引き取りに赤羽に行くそうだ」

椅子に座ってビールを舐《な》めながら疋田は答えた。

あれから二度ほど、直弥の携帯に電話を入れたのだ。

「兄貴の家のガサには立ち会わないんですかね？」

「来ない」

「じゃ、引き取りに来たとき、しっかり事情聴取しないといけませんね。母親はまた、青光荘に入れるんですか？」

「そこまでは聞いてない」

しかし、そうなるだろう。

「おばあちゃんの面倒はぜんぶ事務長の兄貴が見ていたわけですね？」

「そうみたいだ。弟は何もしてなかったらしい。兄貴のほかに母親を引き取るような人間はいないとはっきり言ってたしな」

「東京にいる長男坊はどうなんですか？」

「まだ連絡が来ない」

「長男坊は関係していないんじゃないかな」

「どうしてそう思う？」

疋田の横でインスタントラーメンをすする末松が訊いた。

「息子に犯罪の片棒を担《かつ》がせる親なんていないと思いませんか？」

と野々山は窓際の席にいる小宮に相づちを求めた。

「そうねえ」

小宮はどっちつかずだった。

「しかし、何億も抱えて、田中康志はどこへ雲隠れしやがったんだろう」と野々山。

「あんがい、使い切っちゃってるかもしれんぜ」

末松が言う。

「たった十日かそこらで、使い切れるもんじゃありませんよ」

「甘いなー、おまえ。何年もかけてくすねてきたんだぞ。懐に入れたそばからじゃんじゃん使い切る。いまごろ、すっからかんじゃないか」

「末松さん、自信ありますね？」

末松が何か言いかけたのを遮るように小宮が口を開いた。

「そんなことより、事務長の行方を捜すのが先決でしょ」

ふたりが黙り込んだ。

「しかし、どんだけ引っ張ったんだか……」

野々山が嘆息《たんそく》する。

「帳簿に明るい二課の捜査員が、任意提出された書類に当たってる」疋田が言った。「関係者の尋問もまだ続いているが……どうかな」

そう言って疋田は梅干し入りのおにぎりをかじった。

事務長による横領がはじまった時期すらわからない。ましてや手口など証拠に残しておくだろうか……。

「疋田係長、そんな小食で大丈夫なの？　おにぎりひとつだけでしょ」

汁を飲みきった末松に訊かれる。

「あまり食欲がなくてさ」

ミラクル4の出現と田中事務長による横領の関連が頭にこびりついて離れなかった。両者は田中事務長とその母という明らかな接点がある。にもかかわらず、それらがどこでどう結びついているのか、いっこうにまとまらない。ここ数日間で見落とした点はないだろうか。

「宇都宮署は一刻も早く事務長のガラを押さえたいでしょうしね」野々山が続ける。「いったい、どこへ行ったんだろう」

「組合の関係者に訊いたって、わからないわよ。それより、疋田係長、オサムとハルコはどうしますか?」

小宮に訊かれて、疋田は窓側を向いた。

「どうしたらいいと思う?」

「うーん」

小宮はフォークに絡ませたスパゲティを皿に戻した。

「安達行男さんと田中三恵さんは、県央協という共通項があるにしても、行男はマコが病院で見つけたんだしな」

そう言うのがせいぜいだった。

「……ですね」小宮が言う。「行男さんは県央協の加入者というだけだから、偶然の一致かもしれないし」

「偶然の一致にしたって、ミラクル4なんだから、共通項があるに決まってますよ」野々山が強く出た。「われわれにはまだ見えていないだけの話です。オサムにしろハルコにしろ、県央協を通じて何か関係があるに違いないと思いますよ」

そう言った野々山を末松が箸で指した。

「おまえ半日、県央協の事務所で調べたんだろ？　何か出てこなかったのか？」

「それが……」

ちらちらと疋田に視線を送ってくる。

「書類を漁《あさ》っているだけだし。もっと足を使うしかないかもしれん」

と疋田は言った。

「じゃ、どこから探るんですか？」

末松に訊かれる。

「やっぱり、県央協の関係者と会うしかないか……」

「わたしたち、地元の人間じゃないし、どうなんでしょうね？」

小宮が言う。

「どっちにしても、宇都宮署と合同で捜査を進めるが、それなりの目星がつくまでは、あくまでうちが主管だ」

と疋田は引き取った。

「わたし聞いていなかったけど、宇都宮署の生安課長は何て言ってますか？」

「どうしても見つからなければ、オサムとハルコの写真を持って、宇都宮じゅうの介護施設を回るそうだ」

「人海戦術ですか……じゃ、わたしたちは明日も宇都宮に？」

「そうだな」

「あんがい、田中康志がキーだったりして」末松が続ける。「明日は刑事二課が朝一番で康志宅のガサ入れでしょ？」

「もちろん。七時から入るって息巻いてる。スエさんはおれと一緒にそっちに回ろう。マコと幸平はもういっぺん県央協で書類に当たってくれないか」

野々山は露骨に嫌な顔をしたが言葉にはせず、渋々うなずいた。

小宮は黙ってスパゲティをすすっている。

末松が腕を組んで立ち上がり、三人を向いた。

「しかしわからないのは、田中康志の弟の名前を騙《かた》って、田中三恵を赤羽へ連れていった野郎ですね。まあ、ほかの三人もそいつの仕業に違いないだろうけど……」

「そこですよね」

と野々山が追従する。

「人質か何かなんじゃない」

当てずっぽうに小宮が口にした。

「何の人質？」

疋田は訊いた。

「田中康志が横領した金の」

「ちょっと、小宮さん、何言ってるのかわかりませんよ」

野々山が肉を食いちぎりながら言う。

「拉致した男が田中康志の横領を知っていたと仮定したらの話」

「じゃ、母親と引き替えに金をよこせって？　ちょっと、どうかな」

野々山が大げさに箸を振る。

「それに近い線はあるかもしれんな」疋田は言った。「ミラクル４と田中康志の横領が結びついているとしたらどうだろう？」

疋田の言葉に三人は思い思いの表情を見せた。

「……拉致した男は田中康志の横領を知っていて、なおかつ居所がつかめないとしたらどうですか？　そこにミラクル４出現だ」

末松が口を開いた。

「ミラクル４はあれだけ話題になったんですからね。潜伏している田中康志だって心配になって、ひょっこり赤羽に現れたかもしれないし」

小宮が付け足す。

「タナカミエという名前は最初から報道されてましたからね。ネットでもたくさん憶測が渦巻いていた」と野々山。

「もし田中康志が赤羽に現れたとしたら、どこに？」

疋田は疑い深げに言った。

「わからないけど……ひょっとして、ミラクル4って、拉致した男が田中康志をおびき出すために仕組んだんじゃないかしら……」

思いついたように小宮が口にした。

「だったら、田中三恵だけにすればよかったじゃないですか」

野々山が反論した。

「いや、ひとりじゃ話題にならん。派手な出方にしなけりゃ、マスコミは飛びついてくれない」

末松はそう言って疋田を見た。

「一理ありますね」

田中三恵がひとりだけ赤羽に現れても、マスコミは見向きもしない。教会やスポーツジムに忽然《こつぜん》と四人現れたのが注目を引いたのだ。

「その線で調べ直さないといけないかもしれませんよ」末松が口にする。

「神楽荘を張り込んでいれば、田中康志も拉致した男も、両方捕まえられるかもしれないですね」

野々山がそう言って目を輝かせた。

「いまの話はうちの課長に伝えておく」

疋田が言うと、三人はまた黙々と食事を再開した。

神楽荘が気になった。明日、いちばんで区職員の舟山に電話を入れてみよう。

24

翌日。

田中康志の家は碁盤《ごばん》の目のように区画整理された小高い丘の中腹に建てられていた。全体が南向きで、ほぼ中央にある郵便局からさらに北に上がった一画。カーポートに白いセダンがひっそりと停められている。敷地いっぱい建てられた二階屋は人気《ひとけ》がなかった。市役所の職員の立ち会いのもと、宇都宮署刑事二課の海老原率いる五人の捜査員が、用意した鍵で錠前を開けて中に入るのを見届けた。五分ほどして、疋田らも呼ばれて田中宅に足を踏み入れた。

奥行きのない廊下の先にトイレがある。そのあたりから悪臭がした。左手の居間で、ふたりの捜査員が壁際のチェストにとりつき、それを海老原が赤ら顔で見つめていた。ヒョウ柄のソファには、まるでその上で脱いだようにズボンがしわくちゃのまま置かれている。窓際のハンガーにランニングシャツが吊され、床にチェック柄のブレザーが放り出されていた。

ダイニングキッチンに入った。大きめのジャーが開いたままになっていて、横にある食器洗い乾燥機の中に干からびた飯粒の貼りついた茶碗が置かれていた。ジャーの中にご飯はなかった。箸や湯飲み茶碗は独り分しかない。冷蔵庫の中はソースと醬油差《しょうゆさ》しがあるだけで空に近い。奇妙なことに、空の缶ビールがおさまっていた。

歩くたびに綿ぼこりが宙を舞った。壁に掛けられたカレンダーは五月だが、一年前のものだ。部屋の隅に、新聞が積まれている。日付はふた月ほど前のものだった。四人がけの椅子のひとつに、灰色のジャージが掛かっていた。床に下着らしいものが山のように重ねられている。

トイレと風呂場を見てから二階に上がった。

階段前にある狭い書斎で、海老原の部下が一心不乱に机の引き出しを調べていた。となりは息子の部屋になっていて、受験勉強に使った参考書が本棚に収まっている。理科系のものが多いようだ。小ぶりな本棚にシリーズものの漫画が並んでいた。古いゲームのカセットも積まれている。半分ほど開いた押し入れには古いデスクトップのパソコンが垣間見《かいま》えた。スチールラックにアニメのロボットのプラスチックモデルの空箱があり、中に電子部品らしいものが入っていた。使い込まれた勉強机があり、手袋をはめ、慎重に引き出しをひとつずつ改めた。勉強熱心だったらしく、塾のプリント類が詰まっていた。

「ここにもないな」

スチールラックの上にある冊子類を見ながら、末松が言った。

「写真ないですか？」

「ぜんぜん。学校のアルバム類もないみたいだし」

もう一度書斎も覗いてみた。あまり使っていないようだと捜査員がつぶやくのを耳にしながら一階に下りる。

居間にいる海老原が冴えない顔で振り返った。

「よっぽど慌てて逃げてったんだろうなあ」

「慌てる必要があったんですか？」

「額が額だからね。示談なんて、ありえねえだろうしさ」

業務上横領罪は十年以下の懲役《ちょうえき》が科《か》せられる。被害総額は億単位になるだろうから、初犯でも実刑はまぬがれない。罰金刑はないので執行猶予が付かなければ即、刑務所へ送り込まれるはずだ。そのあたりも充分知っての上での逃走となれば、おいそれとは捕まらない。車に乗って行かなかったのも、足が付くのを恐れたためのはずだ。

「横領した金のありかは見つかりそうですか？」

海老原は口をへの字に曲げ、「通帳はおろか、財布ひとつないよ。一円たりとも残ってない。あれだけの金をやったにしちゃ、まったく跡形がない」と口にした。

「遊んだようなあとも？」

「ないな。スナックのマッチひとつ残ってないよ」

「女遊びはどう思います？」

海老原はもう一度部屋を眺めた。

「色気のほうもどうかな……」

「逃走のきっかけになるようなこと、ありましたか？」

「先月の二十九日、理事長が帰りがけの田中に、『会計のことで訊きたいことがある』って言ったらしくてね。それでどろんだ」

「よせばいいのに……」

「だな」

横領の証拠をつかむまでは、本人には知らせるべきではなかった。せめて、警察に相談なりを持ち掛ければよかった。しかし、当事者たちにとっては、内々で解決したかったに違いない。

「これ息子ですね」

海老原の部下がやって来て、薄っぺらい紙製の写真アルバムを開いて見せた。

息子の亮太の高校時代の写真のようだ。詰め襟《えり》の学生服に坊主頭があどけない。文化祭のときに撮られたものらしく、クラスメートも大勢写っている。ぜんぶで二十枚ほどだ。目のあたりが親とそっくりだ。

「ほかに写真はないか？」

「いまのところ、こいつだけですね。亮太の机の引き出しの奥にはさまっていました。それにしても、男やもめはウジが湧《わ》きますよ。風呂場見ましたか？」

「ひでえな」

コケみたいに湯垢がびっしり張り付いていた。トイレも想像以上の汚さだった。「奥さんに先立たれてる。仕方ないんじゃないの」

海老原が口にして、写真を部下に預けた。

「親戚筋やご近所、息子も含めて友人関係の聞き込みをやらんといかんな」

海老原が言った。

「組合の人間は何と言ってますか？」

疋田は訊いた。

「なっちゃない。毎日毎日、山のように決裁書類ができるんだが、あの理事長はろくに中身の確認もしないでばんばん判を押していた。気になると田中に声を掛けるんだが、そのたびに田中はトイレに駆け込んだって言うんだから、情けないぜ。まったく」

「トイレですか……」

まるで子どもではないか。

「今朝、さいたま市の関東信越厚生局に電話入れたんだよ。そしたら、常務理事の不在が気になっていて、口頭で是正勧告をしていたって言うんだよ。本来なら組合員の中から選ばれた代議員が会計をチェックした上で、監事と学識経験者が総合監査していたはずなんだ。それでも見抜けなかった。あきれたことに、厚生局は『去年までは全般にわたりおおむね良好』とか吐かすもんだから、どっちが泥棒なんだって言いたかったぜ」

「それで済むんですか？」

海老原は唇を引き締めた。

「や、これからだよ、これから」

「電話の通信記録は？」

「そっちはきょうじゅうに片がつくよ。銀行も昼前には答えが出るしさ」

「田中の口座ですか？」

「たぶん五つか六つ、口座を作ってるよ。関係機関と関係者全員の口座も調べてるし。半端《はんぱ》ない金が流れ込んでるだろうから」

知能犯捜査のベテランらしい口ぶりだった。

「銀行から組合側に問い合わせがなかったんですかね？」

「あったと思うよ」

「田中がぜんぶ握りつぶした？」

海老原はしきりとうなずいた。

「ほかにいねえだろ」

いずれにしろ、田中康志の身柄確保が最優先される事態だ。

しかし、どこへ逃げているのか。

「田中康志の母親を拉致した男はどうですか？」

「そっちはまだ手つかずだな。まず、田中康志だ」

生活安全課に任せているのだろうか。

「拉致した男は田中康志と近しい間柄だとは思いませんか？」

大胆にも田中康志の弟を名乗り、施設の人間に顔をさらしているのだ。

よほど覚悟があったのか。それとも見破られないという自信でもあったのか。

「近親関係なんて、その気になればわかるんじゃねえか」

やはり海老原にとっては横領事件がメインで、ミラクル４については後回しのようだ。

となりの居間にいる末松に呼ばれた。

入ってみるとガラスの机に古い菓子箱の中身を広げていた。

手巻き式の小さなオルゴール箱や黄ばんだカラー写真が数枚のっている。馬の写真が多かった。隆々とした美しい筋肉を持つ馬だ。真横から撮ったものや顔を正面から写したものまである。小屋の前で、ひとりの男とともに写っている田中康志の写真が紛れ込んでいた。それ以外はすべて単独の馬の写真だ。

「これって競走馬かな？」

疋田が言った言葉に末松が同調した。

「でしょう。厩舎の前で撮ったんじゃないかな」

末松が写真を裏返した。田中自身の手により、宇都宮競馬場外厩舎と記されてある。

横に来ていた海老原がそれを見て口を開いた。

「参考にならんよ。宇都宮競馬場は十二年前に廃止されているから」

「ああ、そうですか。でも、田中康志はかなりの競馬好きですよね？」

「と思いますね。古新聞に紛れて競馬新聞もあるし」末松が付け足し、床を示した。ひとまとめにした新聞がある。どれも競馬新聞だった。三紙ほどの種類がある。先月の日付のものばかりだ。

海老原がそのうちの一紙を手に取り、ぱらぱらめくる。

「……ナンカンばかりだな」

とつぶやく。

「何ですか、それ？」

「関東にある四つの地方競馬場ですよ」末松が解説した。「大井《おおい》のほかに船橋《ふなばし》と浦和《うらわ》、それから川崎《かわさき》競馬場。そこ開催のレースに賭けてるのが多いみたいですね」

何枚かを引き抜いて、疋田と海老原に見せた。

八月十八日浦和開催の十一レースの記事だ。十頭の出走馬のなかで、インテートとマイリンゲンを赤丸で囲んでいる。七月二十五日川崎開催の十二レースでは、トレッドエースとザクセランの二頭に赤丸がついていた。

「ここんとこですけどね」

末松が指したのは赤丸で囲んだ出走馬の厩舎欄《きゅうしゃらん》だった。『大・稲垣《いながき》』や『船・塚本《つかもと》』となっている。騎手はそれぞれ違うようだ。

「それ、大井競馬場の稲垣厩舎っていうこと？」疋田は訊いた。「四頭とも、それぞれふたつの厩舎所属みたいだけど、馬券を買うときに厩舎を参考にするの？」

「まあ、ないわけじゃないけど」

「宇都宮競馬場のときだって、厩舎に行っていたんでしょ。田中はこのふたつの厩舎に足を運んでいるんじゃないですか？」

「かもしれないですね。どっちにしろ、厩舎にまで潜《もぐ》り込んでるんだから、素人離れしてますよ。よっぽど入れ込んでたんだろうな」

「金の使い道はこれ？」

「可能性大じゃないですか。最近もやっていたんだし。いまごろ、旅打ちでもしてるんでしょうよ」

末松が冗談めかして言った。

中央競馬のみならず、地方競馬にも出かけているということか？

「競馬好きだけど、賭けは下手としたらどうです？　借金作ったあげくに、金を抜いたという可能性もあるんじゃないですかね」

競馬に大金をつぎ込んだが儲からず、借金を作って、それが横領の動機になったとも考えられると末松は言いたいようだ。

「金を貸していた人間が、借金のかたに康志の母親を拉致したっていうのはありかな？」

海老原が末松の言葉に怪訝そうな表情を浮かべた。

「同僚やまわりの連中から、そんな話は出なかったよ。それより東京にいる息子は見つかったの？」

「いえ、まだ連絡はないです」

「息子、急に住まいを変えたりして、妙な動きをしてるよね。田中三恵の家族もわかったんだしさ。疋田さん、こっちはうちらに任せて、東京に戻って息子を捜し出してくれないかな？」

　真顔の要請に断ることができなかった。

　田中本人は名乗り出るはずがない。唯一の肉親である息子を見つけるのが横領事件解決の近道にもなる。

「わかりました。こちらが一段落したら、すぐ赤羽に戻ります」

　納得した様子で海老原は離れていった。

　しげしげと写真に眺め入っていた末松が、ふっと疋田を見る。

「まだ何か気になることでもありますか？」

　疋田は訊いた。

「……馬券を思い出して。ほら、神楽荘にあったやつ」

　言われてすぐには思い浮かばなかった。

「ゴミ箱にあったあれ？」

　末松は深刻げな顔で、

「あんなところに捨ててあるのは変でしょ」

「そりゃそうだけど、スエさん……ひょっとしてあの馬券を買ったのは田中本人と思ってる？」

　末松は否定しなかった。

「だったら、田中康志本人が神楽荘にやって来たことになるよ」

「母親なんだから、おかしくないでしょ」

意外な言葉を末松は発した。

「それはないよ。見つけりゃ、すぐ引き取るはずだし」

「逃亡中の身ですよ。面倒見てくれる人がいるのを見届けて安心して逃げたのかもしれないし」

誘拐同様の手口で連れ去られた母親が見つかったとしても、息子は息子で横領容疑がかかっている。おいそれと名乗り出ることはできない。それにしても、飛躍しすぎていると思った。

どちらにしても、神楽荘の関係者に訊けばわかることだ。

栃木県央金属機械協同組合にいる野々山から連絡が入った。

「見つけました。ハルコの現住所、わかりました」

野々山は急いた声で言った。

「どこだ?」

「ミネとかいう町です。宇都宮署の人たちと一緒に、組合に加入している会社へ手当たり次第、ハルコ本人の写真、それから夫の名前がミノルであることも添えて、メールとファックスを入れました。写真を見て、すぐ知ってるという返事があって。宇都宮駅に近いみたいです」

「返事はどこから？」

「オガタ精機っていう金属加工業の会社からです。先代の社長から返事がありました」

「わかった。急行してくれ。俺たちも行く」

25

二畳ほどの台所は米袋や衣類がごっそり入ったビニール袋が雑然と置かれていた。流しには野菜炒めをしたらしいフライパンが水に浸かっている。空の台所洗剤が横倒しになり、大きさの違う皿が塔のように積まれていた。障子の破れた引き戸を開けると、ガラス戸を覆うように、何着もの服が垂れていた。タオル類が丸めて投げ捨てられたように畳の上にある。その隙間に虫が這《は》っているかと思い、よくよく見ると、ブローチやイヤリングが無造作に散らばっていた。押し入れの類いはなく、壁の隅に中身の詰まったミカン箱が置かれ、着物の袖口のようなものがはみ出ている。

古い建物なのに、風呂だけはユニットバスになっていた。その中にブランドもののバッグや雑誌の類いが整理されないまま放り込まれていた。

本当にハルコはここに住んでいたのか？

「ひどいですね」

宇都宮署生活安全課の上岡課長から声を掛けられた。

「ええ」

何ともいえない異臭が漂っている。

荷物の隙間に宇都宮署生活安全課の捜査員が立ち、野々山や小宮も呆れ顔で部屋を眺めている。戸口から六十がらみの大家の男が困惑した顔で覗き込んでいた。

「写真を見た会社の元社長さんがハルコさんの顔を覚えていたらしくて」上岡は言った。

「本名はトミザワセツコ。本人が言っていたとおり、旦那さんの名前はミノルさんです。もう十年近く前に亡くなっているみたいなんですよ。こう書きます」

上岡はメモ帳に富沢節子《とみざわせつこ》、実《みのる》、と書いた。

夫の名前は言えていた。その記憶は確かだったようだ。

上岡は赤羽中央署にも連絡済みという。

「いなくなった日はわかりますか?」

「大家によれば、先週の金曜日、水道のメーターの取り替えに業者が来たんだけど、そのときにはいなかったと言っています」

上岡は大家の顔を一瞥して答えた。

「その前まではいたんですか?」

疋田は訊いた。

「木曜日の朝、大家が家を出入りする節子さんを見かけたらしいです」

「田中三恵が拉致されたあたりですね」

青光荘にいる田中三恵が連れ出されたのも木曜日の午前だ。

「かと思います」

「青光荘から田中三恵さんを連れ出した男がここにもやって来たとしたらどうでしょうか?」

さすがに上岡も理解に苦しんでいる顔だった。

「その男が何らかの形で関わっていると見ていいと思います」

疋田はきっぱりと言った。

梅原係長の号令で、部屋の捜索がはじまった。

「田中三恵さんを拉致したのは、安達利文ではないかなと疑ったんです。青光荘に照会したのですが別人でした」

上岡が言った。

「そうでしたか。とにかく、わたしも田中三恵を連れ出した男がここにも現れたという線は否定できないと思います。何か手がかりはないですかね?」

「いまのところ、ありません。聞き込みをします。アパートに防犯カメラはありませんが、近場の防犯カメラの映像も集めますので」

「是非お願いします」

それらしい男が写っていれば有力な手がかりになる。

「富沢さんはここにいつ頃から住んでますか？」

疋田は尋ねた。

「今年の二月からだそうです」

「独り住まいですか？」

「ええ、単身世帯だそうです」

ここは宇都宮大学の真北、区画整理の行き届いていない住宅密集地だ。宇都宮駅から西に二キロほどのところに、赤い屋根の古い木造平屋のアパートが建てられて、四戸あるうちのいちばん西側の部屋だ。

「認知症にもかかわらず？」

声を低めた。

上岡が大家に背を向けるように居住まいを変えた。

「大家は知らないようなんです」

「認知症とわからずに契約したということですか？」

「不動産屋の紹介で一度会っただけだったそうで。そのときは見抜けなかったみたいで」

「本人から申し出もなかったんですか？」

「なかったと言ってます」

　わけがわからなかった。

「鍵は開いたままだったそうです」上岡が続ける。「ふだんから、施錠していなかったのかもしれないし」

　この様子から見ればその可能性は高い。

　認知症の高齢者が単独で生活しているのは、さほど珍しくはない。

　それでも、この散らかり様から見て、デイサービスなどは受けていなかったのかもしれない。

「子どもはいないんですよ。ご主人とふたりで鉄工所を切り盛りしていたらしいけど、ご主人が亡くなったときにやめてしまって。赤字続きで銀行の抵当に入っていたので、土地ごととられて立ち退《の》きを余儀なくされたそうですけど」

「十年前の話ですか？」

「それほど前ではないようなんですが。不動産屋も大家も、節子さんは『ございます』とか、『ですわね』とか、上品な話し方で会話もきちっとできていたし、着ていたものもきれいだったので、とても認知症の人とは思わなかったらしくて」

「ふだん、どんな生活をしていたんですかね？」

「よくわからないんです。家賃は現金で払っていたらしくて。大家にはカラオケが趣味だと言っていたらしいんですよ」

「カラオケですか……」

「ええ」

明るく社交的な性格が病気を隠してしまっていたのか。

「加入している会社あてに連絡を入れるというのは上岡課長が思いつかれたのですか?」

「はい、捜査に入る前からそうしようと思っていました」

「いいご判断だったと思います」

「ありがとう。残りはオサムさんひとりですね」

「そうなります。四人のうち三人が県央協関係の人間ですから、オサムさんも同じ県央協の加入者、もしくは関係者とみていいかもしれません。ここだって、県央協の事務所と近いですよね」

「かもしれないですけど。でも、この様子だとどうかな」

改めて上岡とともに部屋を見た。

田中康志の自宅について話した。

「もぬけの殻ですか」

やや肩を落とした調子で上岡が言った。

「それまでどうにか横領を取り繕っていたけど、国の特別監査が入ると決まって、観念したんでしょう」

「どこへ消えたんでしょう？　なにか手がかりは？」

「いまのところ見つかっていません」

上岡が忌々《いまいま》しげに腕を組む。

「おそらく田中康志が四人の失踪と何らかの形で関わっているはずです。それをつかまないといけません」

「そう思います」

上岡は疋田に体を向けた。

「オサムさんについては、われわれに任せていただけますか？」

「そう、お願いしようと思っていました」

「田中康志は土地鑑《とちかん》のないところには行かないはずです。息子のいる東京に逃げている可能性が大だと思います。よろしくお願いします」

深々と頭を下げられた。

「わかりました。これから戻ります」

26

神楽荘に着いたのは、午後三時を回っていた。課長の西浦も顔を見せていた。挨拶もそこそこに、ユキオこと、安達行男のいる居室を覗いた。ベッドに腰掛けていたオサムがベッコウメガネ越しに腫《は》れた瞼をこちらに向けた。ユキオこと安達行男のベッドは空だった。

「午前中、息子が車で乗り付けて引き取っていったぞ」

覗き込んでいた小宮の後ろから西浦に声をかけられる。

「そうですか」

あのあと、すぐに向かわなかったのか。

「平身低頭だった。一時間ほどみっちり絞ったけど、『すみません、すみません』ばかりでさ。話にもならなかった」

「行男さんの反応はどうでしたか?」

「息子とわかったような、わからないような感じだった。息子にこれからどこへ連れていくと訊いたら、自宅に引き取りますって言ってた。でも、例の青光荘みたいなところに連れていくんじゃないか」

西浦は一昨日、送り出してくれたときとは別人のように厳しい顔つきだった。

こちらの捜査が進んでいないのがわかった。

安達利文の妻の顔を思い起こした。

あの妻がいる限り、同居は難しいだろう。

「田中三恵はいいとして、ハルコ……うーん、何て言ったっけ?」

ふたたび西浦は言った。

「富沢節子です」

小宮が答えた。

「それそれ。引き取り手はありそうか?」

「いまのところ、身寄りは見つかっていないようです」

「これまでわかった三人が三人とも同じ組合の関係者なんだろ。残りのオサムさんだって、きっとそうだぜ。いずれ身元はわかる。宇都宮署の連中は慌てただろう?」

「慌てまくりだったと思いますよ」

小宮の横から野々山が口をはさんだ。

「余計なことを言うな」

疋田がたしなめたので、野々山はばつの悪そうな顔をして引っ込んだ。

「三人の身元がわかったのはいい。でもどうして、赤羽にやって来たんだ?」

西浦はぶすっと言い放った。

「それはまだ、さっぱりわかりません」

肝心のその点について、ひとつも手がかりがないのだ。

「あの、課長……ミラクルの四人がほぼ同じ年代であるというのが気にかかります」

小宮が口をはさんだ。

「どうして？」

「拉致した人間はそのあたりをターゲットにしたんじゃないかって思うんです」

どうなんだという顔で西浦から睨まれた。

「あれくらいの歳なら力もないし抵抗されることもない。拉致する側としたら手間がかかりません」

疋田の答えに、もっともという顔で西浦はうなずく。

「記者会見は開きますか？」

疋田は訊いた。

「開くわけないだろ。副署長が宇都宮方面で引き取り手が見つかったと説明するだけで終わりにするらしい」

横領事件があるため、慎重にならざるを得ないのだろう。

逃亡中の田中康志にしても警察の動向を気にしているはずで、そう簡単に情報は流せない。

「田中亮太の居場所はどうですか？」

「いま、うちの連中が大学に出向いて聞き込み中だ。亮太の友人から聞いたが、ここ二週間ぐらい姿を見ていないらしい」

「大学に来ていないんですか？」

「そうみたいだ」

「大学は白山でしたよね？」

「ああ。何でも転部を希望しているらしくてな。転部試験を受けるようなことを本人から聞いた友人がいる」

「転部？　いまは経済学部でしたよね」

「埼玉の川越《かわごえ》にある工学部への転部希望らしい」

「工学部ですか？」

「みたいだぞ。おれは署に戻るから」

そう言って、西浦は施設を出て行った。

襖が開いてヘルパーの小野田が入ってきた。

「オサムさん、じゃ、ちょっと運動しようか」

言うなり慣れた様子でオサムの腕を取り、立ち上がらせて部屋から連れ出した。

あとを追いかけて、小野田に田中康志の写真を見せた。見たことがありませんと小野田は答えた。

縁側ではじめて見る女性ヘルパーが洗濯物の整理をしていた。台所で夕食の準備をはじめていた木村に、田中康志の写真を見せた。こちらも見たことがないという返事だった。

事務所には施設長の坂井と区の職員の舟山もいた。ふたりに田中康志の写真を見せたが、見たことがないと口をそろえた。田中三恵と富沢節子について説明した。ふたりとも、田中三恵の息子が業務上横領に手を染めた件について知っていたが、詳しいいきさつについては訊いてこなかった。田中三恵と富沢節子はいま少し、こちらで世話になると思いますと念を押した。三恵は次男の田中直弥が引き取りに来るとも伝えた。

坂井から安達行男が引き取られたときの手続きについて説明を受けた。ここでかかった費用については、安達利文が支払うという。

留守中に何か気がついたことがありますかと尋ねると、舟山が口を開いた。

「特にないですけど、マスコミの方々がうるさくて、閉口します」

「また出没してますか?」

「ですね。きょうの散歩はやめましたし」

「よくないですね」

「はい」

「ほかはなにか？」

坂井と舟山は顔を見合わせたが、特にないようだった。

末松が顔を見せ、ちょっとお願いしますと耳元でささやかれた。

事務所を出る。玄関前にヘルパーの小野田がいた。心配顔だ。

「いま、ハルコさんの身元についてお話ししていたんですよ」

小野田はしきりとうなずき、「わかって、ほんとによかったです」と口にした。

ここ数日、大きな不安を抱えながら世話をしていた様子がうかがわれた。田中三恵をはじめとして、安達行男やハルコこと、富沢節子の身柄がわかってほっとしているようだ。

「どうですかね。小野田さんから見て、富沢節子さんって、どう思われていましたか？」

「ちょこまか動くし、明るくてほがらかでしょ。ちょっと見ただけだと、とても認知症とは思えないって仲間内では話していましたけど」

やはり、そうか。

「こちらから呼びかければ、素直に応じるようなところもありますからね」

「ええ、ええ。子どものようなところがありますよね。それはだめよって言えば、聞いてくれるし。ものを持ってくるのだけは仕方ないですけど」

「いまも携帯で写真撮ってます？」

末松が訊いた。

「よくやってますね。お昼も、焼きそばを撮ったりしていたし。宇都宮にいたときも携帯を持っていたんですか?」

「見つかっていません」

しかし、かつては持っていたはずだ。

「でも気味悪いなって思います。同じ人が四人を連れ去ったんでしょ?」

小野田は声色を変えて言った。

「そうですね。何かこれまでお気づきになった点はありますか?」

「……そんな人がいたら、わかるはずですけど。でも、マスコミの人たちに紛れ込んでいたらわかりませんよ」

「それはあり得ます」

「そういえば、竹本さんがよく携帯を見ていたわ」

「竹本さんが富沢さんの携帯を?」

小野田は視線を外し、うなずいた。

「ユキオさんがお散歩中にいなくなった日だったかしら。夕ご飯のあと、ハルコさんがしきりと携帯を捜していたんです。そしたら竹本さんが見ていて」

「どうして彼が?」

「わかりません」

「きょう、竹本さんはいますか？」

「あの人、やめました」

「やめた？　いつ？」

「昨日から来なくなって。わたしと木村さんだけで大変だったわ。きょうは新しい人が来てくれてるけど」

「急ですね」

「施設長も困るから、せめて今月いっぱい働いてもらえないかとお願いしたみたいですけど、だめだったみたい」

小野田は嘆息した。

竹本は決して慣れた様子ではなかった。事件がらみもあり、嫌気がさしたのだろう。

「その携帯、ありますか？」

末松が訊いた。

「ハルコさん持ってると思いますけど」

末松は縁側を回り込み、富沢節子の居室に入っていった。

しばらくして、携帯を手にして戻ってきた。施設長が使っていたお古の携帯だ。

携帯の画面を目にしている末松の顔が険しくなっていた。問いかけるものの、頬のあたりをゆがめて見入っている。

疋田も横から覗き込んだ。

上下キーを押して、盛んに節子の撮った写真をチェックしている。

グレーのロング丈Tシャツを着た男が写り込んでいた。細長い顔でくっきりした眉が目立つ。足下にプランターのようなものが見えた。

見覚えがある。月曜日、四人を外に連れ出したときだ。一時、行方がわからなくなった安達行男を見つけ、改めて認知症カフェへ全員で向かった。その途中、園芸店で待ち構えていた男のようだった。

末松が写真を先に送ると、男の背中の写真が現れた。黒いボディバッグを肩に下げている。

ようやく呑み込めた。あのとき、富沢節子は男の写真を撮っていたのだ。

しかし……。男の顔を見ていると、胸のあたりがもやもやしてきた。

「こいつ、似てませんか？」

末松が洩らした。

言われて、それに思い当たった。

「田中康志の息子？」

末松が疋田を見てうなずいた。

「自宅にあった写真は坊主頭だったけど、このあたりなんか、そっくりだ」

眉から目元にかけて、携帯に写っている男とよく似ている。

「ここだけじゃなくて、神楽荘の前にもいた」

マスコミ関係者と思っていたのだ。

「四人が収容された明くる日には、もう来ていたんじゃありませんか？」

「いた。記者か何かと思ってたけど息子だった？」

田中三恵の名前は四人が見つかった晩、テレビ報道などで知れ渡った。

孫の亮太が姿を見せたのはおかしくはない。しかし、なぜ名乗り出なかったのか。

「父親の悪事を知っていたから、こそこそうかがっていたんじゃないかな？」

末松の意見に賛成だった。

「祖母が不思議な現れ方をしたのは父親の横領とつながっていると推理した。それで様子見に来た……」

「園芸店で待ち伏せしていたのは、あわよくば祖母を奪回しようと思っていたのかもしれないですよ。いずれにしたって、父親があんなことをしでかしていたからこそだ」

「あり得ますね。マスコミに名前が出てすぐ、亮太は青光荘に確認の電話を入れた。それで、いなくなったのを知らされた。でも、父親が連れ出してはいなかった。だから、気になってここに来た」

「息子はオヤジの居所を知ってるかもしれないですよ」

「そうだ。きっと知ってる。スエさん、竹本は何を気にしていたんだろう？　ひょっとして、この写真を見た？」

「見たとしたらどうです？」

「わからない。でも、このときも変だったじゃないですか」

この写真が撮られたときだ。園芸店で竹本は執拗《しつよう》に亮太と思える男を追いかけていた。亮太にしても、そのあと神楽荘の近くに出没した。竹本はそれも追いかけ回したりした。

「念のため、ここに写っている亮太と竹本の写真を宇都宮の関係者に送っておいたほうがいいかもしれませんよ」

「そうしよう。送ってください。竹本から話を聞かないといけない」

「了解です。すぐ会いに行きましょう」

「住所を聞いてくる」

疋田は事務所に入った。

27

タイル張りの古い三階建てのビルだ。歩道から階段のついた先に茶色いコンクリートの庇が重たげについている。ビルの右手にはアスミ建設と書かれた大きな看板が取り付けられている。ここは板橋区蓮根《はすね》三丁目。神楽荘のある浮間から、車で十分足らずのところにある住宅街。神楽荘に勤めていた竹本政信《まさのぶ》の住所地だ。ビルの左右は米屋と戸建て住宅。裏手は空き地をはさんで、新しいマンションが建っていた。

　車に戻り施設長の坂井に電話を入れ住所録を確認したが、間違いなかった。

「竹本って、でたらめな住まいを届け出ていたんだ」

　末松が口惜《くや》しそうに言った。

「そうみたいです」

「採用、いつだったんですか？」

「今月の二日」

「二日っていうと、神楽荘のオープンした日？　住民票とか取らなかったんですか？」

「取ってないです。写真を貼った履歴書だけですよ。本人から五月会に連絡が入って、神楽荘で働きたいと申し出たみたいです。介護の経験があって、昔、ヘルパーの二級の資格も取ったと言ったようで、即採用されたはずですと施設長は言っています」

「本人から神楽荘で働きたいって？　神楽荘がオープンすることをよく知ってましたね」

「五月会のホームページで募集をかけていたそうですが」

「しかし、電話もつながらないし。おかしい」

届けられた携帯の番号に電話をかけているが、通じないのだ。

そのときスマホが震えた。

知らない相手の携帯番号だった。

オンボタンを押し、耳に当てた。

森山ですと言われて即座に思い浮かばなかった。

青光荘の名前が出て、ようやく医師の森山と気がついた。

「この方ですよ」

そう森山は言った。

誰を指しているのかわからなかったので訊き返した。

「二十分くらい前に、そちらの末松さんから送られてきた写真の人」

「田中亮太ですか?」

「違います。もうひとりのほう」

思わず耳を押しつけた。

「竹本というヘルパーですが、その人?」

「間違いないです。ちょっとこう、横の髪の毛を今風に刈り上げてますよね。田中三恵さんを連れ出したのはこの人ですよ」

束《つか》の間《ま》、混乱した。

「あの……三恵さんが連れ出されたのは木曜日の午前ですよね？」

「そうでしたね」

そのとき、竹本は神楽荘にいなかったのか？

しかしなぜ、竹本が？

いったい、竹本はどこの何者なのか？

礼を言って電話を切った。

その場で、神楽荘の施設長に電話を入れる。

「ちょっとお訊きします。やめた竹本さんですが、今月の五日と六日、木曜日と金曜日は出勤していましたか？」

「竹本さんですか？」

「ええ、竹本さんです」

「わかりました。調べてみます」

しばらくして返事があった。

「木曜日は全休でした。金曜日は昼から出勤していますが何か？」

「ありがとう」

電話を切り、森山の話を末松に伝えた。

「竹本か……」末松はしばらく沈黙した。「やつが拉致した張本人とすれば、日程的にはぴったり合う。木曜日は宇都宮に出向いて田中三恵を連れ出して、金曜の朝、赤羽教会に運び入れた」

そこまで言って疋田を見た。

「田中三恵だけじゃなくて、ほかの三人も竹本がやったとしたら……」

疋田は言った。

「やってやれないことはないんじゃありませんか？」

「三人の事情を知っていればだけど……ひとりじゃどうかな？」

「ですね。共犯者はいるな。どっちにしても、竹本は三人の拉致に関わっていると見てい い。いや四人か……」

そこまで言って末松は膝を叩いた。

「あの馬券か」

「神楽荘に捨ててあったあれ？」

末松はうなずいて疋田を見た。

「スプリンターズステークス」

末松がひとりごちる。

十月一日日曜日に中山競馬場で開催された重賞レースのはずだ。

「あれ、買ったのは竹本だ」

続けて末松は言った。

「竹本が買った?」

末松はしきりと視線を動かしながら、「やつが日曜、中山で買って神楽荘のゴミ箱に捨てたんだ」と口にした。

よくわからなかった。

「どうして、そう思うの?」

「ヘルパーでほかに馬券を買う人間なんていないでしょ。竹本に決まってますよ。やつだ」

「競馬好きというと田中康志もそうですよ」

「そっちもからんでいるとしたらどうですか」末松は言った。「九月末に田中康志は行方をくらました。康志が競馬好きというのを知っていて、その後、行きそうな場所を先回りして待ち伏せした。でも、康志は現れなかった」

「竹本が田中康志を追いかけて競馬場に?」

「仮にの話ですよ。でも、ほかにあの馬券を説明できないじゃないですか。ずっと、竹本は康志を捜していた。だから、息子の亮太のあとを追いかけた。そう思いませんか?」

疋田は言われて少しばかり腑に落ちた。

「じゃ、竹本は亮太も知っていたことになりますよ」

「もちろん、そうだったはずですよ」

「竹本って何者なんだろう？」

「宇都宮にいる事件関係者の中のひとりかもしれない」

そう言ったなり、末松は固まったように動かなくなった。

もし、竹本が宇都宮の人間ならば、宇都宮署に詳しい情報を伝えなくてはならない。疋田は西浦課長に電話を入れて、いきさつを話した。

「本当にその竹本っていうヘルパーが四人を拉致したのか？」

西浦に訊かれた。

「確証はありませんが、その可能性はあります」

「居場所はわかるのか？」

「かいもく、わかりません」

「手がかりは？」

「ありませんが、田中親子の近くに現れるはずです。息子の亮太が見つかれば、竹本も現れるかもしれません」

「だったら、すぐ捜し出して張りつけ」

「亮太の居場所がわかったんですか？」

「わかるわけないだろ」

「亮太は転部を希望していましたよね？」

「そうみたいだな」

川越にある工学部は、立ち回り先として、ありうるだろうか。

「川越の工学部の聞き込みは？」

「まだ、してない」

ほかに手がかりはなさそうだった。白山のキャンパスで亮太の友人と会い、さらに突っ込んだ事情を聞いてみたかった。そちらは、すでに捜査員が出向いているが、小宮と野々山に合流させよう。竹本については、神楽荘で関係者から徹底して聞き取る必要もある。

川越に行く旨申し出ると、「そうしてくれ」という返事だった。

早々に電話は切れた。

宇都宮署にも知らせなくては。

28

高島《たかしま》通りから都道を経由して東京外環自動車道に入った。大泉《おおいずみ》ジャンクションから関《かん》越《えつ》自動車道を経由し川越で下りた。県道を使って鶴《つる》ヶ島《しま》方面に向かう。キャンパス正門から駐車場はかなり離れていた。午後五時を回っていた。ゆったり敷地のとられた大学の構内を歩く。学生に教えられ、四号館の一階にある教学課にたどり着いた。窓口で名刺を示し、教学課長に取り次いでもらった。

別室に案内され待っていると、五十がらみの太った男がやって来た。

「安西《あんざい》と申します」

低姿勢で名刺を渡される。

立ったまま、疋田は用件を切り出した。

「あの失礼ですが、何かの捜査の関係でしょうか？」

安西は疑い深そうに訊いてくる。

「田中亮太さんがトラブルに巻き込まれている可能性もあり、お伺いしました。白山の経済学部に在籍しているはずですが、こちらに転部を希望されているという話を聞きまして、訪ねさせていただきました。本人とお会いしたいのですが、いかがでしょうか？」

安西は戸惑った表情を見せた。

「あの、白山には？」

「そちらも出向きましたが、ここ一、二週間キャンパスには来ていないようなので、ひょっとしたらこちらはどうかなと思いまして」

「そうですか……少し調べてみます」

ようやく納得したふうに安西は言うと、そそくさと部屋から出ていった。

五分ほどして、プリントアウトを抱えて戻ってきた。

田中亮太の転部試験受付簿を見せられた。住所は大塚のままだった。

「ご本人はこちらの工学部に転部を希望されていると聞きましたが、具体的にはどのような学科を希望されてますか？」

疋田が訊くと安西は手元の書類の中から一枚の紙を差し出した。

転部試験の日程表だ。

「えっと、本人はこちらの総合情報学部に転部を希望しています。転部試験はこちらで十二月六日に行われますけど、もう受験料は納まっていますね」

「工学部ではなくて、総合情報学部ですか？」

「ええ、三年ほど前に新しく設けられました。文系と理系の中間というか、そのあたりを目指している学部になるわけですが」

「ご本人は経済学部では不満だったんですかね？」

「詳しい理由については本人に訊いていただかないと……こちらには、こう書かれているだけですので」

と安西は転部の理由について記された欄を示した。

そこには都市環境工学の勉学に励《はげ》みたい、とだけある。

「都市環境工学といいますと？」

「工学を基本として、社会学や心理学、経済学などの具体的な手法を取り入れて、社会問題の解消を図るというような分野になりますが」

なかなか骨のありそうな学問のようだ。

「転部というのはどうなんですか？　試験、通りますかね？」

安西は成績表をこちらに見せた。

ほとんど優だ。

「たぶん、受かるんじゃないかと思いますが」

「そうなると、来年の四月からこちらのキャンパスに通学するわけですね。亮太さんの住まいは大塚ですが、どういうわけかすでに引き払っているようなんですよ。こちらの近くに引っ越したのではないかと思うのですが、いかがでしょうね？」

ふたたび、安西は怪訝そうな顔になった。

「学生寮とかはありませんか？」

末松が横から訊いた。

「いくつかございますが、どれも満室ですので」

十軒ほど掲載された学生寮のパンフレットを渡された。

四つは女子学生専門だった。寮費を尋ねたが、どれもかなり高額だった。

これ以上の情報は得られそうになく、教学課をあとにした。

「やっぱり、まだ都内にいるんじゃないかな」

疋田は言った。

「かもしれないですね。こっちはまだ試験にも受かっていないし」末松が言う。「友人のところに転がり込んでるんじゃないですかね。親戚筋はたぶんないですよ」

「かもしれないね」

いちばん近い親戚は、田中康志の弟の直弥だ。前橋在住だが、ここ四、五年会っていない。父親が事件を起こしているから、都内に親戚があっても、そちらに寝泊まりしているようなことはないだろう。そういえば、直弥はきょう、田中三恵を引き取りに神楽荘に来ると言っていたが、どうなったのだろう。

駐車場に戻る途中、白山のキャンパスに出向いている小宮から電話が入った。

「まだ聞き込みの済んでいない亮太の知り合いが何人かいて、話を聞いてきました。やっぱり、ここ二週間は顔を見ていないそうです」

「居所はわかりそうか？」

「だめです」

「仲のいい友人はいるんだろ？」

「それが、大学関係ではあまりいないらしくて。お互いの家やアパートを行き来して、泊まったりするような間柄の人はいないんじゃないかって言ってます。授業にもあまり出席していなかったみたいだし」

自分の進路や学びたい分野について、不満のようなものがあったのかもしれない。

「女友達なんかはどうだ？」

「そちらもないですね。浮いた話はひとつもありません」

「転部希望については、友だちからの情報だったよな？」

「三人会いましたけど、知っていたのはひとりだけです。その子は、転部に備えて近いうちにアパートを替えるって本人から聞いたらしいんですけど」

「やっぱり移るって？」

「たぶん。あ、それから、田中三恵さんを引き取りに、田中康志の弟さんが間もなく神楽荘に着くそうです」

「了解。そっちは引き上げて、神楽荘に戻って田中直弥と会ってみてくれ。田中亮太の居場所に心当たりがあるかもしれんから」

「そうですね。すぐ行きます」

電話を切り、末松に話した。

「本人は転部試験に合格するものと思ってるんだ」末松は言った。「大塚は家賃が高いだろうし、早めにこっちに移って来たほうがいいと思ってるのかもしれませんね」

「ええ。白山にはこっちから通えばいいし、年明けは授業自体が少なくなるからね」

「そうですよ。ここの最寄りの駅は東武東上線《とうぶとうじょう》の鶴ヶ島になりますよね？　もし、亮太がこっちでアパートを物色していたとすれば、駅近くの不動産屋なんかを訪ねているはずですよ」

「学生寮の空きはないからね。不動産屋を当たってみますか？」

「そうしましょう」

29

一時間ほどかけて駅のまわりにある五つの不動産屋を回った。どこにも田中亮太が訪れた形跡はなかった。鶴ヶ島駅西口のコインパーキングに停めてあった車に戻ったとき、ふと駅の防犯カメラを見てみてはどうかと思った。末松も賛成したので橋上駅になっている駅舎に上がった。改札口が八つある駅の構内はそこそこ広い。まだ通勤時間帯なので乗降客は多かった。

捜査関係事項照会書は明日用意してくるので、とりあえず見せてくれないかと駅長に要請すると、応じてくれた。事務室に通してもらう。一日の乗降客数は三万三千人と教えられた。かなりの人数だ。別室に通された。操作方法を教えてもらい、さっそく駅の防犯カメラの映像を見る。駅の防犯カメラは七台設置されている。まず改札口から出てくる乗降客を正面から捉えた映像を見ることにした。九月十五日の午前中の分から見始める。早送りした。それらしい男が現れるたびに、一時停止して眺めた。三十分ほどその作業を続けたが、九月二十日までの分しか見られなかった。亮太が大学からいなくなったのは二週間ほど前。もう少し、あとの日付でもよいかもしれず、九月二十五日分から見ることにした。

ふたりで見ていても埒があかないので、疋田は大学のある東口で聞き込みをすることにして、事務室をあとにした。

駅前にふたつあるコンビニのうちのひとつに入った。複数の店員に、亮太の写真を見せてみるが、知らないという。もうひとつのコンビニで同じように聞き込みをしていたとき、スマホが震えた。末松からだった。すぐに来てくれと言うので、慌てて駅舎の事務室に戻った。

末松は首を伸ばすようにモニターに見入っていた。

ちらっと疋田を振り返り、静止した画面のそのあたりを指した。

「この連中」

改札から出てくるふたりの乗降客だ。

黒いボディバッグを肩にかけたTシャツ姿の若い男。それにぴったり張りつくように、白い横縞の半袖シャツを着た男がいた。画面に顔を寄せて、若い男の顔に見入った。太い眉。細身の体にぴっちりしたスキニーパンツ。……田中亮太？　その横にいる男は六十前後、猫背気味だ。若い男とそっくりの顔立ちだった。

「こっちは田中康志？」

声を掛けると末松は口を引き結んでうなずいた。

驚いた。ふたりはこの駅で降りているのだ。しかも、九月二十五日月曜日の午後三時五分。

「二十九日じゃない……」

「ええ、二十五日ですよ」

県央協の人間たちは、うそをついているのか？

それとも、この日だけ田中康志は息子に会うため、ここを訪れたのか？

「西口から出てます。この通り」

末松がマウスを操ると、別の場面が現れた。

同じ時刻、西口の階段を降りるふたりを正面から捉えた映像だ。

この日、亮太は連絡を取り合い、池袋で落ち合ったのだろうか。駅から出て、ふたりはどこに行ったのか。

「ビジネスホテルにでも泊まったのかな？」

疋田は口にした。

「いや、それなら池袋にいくらでもあるし。わざわざ、こんなところに来る必要ないですよ。たぶん、息子がアパートか何かを借りてるんじゃないかな」

「かもしれない」

駅周辺にある不動産屋すべてを回りきったわけではない。かりに、田中亮太がアパートをこの近くに借りているとすれば、田中康志もそこに潜伏しているように思えた。亮太にしても、警察がここまで突き止めるとは思っていない。この付近を集中的に調べれば、ふたりは見つかるのではないか。末松が早送りする防犯カメラの映像を見続ける。

その日も翌日も、ふたりの姿は駅の防犯カメラでは捉えられていなかった。

「張り込もう」

疋田の言葉に、末松は大きくうなずいた。

30

午後七時五十分。張り込みをはじめて一時間が瞬く間に過ぎた。鶴ヶ島駅西口は階段がひとつしかなく、彼らが駅を使えば見逃すことはない。とはいえ、この時間帯、ふたりが駅に姿を現す確率は低かった。それでも、終電まで続ける覚悟だった。明日はいちばんで、田中亮太のスマホの通信記録を調べるための照会書を作る。記録さえ手に入れば、亮太の居場所の見当がつくだろう。

小宮と野々山がやって来たのは、午後八時を回ったときだった。

後部座席に乗り込むなり、野々山が、「こんな近くで大丈夫ですか」と陽気な声を掛けてきた。

「生け垣が影になってるし、駅に入ろうとする人間は気にもとめない」

疋田は答えた。

ロータリーの駅側にサツキの植栽があり、そのうしろに隠れるようにセダンを停めているのだ。

「田中康志の弟には会えたか？」

疋田は小宮に訊いた。

「会いました」小宮が答えた。「最後にお兄さんと会ったのは、四年前の正月だったみたいです。亡くなったお父さんのお墓参りも別々に行くそうでしたし。年に一度、二度、電話を入れる程度だったそうです」

「ほかに親戚や知り合いは？」

「ご両親の実家のほうは、すっかり縁遠くなってしまって、たまに葬儀で顔を合わせる程度だったそうです。それも、この四年間はなかったと言っています。友人や知り合いもなせめて、年金機構時代の友人くらいはいないのだろうか。

「息子の亮太とはどうだって?」

「小さいころは、お互いの家を行き来して、子ども同士で遊んだみたいですけど、高校に入ってからは、一度も会ったことがないと言っています。携帯の番号も知らないし。田中三恵さんをどこに連れていくか訊いたら、とりあえず前橋の実家に引き取るそうです。そのあとはたぶん、青光荘に入れると思います。お兄さんの仕事について尋ねたんですけど、まったく知らなくて。それから、竹本の奥さんについて、聞きませんでしたか?」

「いや、何かあったか?」

「さっき、神楽荘でヘルパーの小野田さんと会ったとき、竹本の奥さんらしい人が運転する車で迎えに来たのを見たようなことを言ってました」

「竹本の奥さんが?」

「たぶん、十月四日の水曜日に。まだ、入所者がいなかったので、五時半に帰宅の許可が出たらしくて。そのとき、黒いミニバンで迎えに来たらしいです」

「黒いミニバンって……」

疋田は言いながら末松の顔を見た。

「拉致した車も黒いミニバンだったが」

末松はそう言って口をつぐんだ。

「奥さんかどうか、怪しいもんですよ」野々山が口をはさんだ。「でも、単独犯じゃない有力な証言になりますね。ふたりがかりなら、何とか四人をまとめられるだろうし」

それにしても女かと疋田は思った。

いくら認知症とはいえ、四人の人間を拉致するには、それなりの人手がかかるだろうに。

そのとき、宇都宮署の海老原から電話がかかってきた。挨拶抜きでこの場所で張り込みをするようになった経緯を伝えた。それでも、海老原に驚いた様子はなかった。いちばん気にかかっていた竹本について尋ねた。

「いまのところわからん。赤羽であんたたちの目の前にいたんだろ？　ほんとにそいつが拉致犯なのか？」

海老原に訊き返された。

「有力です。もうひとりの女と協力して四人を連れ去った可能性が大です。竹本が田中康志の母親を連れ去ったのは間違いないですから、宇都宮の人間ではないかと思います」

「共犯がいるって？　まあ、四人連れ去るとしたら、複数犯にはなるだろうけど。こっちの人間だとしたら、やっぱり県央協の関係者だってそっちは踏んでるんだろ？」

「おそらく、そう思われます」

「でもさ、堂々と警官の前に姿をさらしてるあたりが、おれにはさっぱりわからん」

「よっぽど事情があったのかもしれません」

「その事情っていうのが、田中康志の横領と関わりがあるんだろ？　田中康志が組合から消えたときの状況がわかってきてさ。先月の二十九日じゃないぜ。その前の九月二十五日の月曜日だよ」

「やっぱり、二十五日だったのか……」

「ああ、その日、鶴ヶ島に行ったんだ。理事長の松崎、警察が関知することになるのを薄々わかっていたみたいでさ。事務員にも口裏を合わさせたりして。まったく往生際《おうじょうぎわ》が悪いぜ」

「どうして、うそなんかついたんですかね？」

「そんな前からいなくなってたのに、どうして届け出なかったと警察から責められるのが嫌だったんだろう」

「松崎は何と言っているんですか？」

「二十五日の朝十時に会計について訊きたいことがあるから書類をそろえておけと電話したらしい。その足ですぐ事務所に出向いたんだが、もう消えていたそうだ」

「田中はぴんときたわけだ」

「たぶんな。理事長はびっくりして、あちこち電話かけまくってさ。その日の午後には事務長はどこへ行ったんだって、組合員から問い合わせがあったらしいぜ」

「そのとき、理事長は田中康志の息子にも電話をかけたんじゃないですか?」

「ああ、かけたと言ってる」

それで田中亮太は異変に気づいたのだ。

「松崎理事長が会計に疑問を持った理由はあるんですか?」

「九月なかごろ、掛け金の運用を任せている生命保険会社から松崎に電話が入ってさ。月の中旬に送金されてくる掛け金が少なくなっているっていう問い合わせだけど、それを田中に問いただしたらしいんだよ。それが発端みたいだな」

運用を任せている相手方に知られてしまえば、田中は申し開きができなくなると思ったのだろう。気になっていた田中康志の電話の通信記録と口座の照会について尋ねてみた。

「自宅の固定電話はほとんど使っていなかった」海老原が答えた。「携帯の直近の通話は康志が消えた二十五日の午後二時二十三分。東京にいる息子からかかっている。池袋駅からだ。それ以来、通話もメールもなし。電源が切られている。亮太のほうの通信記録はそっちで頼む」

やはり、二十五日に連絡を取り合っていたのだ。

池袋で合流してから、鶴ヶ島にやって来たのだろう。

「了解しました」

疋田は身を固くした。息子は父親の犯罪について、知っているようにも思える。通信記録さえ入手できれば、亮太の居場所を特定できるかもしれない。一抹の不安を覚えた。亮太は警察が介入しているのを知っている。携帯の電源を入れっぱなしにして、やすやすと自分の居場所がわかるような真似をするだろうか。

「銀行口座は三つ作ってあっただけだった」海老原の声のトーンが変わった。「ひとつは自分の給料の入金用、あとのふたつはクレジットカードの決済用。どの口座にも、百万単位で金の出入りがあったよ」

本気で横領する気なら、もっと多くの銀行口座を作るのではないだろうか。

「横領した金の出入りはいつからですか？」

「去年の九月あたりから、一挙に増えていてさ。現金の出し入れはＡＴＭだ」

現金なら足が付かない。キャッシュカードがあれば出し入れも自由にできる。

「横領といっても、そう簡単に組合の口座から金を引き出せないでしょう？」

「それが田中は事務長になった翌年から、出納員も兼ねるようになってさ。以来、ひとりで通帳と印鑑を預かっていた。ノーチェックだよ。月例監査だって、監査担当の理事が書面でやっていただけだしな。帳簿類の突合《とつごう》もしていなかったみたいだぜ」

「億単位で未収金が計上されていますが、それがぜんぶ横領額になるわけですか？」

「その未収金自体がまだわからん。もっと多くなるかもしれん。ちょっと気になるのが、同じ宇都宮市内にあるクリニックへの振り込みだ。けっこうな額になってる。康志の口座から三回振り込んでいて、ぜんぶ合わせると八千万近くになるんだよ」

「八千万も医者に？　そこと組合は取引をしてたんですか？」

「いやいや、関係ない関係ない。理事長も知らない。綾部《あやべ》耳鼻内科クリニックって言うんだけどね。明日、訪ねてみるよ。あんた、どうする？」

気になる。

「同行します」

「わかった。待ってる」

末松から、競馬関係はどうですかと言われ、それについて問いかけた。

「外れ馬券がごっそり見つかった」

海老原は答えた。

「どこの馬券ですか？」

「ちょっと待ってくれよ」しばらく、ほかの捜査員と話してから答えが返ってきた。「九月十三日、大井競馬場開催の東京記念だ。八十万近くある」

「……そんなに。それ以外にありますか？」

「これだけだ。いまごろ、馬の尻でも追いかけてるんじゃないか。また、わかったことがあったら電話する。そっちも頼むぜ」

「了解しました。オサムさんはその後、どうですか?」

「そっちか。上岡課長、部下を督励して、宇都宮じゅうの介護施設を調べまくってるぜ。県央協の聞き込みだけやってりゃいいのによ。まったく女のやることはわからねえ」

電話を切り、中身を話した。

「やっぱり地方競馬が好きなのかな」

末松が怪訝そうな顔で洩らした。田中康志が厩務員とともに写っている写真に目を落としている。宇都宮署で複写したものだ。

「それ気になりますか?」

疋田は訊いた。

「ずっと、どうかなって思ってて。厩務員と写ってるなんて、あまりないですから」

「馬券なんかよりも、四人を拉致した竹本の行方を捜すのが先決ですよ」

小宮が高い調子で言った。

「だから、どこの何者なんだよ」末松が反論した。「それがわからなきゃ、幽霊を捜すようなもんだ」

末松の言葉に、小宮が首を横に曲げた。

とにかく、もう一度神楽荘にいるヘルパーたちから、竹本について、詳しい話を聞き出さなければいけない。彼らでさえ気づいていないことがあるかもしれない。

西口に視線を戻した。ふと、その姿が目に入った。

階段からレースのトップスにタイトスカートを穿いた細身の女が出てきた。オーバルのメガネ。息を呑んだ。上下とも同じレースのチェック柄だ。カジュアルなボブに髪型を変えているが、間違いない。栃木県央金属機械協同組合事務員の板谷里美《さとみ》ではないか……。

「姿勢を低く」

車内の三人に命令した。

通り過ぎるのをやりすごす。

「……板谷さん？」

後部座席の小宮がつぶやいた。

野々山も気づいたようだった。

こんなところになぜ現れた？　どこへ行く気なのだ？

とにかく、この駅で降りた以上、行き先を突き止めなくてはならない。

「つけるぞ。スエさん、車を頼む。マコ、おれと一緒に来い」

言うなり、疋田は車から降りた。

植栽を回り込み、西口のロータリーに立つ。五十メートルほど距離を置いて、板谷のあとをつけた。少し遅れて小宮がついてくる。

板谷は黒いパンプスを履いた足をときおり止める。手にしたスマホで地図を見ているようだ。

ロータリーを歩き切ったところで、板谷は右に曲がった。

疋田も急いで続いた。板谷は横断歩道を渡って、ケヤキ並木を歩いている。

これは単なる偶然なのか。

この駅近くには、田中康志の息子が住んでいるかもしれない。

そんな土地に何の用があるのか。

疋田も横断歩道を渡った。店舗の続く歩道を歩く板谷の背後にぴったりついた。うしろを気にしている様子はない。少し距離を置き、小宮が反対側の歩道を歩いてくる。板谷は突き当たりの道路を左に曲がった。宝飾専門の質屋がある角まで急いだ。そこから先をのぞき見た。

道路の右手だ。商店街が続く道を南に向かって歩いている。

人通りが少なくなった。道を渡り、やや距離を開けて尾行を再開する。

板谷は立ち止まってはスマホを見、あたりをうかがいながら進む。このあたりははじめてのようだ。疋田は後方をちらっと振り返る。遅れて通りに姿を見せた小宮に左側を来るよう軽く手を振る。

畳屋の角を板谷は右に曲がった。

早歩きで進み、畳屋の陰から道の先を見た。

左右に民家の続く狭い路地を、スマホを見ながら歩いている。

五十メートルほど先に広い駐車場があり、その向こうにある二階建てのアパートの前で足を止めた。アパートとスマホを交互に見ながら、少し進んでアパートの奥、右側に消えた。そこまで駆けた。

板谷が消えたあたりで右手をうかがった。板谷が階段を上りきり、外廊下に入っていくのをみとめた。脇にある砂利道を階段側に小走りに進んだ。アパートの裏手を見ることができる場所まで来て、二階を振り返る。

板谷はいちばん奥の部屋の前で立ち止まっていた。ノックすると、内側からドアが開いた。そのまま、すっと中に入った。部屋にいる人は見えなかった。疑念が渦巻いた。ひょっとして、部屋にいるのは、田中亮太ではないか……。康志も？

だとしてもどうして、板谷がここに来るのか……。

路地を引き返し、駐車場のところまで戻った。アパートは階ごとに五戸ある。新しくない。ベランダもなかった。一階の二部屋の明かりがついていない。板谷が入った部屋のとなりの部屋の明かりは消えていた。遅れてきた小宮に説明し、駐車場の隅からアパートの二階を見る。

「こっちに気づいていませんよね？」

小宮が目をぱちぱちさせながら訊いてくる。

「まったく気にとめなかった。あの部屋を訪問するのははじめてのように見えた」

「彼女、田中康志の横領は十分承知してるし、ここに来たのは……ひょっとして、あの部屋に田中康志がいるんでしょうか？」

「その可能性はあるぞ」

「息子も？」

「うん。あの女、田中康志と机を並べて仕事していたんだ。おれたちに内緒にしていたつながりがあるかもしれん」

「調べてみたんですけど、新幹線を使えば宇都宮駅から鶴ヶ島駅までは一時間半で来られます。宇都宮の県央協で仕事が終わってから、来たのかもしれない。どうなんだろ。向こうに訊いたほうがいいのかしら」

「そんなことするな。田中康志がいるかどうかもわからん」

目の前で起きつつあることに、理解がついていかない。偶然としても、できすぎている。体がこわばってきた。大事になってきそうだった。

疋田は末松に電話して、自分のいる場所を教えた。野々山とともに、すぐ来るよう命令する。車の陰に隠れ、黄色い明かりを放つ二階のその部屋を見つめる。

「大家を捜して確認しますか？」

「いや、いい。スエさんと幸平が来たら踏み込む」

応援が来るのを待っていられない。

31

外廊下を歩き、いちばん奥にある部屋の前に立った。201号室のラベル。表札は出ていない。小宮に目配せすると、打ち合わせ通りノックした。

「こんばんは。遅くにすみません。大家ですけど」

それだけ言って、様子を見る。

物音はしない。

もう一度ノックしかけたとき、ドアが内側から開いた。

紺のポロシャツを着た面長の顔が現れた。

田中亮太が怪訝そうな顔で、小宮と疋田に視線を送りつけてきた。

疋田は開いたドアのあいだに体を入れ、警察手帳をかざして見せた。身分を告げると、亮太が一歩退いた。

玄関にはスニーカーの横に黒いパンプスがきちんとそろえて置かれている。中を覗き込んだが、板谷の姿は見えない。

「田中亮太くんだね？　ちょっと、上がらせてもらっていいかな？」

声高に言ったとき、ベッドのある左の陰から人影が動いた。

板谷里美だ。驚いた顔で亮太を見返している。

亮太は板谷と顔を見合わせたまま、困惑した顔で突っ立った。

ふたりとも、警察に踏み込まれるなど、予想もしなかったようだった。

「板谷さん、亮太くん、落ちついてくれ。あなたがたを捕まえに来たわけじゃない」

そう言った疋田の顔を板谷がまじまじと見つめてくる。

亮太が落ち着きなく視線を動かしたかと思うと、ふいに背中を見せた。部屋の奥に走った。窓に飛びつき、勢いよく開けた。下を覗いたまま動かなくなった。そこには末松と野々山が待機しているのだ。

亮太がこちらを向いて突進してきた。両手を広げて、立ち塞《ふさ》がろうとした。そのわきをすり抜けられた。捕まえようとした小宮の腕も振り切り、玄関から裸足のまま外へ出てしまった。

疋田は慌てて追いかけた。外廊下を駆け抜ける亮太の背中に接近する。

階段を転げ落ちるように亮太は下った。地面に降り立つと、跳ねるように狭い通路から道路に飛び出た。そのまま、右手に消えた。

目の前を野々山が走っていった。

道路に出る。

野々山の前を走る人影が見えた。

亮太は足をかばうように走り、少しずつスピードが落ちていく。突き当たりの手前で野々山と亮太の影がかぶさった。

「おとなしくしろっ」

野々山が叫んだ。ふたりが前のめりに倒れ込む。

疋田も追いついた。腰元をつかまれた亮太は、激しく咳き込んだ。

「公務執行妨害の現行犯で逮捕する」

野々山が小さいがはっきりした声で呼びかけると、亮太は肩を落としておとなしくなった。

疋田はその腕をつかんで立たせた。

「怪我してないか」

疋田の問いかけに、亮太は無言だった。

抵抗する気は失せたようで、体から力が抜けていた。

疋田と野々山は手錠はせず、ふたりで亮太の腕をつかみアパートに戻った。末松も靴を脱いで上がる。

「座ってくれ」

疋田の言葉に亮太は壁にもたれかけ、ずるずるとしゃがんだ。

末松と野々山が両脇につく。野々山が亮太の右手に手錠をかけ、逃げられないように片方を自分の腕にはめた。板谷も緊張した面持ちで膝を折り、亮太と向き合うように正座した。

細長い部屋だ。ベッドサイドの壁にグレーのロング丈Tシャツが掛けられている。三段のチェストと窓際に文机《ふづくえ》があるだけだった。

「どうして逃げたりした？」

言いながら、疋田も亮太の前にかがんだ。

襟足の短い、ツーブロックのショートヘア。思い詰めたような表情だ。崩れない。右目のまわりがうっすら黒ずんでいる。こちらの顔は覚えていないようだ。

「ここには、いつから住みはじめた？」

亮太は視線を動かし、ひとしきり考えたようだった。

「……先月」

ようやく、ぼそりとつぶやいた。

「転部試験を受けるんだって？」

どうして、知っているのかという表情だ。

呼吸は落ちついている。緊張の解けた亮太の目はやさしく、慈愛すら感じられた。父親の犯罪を知って、庇《かば》おうとしたのだろうか。父親もこの息子ならと思って、罪を告白したのかもしれない。田中康志が組合から姿を消した日、松崎からの電話を受けて、亮太は父親に慌てて電話を入れた。以前から、父親の悪事を知っていた可能性は否定できない。しかし、どうだろう。父親はたとえ自ら罪を犯していたとしても、子どもには教えないのが常ではないだろうか。それでもあえて教えたとしたら、逃げ延びる先がなかったとも考えられる。

いずれにしろ、この息子を留置場に入れることなど、おれにはできないと疋田は思った。

「亮太くん、神楽荘に来たよな？」

問いかけると、亮太は硬い表情で窓側に顔を曲げた。

「神楽荘におばあちゃんの三恵さんがいるのを知っていたんだろ？」

はっとした顔で疋田を見る。

亮太は緊張の解けない顔でうなずいた。

「どこで知った？」

亮太の視線が文机の上のスマホに動いた。

やはりネットで知ったようだ。ミラクル4が話題になったとき、タナカミエの名前もネットで拡散した。横領事件を起こした父親は、勤務先を出奔《しゅっぽん》している。その関係もあり、まさかと思いながら来たのだろう。

「どうして、こそこそ神楽荘に来たりしたんだ？」

もう一度問いかける。答えない。

「心配だったら、どうして堂々と警察に名乗り出なかった？」

また亮太は顔をそむけた。

「ここにお父さん、来たよな？」

亮太は反論せず、しきりと両手首の赤黒く腫れたあたりをさする。

横から答えがあった。

「来たと思います」

ぽつりと洩らした板谷に向き直る。

「あなたは、いつここに来たんですか？」

あえて訊いてみる。

「三十分くらい前に」

板谷はうつむいたまま答えた。

「どうして、来たんですか？」

「…………」

埒があかない。疋田は亮太に向き直る。

「亮太くん、お父さんはいつ来た？」

「先月の二十五日に」

防犯カメラの映像に撮られていた日だ。うそではないだろう。

「いつまでいたの？」

小宮が訊いた。

板谷がちらちら亮太をうかがいながら、「月曜の夜までだそうです」とふたたび口にした。

「一昨日まで、お父さん、ここにいたのか？」

亮太は仕方なさそうにうなずいた。

「お父さん、その夜、ひとりで出ていったの？」

小宮が訊いた。

「……いや」

奥歯にものがはさまったみたいな言い方だった。

「亮太くん、その顔どうしたの？」

小宮の言葉に、亮太はまた手首を触り出した。

「……男に殴られて」

見かねたように板谷が口にする。

疋田は板谷に一瞬目をやり、ふたたび亮太に、

「男が来て、きみは暴力を振るわれ、手足を縛られて身動きがとれなくなった。それで、

そいつがお父さんを連れていった。そういうことか？」

「……うん」

子どものような返事だった。

「いきなり入ってきたのか？」

亮太がうなずいた。

田中康志は抵抗しなかったのか？

「こいつか？」

疋田が突きつけた写真を見て、亮太の顔に赤みが差した。

信じられないような顔で、ゆっくりうなずく。

竹本の写真を板谷に見せると、目を皿のようにして、じっと覗き込んだ。

様子がおかしかった。

「板谷さん、あなた、知ってるの？」

「トムラキコウのトムラカツアキさんです。このごろ何度も事務所に来ているし」

疋田が差し出したメモ帳に『戸村《とむら》機工戸村克明《かつあき》』と板谷がきれいな字で書いた。

「県央協の加入社？」

「はい。宇都宮の川田町《かわだまち》にある溶接工場です」

「そこの社員？」

「社長さんです。お父さんは亡くなられて代を譲られて」

「何歳の人？」

「四十すぎくらいだと思います」

ようやくわかりかけてきた。

一昨日の晩、竹本こと戸村は神楽荘近くにいた亮太を見つけて、ここまで尾行したのだ。そして、亮太の父親を連れ出した。いや、拉致した。

しかし、なぜ、社長ともあろう人間が犯罪めいた真似を冒《おか》すのか。

「亮太くん、きみはお父さんが何をしていたか知ってるな？」

亮太は顔をしかめた。

「お父さんは勤めを放り出して、突然このアパートに転がり込んできた。理由を聞いただろ？」

疋田とは目を合わさずに、口をへの字に曲げたまま答えない。

「板谷さん、あなたはどうしてここに来たの？」

痛いところに触れられたように、板谷は顔をゆがめた。

「理事長の松崎さんから鶴ヶ島に行くように言われたんですか？」

「……違います、心配になって」

「ここの住所は、誰から聞いたんですか？」

うしろにいる小宮が声をかけた。

とたんに板谷の顔が曇った。

「田中康志さんから聞いたんだね？」

疋田が問いかけると、観念したように板谷がうなずいた。

「先月、息子さんがここにいるって、住所を書いた紙を事務長に見せられて」

なぜ、わざわざ、そんなものを見せたのだろうか。

「あなた、亮太くんのことは昔から知っていたんですか？」

板谷はうなずいた。

メガネの奥にある大きな目が潤んでいる。

「事務所に来たことがあるし。お金がかかるってよく、事務長がこぼしていて」

「最初、あなたは九月二十九日にいなくなったたって言ってたけど、ほんとは半月前の九月二十五日からいなくなっていた。どうして、うそをついたんです？」

板谷はそわそわし出した。

「事務長が組合の金を横領していたのを知っていたんじゃないの？」

板谷の体が前後にゆらゆら動いた。

視線を合わせなくなる。

「でなきゃ、こそこそ警察の目を盗んで来ないよね。こんなところに」

板谷は苦しそうに息を吐いた。

小宮を振り返った。納得したような顔でうなずいた。

横領を見て見ぬふりをしていたのかもしれない。横領の幇助犯《ほうじょ》として警察に捕まるかどうか、不安に駆られているのだろう。しかし、その証拠がそろっていない時点でそれについて話すのは時期尚早だ。それより、急ぐべきは田中康志と彼を拉致していった戸村の確保だ。

「戸村は事務長の横領を知って、事務所に押しかけてきたんじゃないか?」

板谷は硬直した顔でうなずいた。

横領発覚後に県央協の関係者が事務所に大勢やって来た。戸村はその中のひとりだ。

「戸村はどうして田中康志さんを連れ去っていったんですか? 心当たりありませんか?」

板谷はわからないというふうに首を横に振った。

「亮太くん、お父さんが連れていかれた先、見当がつくか?」

亮太は首を横に強く振った。

まったくわからないようだ。

板谷にも尋ねたが同様だった。

戸村という人物の周辺を探るしかないようだ。海老原に知らせなければ。

「綾部耳鼻内科クリニックって、知ってますか？」

小宮がどちらにともなく尋ねた。

亮太が眉をひそめ、聞き耳を立てた。何かぴんときたようだった。板谷も心当たりがあるような顔つきだ。

「……ぼくが通っている病院です」亮太が言った。「手術してもらったり、いまでも、ずっと看《み》てもらっていて」

「持病があるの？」

「サスです」

「さす？」

「睡眠時無呼吸症候群」

「寝ているときに呼吸が止まってしまう病気だよね？」疋田は訊いた。「いまはどうなの？」

「症状は出ません。昔は太っていて。スキーに連れていってもらったり、先生のおかげで、すっかり治って……」

そこまで言うと、小宮の視線を避けるように亮太は口をつぐんだ。

「お父さん、綾部先生と懇意なのかしら？」

亮太は口を開かなかった。しかし、特別な関係があるようだった。

「亮太くん、署でお父さんについて訊くからな」疋田は言った。「板谷さん、きょうはこれからどうされますか？」

瞬きしながら、板谷は「帰ろうと思いますが……」と言った。

「まだ電車はあるかな？」

「あると思いますよ」

小宮が代わって答える。

念のために、板谷のスマホを見せてもらった。田中康志と通話したりメールのやりとりはないようだった。亮太のスマホもチェックした。先月の二十五日に父親の携帯に電話を入れたあとは、父親にかけていなかった。

簡単に部屋の中を調べた。文机の上にあった財布に三十万円と小銭が収まっていた。亮太の預金通帳も見てみたが、そこには八万円ほど残っているだけだった。父親の携帯や着衣なども見当たらなかった。

疋田は末松に声をかけ、部屋の外に出た。

「スエさん、どう思う？」

「戸村の確保、それしかないです」

「わかってる。宇都宮の海老原さんに電話する」伝えれば、ただちに確保に向けて走り出すはずだ。こちらも手助けしなければならない。「板谷はどう思う？」

「わざわざ、心配になって息子のアパートまで来たんです。田中康志とは普通以上の関係があるとしか思えません」

「愛人関係とか？」

「だったら、息子のところになんて来ませんよ。係長だって、わかってるくせに……あの女、横領の共犯者かもしれない」

疋田はうなずいた。

「ひとりで帰すわけにはいかない。おれとマコで宇都宮まで送り込む。そのあと、おれは向こうの捜査に合流する」

「亮太とこのアパートはどうしますか？」

「亮太の取り調べはマコにやらせる。スエさんはガサを頼む」

「了解。明日、ガサ状を請求します。早けりゃ、午後にでも入りますから」そう言うと末松はドアを振り返った。「田中康志は二十五日からずっとこのアパートに潜伏していたんですね。でも、神楽荘には来なかった。息子に任せていたのかな」

「たぶん、そうじゃないか」

「康志だって、母親が気になっていたはずですよ。子ども頼みじゃなくて、一度くらい、来てもよさそうなのに」

「警察がいるところなんかに寄りつかんよ」

「うーん……そういえば、板谷は妙なことを言ってましたよね。田中亮太の住所を書いた紙を田中康志から見せられたって」

「おかしいか？」

「わざわざ紙に書いたのを見せられたって、ちょっと変だなと思って」

「なるほど」

部屋に戻るように言い、疋田はその場で宇都宮署の海老原に電話を入れた。今晩あったことを伝えると、さすがに海老原は驚いた。

「その戸村機工の社長が拉致した張本人なのか？」

「そう思います。川田町の溶接工場だそうです。わかりますか？」

「理事長の松崎に訊けばわかる」

「了解。板谷は宇都宮署まで送り込みますか？」

「いや、うちの生安に宇都宮駅の新幹線ホームで任意同行させる」

二課は手一杯なので、生活安全課に任せる気なのだろう。

「わかりました、じゃ」

そのあと、西浦課長に電話を入れ、あらましを話した。宇都宮行きを伝え、田中亮太のアパートの家宅捜索も要請した。西浦はすぐ承知した。

32

東武東上線の川越駅でJR埼京線に乗り換え、大宮《おおみや》から仙台《せんだい》行きの新幹線に乗った。板谷は疋田と小宮のあいだにはさまれて、終始無言だった。宇都宮駅に着いたのは十時半だった。ホームで待ち構えていた防犯係長の梅原に板谷の身柄を引き渡した。彼女は任意同行を拒むことなく、刑事たちに囲まれて改札を出ていった。改札前で東京に戻る小宮と別れると、海老原は挨拶も抜きで、「戸村の家に行くぞ」と言い、疋田を駅前に停めてあったセダンの後部座席に押し込んだ。

「家が見つかったんですか？」

車が走り出すなり、疋田は訊いた。

「見つかった。向こうで張り込んでる。あんたのホテルは取ってあるから」

「助かります。戸村の家族は？」

「奥さんひとりだけだ。親孝行の孝の字で、戸村孝子《たかこ》。子どもはいない」

「家には誰かいそうですか？」

「電気が消えて真っ暗だ。たぶん、孝子もいない」

どういうことだろう。妻も共犯なのか。

「戸村が田中康志を連れ去ったというのは本当か？」

「田中康志の息子に写真を見せましたが、間違いないと言ってます。戸村機工って、どんな会社ですか？」

「あんたが言った通り、川田町にある溶接工場だ。有限会社で十人ほど従業員がいるらしい。水門やゲートなんかを手がけているみたいだ」

「社長が不在でも、工場は動いてるんですか？」

「工場はフル稼働しているようなことを松崎が言ってる。現地の様子次第だけど、従業員を訪ねて訊いてみることになるかもしれん」

「了解……」

座席から身を乗り出し、前の背もたれに手を当てて疋田は暗い前方を見た。

不動前《ふどうまえ》の標識がついた交差点を左に曲がった。日光街道に入ったようだ。

海老原の横顔をうかがう。

「安達行男と富沢節子も戸村が連れ去った可能性はありますか？」

「わからん」海老原が言った。「でも、やろうと思えば、行男も節子も簡単に拉致できる。ふたりとも、戸村の家に近いところで暮らしているし」

安達行男はどうしているだろう。息子の安達利文は拉致に関わっていないのだろうか。

「オサムはどうですか？」

「もうひとりの爺さんか？　そっちはわからん。田中康志の息子は何か言ってるか？」

「いや、殴りつけられただけで何も。父親の田中康志について何かわかりましたか？」

「松崎が言うには、一昨年ぐらいから基金の運用を田中ひとりに任せるようになったみたいだ。理事会なんかで、分厚い資料を用意して、専門用語をばんばん使って説明していたらしくてさ。本当なら運用先は基金の委員会で決めなきゃいけないのに、田中康志が独断でやっていたみたいだ。外資系の投資顧問会社やフランスの金融機関なんかにも委託していたぜ。未公開株にも手を出して、かなり痛い目に遭っているようだな」

「損失が出たんですか？」

「はっきり、わかったわけじゃないが。田中が金を引っ張った手口がわかってきてさ。組合の加入社は百社以上あるだろ。これらは四つの支部に分かれてる。真岡市なんかが入ってる芳賀支部から『給付率が悪くなっているので自分たちで運用するから支部の口座に返金してくれ』っていう連絡を受けて、基金の口座から現金で下ろし、支部の口座に入金したって言うんだよ。そのときの振込依頼書がぜんぶ偽物だった」

「下ろす口実を作って、現金を着服したわけか」

「ほかにもいろいろやったんだろうけどな。その下ろしたときの防犯カメラの映像もある」

「横領した金の総額はわかりましたか？」

「ほぼ、わかった。未収金とほぼ一致している。二億四千万ほどだ。すべてATMから引き出してるようだな。もっとも、組合の財政危機はここまで長いあいだ、ほったらかしにしてきた上の連中のせいだけどな」

田中康志はその金を持っているのか？　拉致した戸村はそこまで知らないはずだ。

「田中康志の息子は父親の横領を知っていたか？」

海老原が期待をふくらませた顔で訊いてくる。

「横領は知っているみたいですけど、具体的には何も。父親の行方はさっぱりわからないみたいです。例のクリニックは？」

「朝イチで行くさ」

十分ほどで日光街道を離れ、住宅が点在する地域に入った。左手に三角屋根の工場が姿を現した。大きなシャッターの横に、燃料貯蔵用タンクが据え付けられている。古いトタンの外壁の上側に、戸村機工の看板が掛かっていた。低い鉄のフェンスに囲われた敷地に、フォークリフトが一台雨ざらしになっている。手前の空き地に停まっていたミニバンから人が飛び出してきて、セダンに駆け寄ってきた。

海老原が窓を開けると、その男が声をかけてきた。

「向こうが戸村宅です。人気がありません」

先着していた刑事のようだ。フェンスをはさんで、小ぶりな二階建ての住居が見える。

明かりはついていない。

「もぬけの殻か？」

「ロックがかかっています。近所の人によれば、ここ数日、夫婦を見ていないそうです。ふだん乗っている黒のミニバンもないみたいで」

「わかった。張り込みを続けてくれ」

海老原が運転手に声を掛けると、セダンは工場をあとにした。

従業員と会いに行くようだ。

狭い路地に入った。ブロック塀に沿うようにしばらく行ったところで、車が停まった。古い平屋住宅だ。軽自動車が一台停まっている。すりガラス越しに明かりが灯っているのが見えた。海老原に続いて車を降りる。玄関脇に「林《はやし》」という表札がかかっていた。薄いドアを叩くと、半分ほど開きパジャマ姿の男が顔を覗かせた。半白髪だ。六十手前くらいに見える。

「夜分すみません。警察です。戸村機工の林さんですね？」

男は首をすくませるように、「はあ」と答えた。ありありと警戒感を滲《にじ》ませている。

「社長の戸村克明さん、捜してるんですよ。ご存じない？」

「いやぁ、しばらくいないし」

と林は頭を掻く。

「いつから、いなくなったの？」

「先月の終わりからですけど」

「終わりっていつ？」

「九月二十九日の金曜日だったと思います」

「その日の何時に会ったんです？」

「昼飯食ったあとだったと思いますけど。仕事関係の用事で、遠出するからって」

「車で出ていったところを見ましたか？」

「や、見てないです」

「奥さんは？」

「最近見かけないし、一緒についていったんじゃないかな」

「社長がいなくて仕事ができるの？」

「注文書がありますから。納品、間に合わせないといけないし」

「仕事はあなたが仕切っていたと聞いてるけど、そうだったの？」

「だいたいの段取りはわたしがつけますけど」

「水門とかゲートとか、大きな仕事を請け負ってるんでしょ？　できるの？」

「新しい機械を入れたし、注文がたて込んでますから、このところ毎日必死です」

「新しい機械って何なの？」

「ロボット溶接機ですけど。最新型で入ったばかりだし、社長しか運転できないです」

「値が張るんじゃないの？」

林は苦笑いを浮かべた。

「億はすると思いますよ」

「経営はどうなの？　借金とかあった？」

「そっちは、ぜんぶ奥さん任せだったし……借金、あったかもしれないですね」

話が脇道にそれていくので、疋田は口をはさんだ。

「社長の乗っていた車の車種はわかりますか？」

「黒のマツダプレマシーです」

林の電話番号を聞いて辞した。

もうひとりの従業員宅を訪ねて、同様の質問をぶつけたが、戸村の行方について手がかりはなかった。

「戸村は田中康志が横領した金を持っていると踏んで、その金目当てに連れ去ったのかな……」

宇都宮署に戻る車中、そう海老原が洩らした。

「そのはずです。ミラクル４は田中康志をおびき寄せる手段だったかもしれないし」

「堂々と顔をさらして、大胆というか、まったく……わけがわからん」

「切羽詰まった事情があるに違いないと思います。掘り起こしてください」

　それは海老原にしかできない。

「戸村は自分の車を拉致に使ったんだな？」

「その可能性が高いと思います。防犯カメラに写っているそれらしい車を部下が見つけています。Ｎシステムで行方を追うしかないでしょ」

「わかった。ナンバーを調べる。携帯からも追う」

　戸村が携帯を使っていれば、居場所がつかめるはずだ。

「お願いします」

　いったん宇都宮署に寄り、駅前のホテルに投宿したのは午前二時を回っていた。シャワーを浴び、浴衣に着替えてベッドに横たわった。ふとスマホを見ると、ラインに慎二からのメッセージが届いていた。

〝怪我しちゃった〟

　昨夜の十時過ぎの発信だった。自分たちが乗った新幹線が宇都宮駅に滑り込んだ時間帯だ。電話はかけられなかった。〝どこを怪我した？〟と入力したが、やめて、〝大丈夫？〟と打ち込んで送信した。

　明かりを消し、目を閉じる。

　赤羽中央署にいる田中亮太が慎二の顔と重なった。亮太と父親の関係は悪いものではなかったと思われた。だからこそ、田中康志は息子を頼って逃げ延びた。宇都宮署ではまだ、板谷の取り調べが続いているだろうか。戸村とその妻はいったいどこで何をしているのか。安達利文のとぼけたような顔がちらつく。目が冴えて、疋田はなかなか寝付けなかった。

33

午前七時ちょうど、ホテルに海老原が迎えに来た。昨晩と同じセダンに乗り込むと、すぐ走り出した。東北新幹線の高架下に沿って、北に向かう。

「綾部耳鼻内科クリニックは大曽《おおそ》で開業して二十年ほどだよ」海老原が言った。「話があるなら、診療前にしてくれって言われてさ」

「九時開始ですか?」

「八時半。睡眠時無呼吸症候群の認定医だそうだよ。田中康志の息子はいまでも通ってるようなこと言ってたんだな?」

「ええ」

「どんな治療を受けてるの?」

「詳しくは聞いてないです。きょうの取り調べで、そのあたりにも触れると思いますが」

「しかし、そんな医者に何なんだろうな。八千万も渡すなんて」

長いあいだ田中亮太が綾部クリニックの世話になっているという以外、わからない。

気になっていた板谷について尋ねてみると、海老原は「昨夜は二時まで尋問して、自宅に送り込んだよ」と答えた。

「家はどこに？」

「県央協の事務所の近くにあるアパートで、お袋とふたり暮らしだ」

「母親は働いていますか？」

「いや、三年前に交通事故で腰の骨を折ってから、ずっとリハビリ生活を送っているらしい」

「なかなか大変ですね」

「だろうな」

新幹線の高架を離れ、東側の住宅街を走った。

「田中の横領はどうです？　板谷から何か出ましたか？」

「あの女、知ってるぜ」

「認めましたか？」

「それに近いことを言ってる。横領の幇助容疑で逮捕状を取る。きょう叩けば完落ちだ」

「それに近いというのは？」

海老原は車窓に目を向けた。

「どうも、松崎がからんでるようでさ」

「県央協の理事長が？」

「やたら飲みに誘われたり、事務所で体、触られたりするって洩らした。仕事が遅かったりすると怒鳴《どな》り散らすそうだよ」

「セクハラにパワハラか……もうひとりの女性事務員は何て言ってますか？」

「須賀か？　知ってるよ。ただ、あの女は理事長の被害に直接は遭ってないみたいだ。若いけどぽちゃっとして、松崎の好みに合わないんじゃないか。横領についても、まるっきり知らなかった。シロだよ」

松崎は人の見ていないところで弱いものいじめをするタイプだ。おまけに好色というのなら、板谷が反発してもおかしくない。それで、田中の横領を見て見ぬ振りをしたのだろうか。

「ひょっとすると、松崎は田中に対しても、きつく当たっていたかもしれないですね」

「かもしれんな。松崎本人の口からはいっさい出ないけどな」

「そりゃ、出ないですよ」

川を渡る。住宅街の先にこんもりした森が見える。その手前のたて込んだ住宅街の左手に、三階建ての白い建物があり、綾部耳鼻内科クリニックという看板がかかっているのが見えた。ピロティー形式になっている一階駐車場にセダンを停める。奥に高級国産車が停まっていた。医者のものだろう。

海老原が先に立ち、呼び鈴を鳴らすと、すぐ返事があった。階段で二階まで上る。診察室の手前の廊下から、半袖の白衣を着た六十前後の男が歩いてきた。

「やあ、先生、悪いね、朝早くから」

海老原が昔からの知己《ちき》のように声を掛ける。

綾部は長く伸ばした白髪頭に手をやりながら、待合室のソファをすすめた。

「亮太くんに何かありましたか？」

挨拶も抜きで、綾部は立ったまま用件を切り出した。

「いや、捜査のついでに、ちょっと名前が出てきたもんですからね。彼氏、眠ってるときに呼吸が止まっちゃう病気なんでしょ？」

「そうですね、もうほとんど完治してますけど」

「あれ？　いまでも看てもらってるって本人は言ってるよ」

「念のために、三月《みつき》にいっぺん、機械をつけてモニターしてるんです。ここ三年は症状が出ないですね」

「どんな治療をされたんですか？」

疋田が割り込んだ。

「亮太くんが幼稚園のときに、アデノイド切除の手術をしましたよ。子どもの頃のサス(SAS)は、たいてい、扁桃腺《へんとうせん》やアデノイドが大きくなって、気道がふさがれるのが原因ですから。それで睡眠中にいびきや無呼吸が起こるんですけどね。そのころはひと晩に百回くらい止まっていたし」

「ここで手術したんですか？」

「もちろん、そうですよ。そのあとも、定期的に通ってもらってますから。いまはマウスピースつけて寝てもらってます」

「ずいぶん、先生に世話になったと本人は言ってます。何かお心当たりあります？」

「彼はもともと肥満体質なんですよ。それが原因でサスになる場合もありますから。中学の頃はよくスキーに連れていってやったりしましたけど、その程度ですよ」

かかりつけ医が患者をスキーに連れていくというのは、ありそうで、なかなかない話ではないか。

「その辺でいいんじゃないの」海老原が言った。「それでね先生、亮太くんのお父さんはご存じですよね？」

綾部の丸っこい頬が引きつった。

「あれ、どうかしました？」

「……あ、いえ」

何か、田中康志との関係を隠そうとしているように見える。

「亮太くんのお父さん、先生の口座に八千万円振り込んでるでしょ？」

頭を左右に動かし、急にそわそわし出した。

海老原が座るように促すと、頬を膨《ふく》らませてソファに浅く腰掛けた。背筋を伸ばしたまま、腕を組む。

「それは、ありましたけど」

視線を合わせてこない。

「どんなご事情があります？　差し支えなかったら、話していただけませんかね」

「ああ」と言い、神経質そうに長い髪を手ですく。「このね、サスのシーパップのリース料がひどくかかるんですよ。それでうちも苦しくなってね」

「シー何ですって？」

「サスの治療に使うマスクみたいな道具ですよ。重症の患者さんに貸し出して、寝てるあいだそれを装着してもらうんです」

「それで苦しくなるの？」

「いや、苦しいのは経営で……」

「この道具のせいで、病院の経営が悪化するということですか？」

疋田が訊くと、綾部は何度かうなずいた。

「サスの患者さんを看るのは、近場でうちだけだし。二百人を超える患者さんがいるけど、シーパップを貸したままで来院してくれない患者さんが多くなってしまって」

「リース料はクリニック持ちなんですか？」

「もちろんそうですよ。保険適用はあるけど、患者が来てくれないと、保険請求できないじゃないですか。ここの地代も馬鹿にならないし。毎月毎月、リース会社への支払いが膨らんで、銀行も融資してくれなくなって……」

綾部は言葉を詰まらせた。

「何かあったんですか？」

「この六月、廃院を決めたんですけど、田中さんのおかげで、持ちこたえて……」

「田中さんが振り込んだ八千万で？」

「ええ」

「あなたから、田中康志さんに融資を依頼したの？」

海老原が訊いた。

「融資じゃないです。寄付です」

「そうか」海老原が額に手を当てた。「先生に息子が世話になってるから、それで用立てたんだね？」

「……………」

「田中康志さんはどうして経営が苦しくなったのを知ったんですか?」

そう疋田が言うと、綾部が臆病そうな目を向けた。

「六月の検査のとき、亮太くんにちょっと洩らしてしまって」

消え入るような声で言った。

「息子さん経由で父親に知れたわけだ」

と海老原が引き取った。

「それで先生は寄付として、受け入れたわけですね?」

「はあ」

また目を伏せる。

「田中康志さんのご職業はご存じですよね?」

「組合の事務長さん?」

とぼけたような顔で言う。

「金の出所は確かめなかったの?」

「そんな、できるわけないじゃないですか」

そうだろうか。いくら息子が世話になっているとはいえ、八千万円もの金を寄付するなど、ふつうならあり得ない。

「だいたい、お話はわかりました。また、ご連絡しますから」

海老原が腰を上げたので、まだ訊きたいことが残っていたが、疋田もそれに倣った。

宇都宮署に戻る車中、病院経営について話題になった。

「あの医者の経営能力が赤ん坊並みっていうのはわかるぜ」海老原が言った。「いまどきの医者なら、介護施設のひとつやふたつ併設して、そっちから金を引っ張るくらいはやるだろうからさ。漫然とやってちゃ、赤字になるわな」

「かもしれないですが……どっちにしろ、あの先生に金の出所を明らかにしたうえで、組合に返すように促すべきです」

「あの医者、返す気はないぜ」

見通したように海老原が答える。

「犯罪で得た金ですよ。誰が考えたっておかしい話じゃないですか」

「金は金だよ。もう無理だ。警察は介入できない。あとは民事でやるだけだ」

いったん他人に渡ってしまった以上、取り返すのは至難《しなん》の業《わざ》と言いたいようだ。

知能犯専門の刑事だから、間違ってはいまい。

「でも、変ですよ」疋田は食い下がった。「そりゃ、息子の世話を焼いてくれた医者ですよ。だからといって、あっさり受け取るのもどんなもんでしょうね。モラルが問われますよ。海老原さん、そう思いませんか？」

「一時期借りておいて、返すつもりだったんじゃないのか」

弁解じみて聞こえる。

「そんなことは言ってなかったじゃないですか」

「わからねえよ、おれにも」

ぶすっと海老原は言った。

あの医者は何かまだ、隠しているに違いない。いや、事務員の板谷も同様に思えた。いくら田中康志の横領を知っていたとはいえ、わざわざそのあとを追いかけて、息子のアパートを訪ねるような真似をするだろうか。ふたりはきっとまだ、われわれの知らない何かを知っている。ひょっとしたら、息子の亮太も。腑に落ちない。それが何なのか、見当がつかなかった。

「オサムはわかりそうですか？」

「そっちは生安に任せてる。課長から直に話を聞いてくれよ」

「了解しました。それと、安達利文に会おうと思います」

「安達行男の息子にか？」

「ええ」

もう一度会って、話を聞かなければならないと思った。

「よし、そっちはおれも付き合おう」

34

上岡課長は入室した疋田に気がつくと、電話を置いて顔を上げた。

「いろいろ進展しましたね」

と声をかけられた。

机に介護施設の一覧表を広げている。

「オサムは、見つかりそうですか？」

「いえ、まだ」

上岡が部屋を眺める。五人ほどの捜査員が電話にかじりついていた。

「たくさんありすぎて。オサムさんの特徴を伝えるのに苦労します」

やはり、電話の照会だけでは無理ではないのだろうか。

「やっぱり、戸村克明が拉致犯なんですか？」

改めて訊かれた。

「間違いないです。やつさえ捕まえれば、オサムの身元もわかると思います」

「捕まえる見込みはあるの？」

Nシステムと携帯の両面から追う捜査がはじまると説明した。

「見つかるといいですね。早期の検挙をお願いします」

用事は済んだとばかり、上岡が電話を取り上げたので、疋田は部屋を出た。刑事二課に戻り、これまでの捜査について説明を受け、資料をもらいうけた。そして、海老原とともに署を出た。

安達鋼業は操業していた。一昨日と同じ位置で仕事をしていた安達利文は、疋田の再訪に驚いて、外に案内した。ヘルメットを脱ぎ、待機していた海老原の前で童顔をさらす。

「お父さんはどう？　いまどこにいるの？」

とりあえず疋田は訊いた。

「自宅にいますけど……」

ちらちら海老原をうかがいながら答える。

「万一のことがあっちゃいけないから、これからは同居したほうがいいと思うよ」

「はあ……のつもりですけど」

「あんた、戸村機工の社長知ってる？　戸村克明」

そう吐いた海老原の顔をこわごわ見つめる。

「はあ、えーと」

「どうなの、知ってる？　知らない？」

語勢に押されたように、利文はちょこんとうなずいた。

「携帯持ってる？　電話番号の登録者一覧を見せてくれるかな」

海老原に言われ、利文はズボンのポケットからスマホを取り出した。言われた通りの操作をして、海老原に渡した。

「……あるねえ」

海老原がモニターを覗き込みながら言う。別の操作をはじめたのを利文が不安げな面持ちで見守った。

「あれ、九月二十八と二十九日、戸村と話してるじゃないか」

眼前に突き出されたスマホを、利文は目を細めて見入った。通話記録を見せつけられたのだ。

「あ、はあ……」

「何、話したの？　このとき」

「いろいろと」

「あなたと戸村はどんな関係？　同級生じゃないだろ？」

「組合を通じて知り合って」

「知り合って何？　呑み友だち？」

「あ、そうですね」

思いついたように言う。明らかにうそだ。

「ふた晩続けて呑みに行く相談か？　どこへ行った？」

「いや、それは」

しどろもどろになった。

「あなたの親父さんを預かる相談をしたんじゃないのか？」

疋田が横から声を掛けると、利文は息を呑んだ。

「親父さんの行方不明者届を出したとき、どうして警察に認知症だと言わなかったんだ？」

続けて海老原に言われ、口を開けたまま言葉を発しなくなった。

「それも、克明から入れ知恵されたのか？」

図星のようで、顎だけ上下に動かす。

「四、五日、お父さんを貸してくれ。警察には必ず届けを出すように。そう電話で言われたんだな？　どうだ」

海老原が肩に手を当てると、利文は首をうなだれた。「はい」とつぶやく。

「ミラクル４も知っていたが、われわれには知らないとシラを切った。それも打ち合わせの中に入っていたわけだ」

利文はしおれたように反発しない。

「田中康志の横領、おまえ知ってたよな」

今度は海老原が口を開いた。

「あ、はい」

「克明から、裏取引を持ちかけられたんだろ?」

利文はゴクリと唾を呑んだ。

「どうなんだ。はっきりしろ。そうなのか」

肩を強く押され、利文は渋々うなずいた。

思わず海老原と顔を合わせた。

「父親を借りるが、礼はすると言われたのか?」海老原が訊いた。「いくらだ?」

視線をあちこちに動かし、息をひとつ吐いてうなだれた。

「……取り戻した金によるって言われて」

「いくらもらえると踏んだんだ?」

「……百万くらい」

海老原が舌打ちする。

「それで承諾して、やつの車に親父さんを乗せたのか?」

「はい……」

「しかし、どうしてそんな取引に乗ったんだ?」

利文は海老原の顔をうかがった。

「だって、一時的にその介護施設に移すだけで、そこはとっても手厚い介護をしてくれるところだから、安心してくれって言われて」

「奥さんは知ってるのか？」

「いえ」

「利文さん、戸村が車で迎えに来たとき、田中康志のお母さんも乗っていたか？」

そう訊いた疋田に、利文は救いを求めるような顔で「乗っていました。もうひとりのおばあちゃんも」と続けた。

疋田はハルコこと、富沢節子の写真を利文に見せた。

「このおばあちゃんか？」

「ええ、この人」

顔を斜めにして答える。

「もうひとり、おじいさんが乗っていたろ？」

海老原がまた強く切り出した。しかし、今度は利文も首を縦に振らなかった。

「いえ、おばあちゃんがふたりだけでした」

うそをついていないように見える。

「よし、あとは署で訊かせてもらうぞ」

海老原が利文のズボンのベルトを握りしめ、車を停めた方に押し出した。

疋田もその脇を固め、セダンに乗り込んだ。

車の中で、利文は人が変わったように沈黙を通した。

署に着くと、慌ただしく刑事たちに引き立てられていった。

海老原から、田中亮太のアパートのガサ入れについて訊かれたので、末松に電話を入れた。

「昼前に終わりましたよ」

と末松は言った。

「早かったね」

「調べるところ、ほとんどなかったし」

「田中康志の所持品は見つからなかった？」

「服と下着だけですね。現金も通帳もありません。あ、そうそう、康志のズボンに馬券をパウチしたのが入ってましたよ」

「パウチ？」

「保存用にラミネート加工したやつですよ。二〇〇五年三月十四日のとちぎ大賞典《だいしょうてん》の単勝百円券。馬名はラウターブルネン」

「何それ？」

「十二年前に閉鎖になった宇都宮競馬場での最終戦の馬券ですよ。田中康志の家にも、厩務員と一緒に写っていた写真があったじゃないですか」

「ああ、あれ。よっぽど、好きだったたんだな」

肌身離さず持っていたのだ。

「そっちはどうですか？」

「いろいろあった。これから帰る」

電話を切り、海老原に話した。

「また競馬か」と海老原はこぼした。

「戸村と田中は東京方面に潜伏している可能性が大と思います」疋田は言った。「これからどうしますか？」

「そっちと合流するしかない。面倒みてくれるよう、署長に伝えてくれんか」

横領の事実解明には、田中康志の身柄確保は欠かせない。戸村とともに、検挙するしかないのだ。

「わかりました。伝えます」

35

赤羽中央署に戻り、疋田は真っ先に生活安全課の奥にある取調室に出向いた。田中亮太は手前からふたつ目の部屋で小宮の尋問を受けていた。覗き窓からしばらく様子をうかがったのち、小宮の相方に変わって取り調べに入った。

「もう一度訊くけどいい？」小宮が質問を亮太にぶつける。「お父さん、何と言ってあなたのアパートに来たの？」

猫背気味に亮太は疋田を見る。

「……組合をやめたって」

「え、午前中はあなたが心配で来たって言ってたじゃない。本当は理事長から電話があったんでしょ」

「……はい、すみません」

小宮は呆れたような顔で疋田を見た。

「わかった。お父さん、勤めていた組合をやめたから、来たっていうことね。それで、不思議に思わなかった？」

「ああ、まあ」

「じゃ、元に戻るわよ。お父さんはあなたに現金を渡したそうだけど、どれくらい？」

「三十万ぐらい」

「あなたの財布にあったものかしら？」

「そうです」

「お父さんは預金通帳を持っていなかったの？」

「持っていたけど、あいつらが盗っていった」

「その通帳の中をあなた、見た？」

「見てないです」

「お父さんはね、組合の金を横領しているの。あなた、それについて知ってる？」

亮太はかたくなに首を横に振った。

「じゃあ、どうして神楽荘に来たとき、名乗り出なかったの？」

昨夜と同じ質問だが、亮太は口を引き結んだまま答えない。

横領を知っているのだろうか。朝一番で接見した弁護士から口止めされているのは明らかだった。弁護士は持ち回りの国選弁護人だ。どちらにしても、公務執行妨害で長期間勾留できないし、父親の横領を知っていて見過ごしていたことも立証できない。父親がいなくなったいま、逃亡する恐れもないから釈放はできる。しかし、まだ訊かなければいけないことが残っている。

亮太くん、と疋田は呼びかけた。

「きみが通っている病院に行って、綾部先生と会ってきた」

「先生と？」

急に険しい目になり亮太は言った。

「睡眠時無呼吸症候群の患者さんに貸す治療器具のリース代が高くついて、病院を廃院する寸前だったそうだよ。それは聞いてるか？」

「はい、少し」

「そのことをお父さんに話した？」

亮太は軽くうなずいた。

「きみのお父さんのおかげで、そうならずに済んだと綾部先生は言ってる。それについては？」

亮太は身を乗り出すように、疋田を向いた。

「赤字分の八千万円を寄付したそうだよ」

亮太は衝撃で頭を後ろに反《そ》らした。

初耳のようだった。

「知らなかったか？」

小宮も驚きを隠せない顔でいる。

「その金だ、亮太くん」疋田は言った。「お父さん、どこからそんな金を持ち出したのか、わかるか？」

亮太は万策尽きたように肩を落とした。

「……たぶん横領した金です」

とぽつりと洩らした。

「知ってたのね」

小宮が確認すると、亮太は深々とうなずいた。

「あなたのアパートに来て、打ち明けたのね？」

「そうです。すぐに言いました」

「でも、お医者さんに寄付したことは言わなかったんだ……」

「はい」

「もうひとついいか？」疋田が声をかけた。「お父さん、きみの留守のときに出かけたんじゃないか？」

亮太はしきりと考えをめぐらせながら、「たぶん、出かけたと思います」と答えた。

「留守のときに、何か買ってきたのかしら？」

「いろいろ買ってきて困って……」

「何買ってきたの？　お弁当とか？」

「コーンスープを箱ごと買ってきたり」

そこまで言うと、亮太ははっとしたように口を閉ざした。

「それだけじゃないだろ。お父さんずいぶん、競馬が好きだったじゃないか。一度ぐらい行ったんじゃないか？」

疋田の言葉に亮太はすぐ反応した。

「行きました」

「どこへ？」

「十月三日に船橋競馬へ」

「きみはどうしたの？」

「危ないし、ついていきました」

何が危ないのか？

「お父さん、馬券買った？」

小宮が訊いた。

「第七レースから最後の十二レースまで」

「どれくらい買ったの？」

「……だいたい、一レースにつき、百万ぐらい……」

驚いた。小宮と目を合わせる。

「すごいね、勝ったの？」

「負けてばかりで、いくら言ってもやめないし……」

口惜しそうに亮太は拳を握りしめた。

「現金で買ったのね？」

「ええ。十二レースのとき、これが最後だって言って」

「それで手持ちのお金がなくなったの？」

「親父はそう言ってたけど、ショルダーバッグにはまだ二百万残っていて……」

「拉致した男はその金を見つけたの？」

「たぶん。中を見て驚いていたし」

札束を見て残りはまだあると小躍りして、田中康志を連れ去ったのだろう。

それにしても、子どもの見ている目の前で、大枚をつぎ込み、一度も当てることもなく数百万の金を溶《と》かしてしまったとは。

この調子なら、横領で得た億の金も使い切ってしまったかもしれない。

取調室を出て、課長の西浦に報告した。

「副署長がお冠《かんむり》だぞ」

西浦が言った。

「宇都宮に戻ったのが気に入らなかったんですか？」

「いやいや、女のガラを取ってこなかったのが不服みたいだ」

「板谷ですか？　横領容疑で捜査をはじめているのは宇都宮署ですよ。うちにはガラを取る容疑事実はありませんから」

「そっちじゃなくて、ミラクル４だ。連中の略取誘拐容疑だ」

「それは戸村克明です。板谷じゃありません」

「わかってる」珍しく西浦が声を張り上げた。「そんなこと言っても通じん。副署長と会ってこい」

「……わかりました。戸村ですが、宇都宮署がうちと合同捜査本部を立ち上げたい意向です」

「だろうな」

「それも署長にお願いしないと」

一緒に行ってくれるのではないかと思ったが、西浦が席を立つそぶりは見せなかった。

仕方なく一階の警務課に入った。署長室の前で陣取る曽我部副署長がじろりと睨みつけてきた。その前に立ち、昨夜来の捜査について報告した。

「そんなことはもう西浦から聞いてる。どうして勝手に動いたのか、きちんと説明しろ」

改めて板谷が突然現れたことや田中亮太が逃走を試みたことを話した。しかし、曽我部の怒りは収まらなかった。

「だいたい、板谷と田中亮太はセットでうちが預かる筋だろ。ふたりが口裏を合わせている可能性も否定できんぞ」

「ふたりが一緒にいたのは短い時間です。そんな余裕はなかったはずです。だいたい口裏を合わせる意味などありません」

曽我部は机を叩いた。

「ほざくな、重要な局面で幹部に話を通さないのはどういう料簡《りようけん》だ。言ってみろ」

「急を要しました。事後に報告しています。それより誘拐犯の戸村克明の早期検挙が何より望まれる局面です。宇都宮署はうちとの合同捜査本部の立ち上げを求めています。至急調整をお願いできればと思います」

「合同捜査本部？」曽我部の顔が赤らんだ。「おまえが約束をしてきたのか？」

「実質的責任者から要請を受けました。戸村を追うためにはひとりでも多くの捜査員が必要な局面です」

「ふざけるなっ」

署長室のドアが開き、松林署長が心配げな顔を見せた。

こちらに入るように促され、曽我部とともに入室する。

「昨夜のあれだろう？　急を要したし、まぁ仕方なかったんじゃないの」とソファに座るようにすすめる。「で、宇都宮はどうだった？」

言われるまま署長の前に腰を下ろし、綾部クリニックや安達利文について説明した。

「やっぱり安達利文がグルだったのか？」

「はい、戸村から声をかけられたと言っています」

松林は指を折り、「ユキオ、ハルコ、ミエ、この三人に対する誘拐容疑はほぼ固まったと見ていいんだな？」と訊いてくる。

「はい」

「残ったのはオサムか」松林は肘《ひじ》当《あ》てに腕を乗せる。「どうだ？　見通しは？」

「……ありません」

「安達利文は潜伏先を知らないのか？」

「はい、知らされていません」

「そうか……戸村という男次第になりそうか？」

「はい。主犯の戸村を検挙する以外に方法はありません」

「どうだね、副署長、向こうと合同捜査本部を立ち上げてみちゃ？　経費はうちと折半《せっぱん》してさ。誘拐容疑だから国費が出るぜ」

　重大犯罪の捜査は、国が費用を負担するのだ。

「金はいいんですよ、金は」と曽我部はやや丁重に出たが、まだ納得し切れていないようだった。「こっちだって、忙しいんだし、人のやりくりもあるから」

「まあ、そこを副署長の腕で乗り切ってさ。どう？」

「はあ」曽我部は疋田に視線を振る。「疋田、おまえ責任を持って戸村を引っ張ってこい」

　いきなり言われたが、ここは引くしかなかった。

「わかりました。一刻も早く、検挙できるよう力を尽くします」

協議は終わり、早々に署長室をあとにする。

生活安全課に戻り、部下に宇都宮での捜査を話し、もらってきた捜査資料を披露した。

「もう、宇都宮署は戸村検挙に向けた態勢を取っているんですよね？」

と末松に訊かれた。

「もちろん。やつの車のナンバーをN登録したし、携帯も通信会社で追跡をはじめている。見つかったら、即、連絡が入るようになってるから」

小宮は宇都宮署でもらい受けた資料を広げ、野々山も同様にパソコンにDVDを入れて中身を見ている。田中康志がATMで現金を引き下ろす映像だ。関心を示さない末松から、神楽荘に行ってみますかと声をかけられ、乗った。


神楽荘に田中三恵と安達行男の姿はなかった。富沢節子は落ち着きなく、家の中をうろうろ歩き回り、オサムはベッドに横になっていた。施設長の坂井やヘルパーの小野田らに、竹本こと戸村克明について、実名は出さずに尋ねた。ふたりともあまり慣れていないヘルパーだったと口をそろえた以外に、めぼしいものはなかった。田中康志と戸村につながる手がかりは得られそうになかった。

「大井競馬場にでも行ってみますか？」

と末松に言われた

どうしてそこに行くのか思い浮かばなかった。

「まだ田中康志は二百万持ってるんでしょ？　持ってりゃ、使いたくなるのがギャンブラーですから」

「戸村も一緒なんだぜ。競馬なんてやらんさ」

「どうかな？　金づるは田中康志のほうですよ。案外、主客転倒しているかもしれないですよ。康志は相当、地方競馬に執着心があるようだし。昔懐かしさに、ひょっこり厩舎を訪ねたりして」

末松がラミネート加工された馬券を疋田に見せた。約十二年前のものだ。

「どうして大井競馬場に？」

「ほら、田中康志宅に競馬新聞あったじゃないですか。康志が赤丸をつけていたのは大井と船橋の競馬場の厩舎でしたよ」

「ああ……」

言われてみれば、そうだったかもしれない。

しかし、そんなところに出向いて、手がかりなどあるものだろうか。半信半疑のまま疋田は末松に従った。午後二時を回っていた。

36

大井競馬場厩舎は、大井埠頭《ふとう》に通じる勝島橋《かつしまばし》の南側にある。かつての市営住宅のようなコンクリート二階建ての厩舎団地が整然と並んでいた。レースは開催しておらず、厩舎の中の通りはひっそり静まり返っていた。馬のエサになるワラが道にはみ出ている。自転車に乗っていた厩務員を呼び止めて、稲垣厩舎を教えてもらった。北からふたつめ、東西に三通り並んだうちの京浜《けいひん》運河寄りにあると教えられた。

たどり着いたそこには、白馬を洗う厩務員がいた。ほかに厩務員はいなかった。三十代後半ぐらいだろうか。長靴を履いている。

稲垣調教師について尋ねると、きょうはレースのある川崎競馬に行っているという。厩務員は松原《まつばら》と名乗った。稲垣厩舎所属の馬の名前を出してみた。インテートとトレッドエースだ。二頭ともいると教えられ、案内してくれた。

インテートは二歳になる牡栗毛《おすくりげ》、トレッドエースは牝黒鹿毛《めすくろかげ》だった。ともに、今年優勝経験があると自慢げに言った。

末松が松原に宇都宮競馬場外厩舎で撮影された田中康志が写っている写真を見せた。

「これ、どこですか？」

松原は物珍しそうに尋ねた。

「十二年前まであった宇都宮競馬場の厩舎ですよ」

と末松が答えた。

しきりと感心する松原に、末松は田中と並んで写っている男を指した。

「この方、厩務員か調教師だと思うんですけど、ご存じないですかね？」

しばらく見入ったものの、「わかりません」と松原は答えた。

同じ厩舎所属の厩務員たちに見てもらいますと言って、松原は離れていった。三分ほどして戻ってきた。

「すみません。わかりませんでした」

礼を言って厩舎をあとにする。

四時を回っていた。船橋競馬場に行くかどうか迷ったのは末松だった。疋田が首都高を使えば三十分で着くよと言うと、末松は承知した。

37

船橋競馬場の外周をまわり、谷津干潟《やつひがた》に近い関係者専用入り口から入った。駐車場に車を停めて、厩舎の並ぶ一画に踏み込んだ。大井競馬場の厩舎より人が多かった。会った人に塚本厩舎の名前を出すと、中程のやや西側のあたりを指された。

大井競馬場の厩舎と違って、すべて木造だ。一般の木造民家のような建物が規則正しく並んでいる。落ちている馬糞《ばふん》をよけながら歩いた。四つほど厩舎をすぎた右手に、塚本厩舎と書かれた看板があった。二階建ての日本家屋と馬房が続いている。鞍《くら》を洗っていた若い厩務員に塚本の名前を出すと、馬房の中に案内された。

三頭の馬がいた。手前の黒毛の馬をブラッシングする五十がらみの男に厩務員が声をかけた。男は長靴についたワラを払いながら出てきた。

髪を短く刈り上げた額の広い男だ。調教師の塚本ですと紹介された。

疋田は身分を告げ、名刺を渡した。

一瞬、眉根を寄せた塚本に末松が声をかけた。

「いい馬がそろってますね」

塚本は安心したように三頭を見やり、手前の栗毛の顔を撫《な》でた。

「こいつ先月、川崎のイノセントカップではじめて勝ちましてね。三歳の牝馬《ひんば》だけど、不良馬場をうまくさばいてくれて。器用でタフな馬ですよ」

「ザクセランですか？」

末松が言うと、よくわかったという感じで、塚本の顔がほころんだ。

「種馬《たねうま》もいいしね」

「ほー、どちらですか？」

塚本は北海道の牧場の名前を言ったが、疋田には初耳だった。

「きょうは三頭ともレースないから、休ませてるんですけどね。何か？」

末松が大井競馬場のときと同じように、宇都宮競馬場外厩舎で田中康志が厩務員とともに写っている写真を見せた。

塚本はしばらく見てから、「カワムラじゃないかな」と口にした。

「それ、どなたですか？」

「うちの厩務員ですよ。いまいると思うけど会いますか？」

「ええ、お願いします」

いったん外に出た。

末松がカワムラについて訊くと、十二年前に宇都宮競馬場から移ってきた厩務員だと教えられた。母屋にある事務所スペースに入る。野球帽をかぶった四十そこそこの男を塚本が呼びつけた。ひげの濃い男だった。田中とともに写真に収まっている男とそっくりだった。厩務員一覧が壁に貼り付けられていて、三番目に河村浩弥《かわむらひろや》とある。

河村にも同様に写真を見せると、すぐ反応があった。

「ああ、田中さんですね」

やはり、この人物に間違いないようだった。

「ご存じですか？」

「もちろん、知ってますよ。熱かった人ですから。一昨年、ファンや関係者が集まって同窓会を開いたときも来てましたよ」

「ほー、そうだったんですか」

末松が感心する。

「田中さん、どうかされました？」

河村が心配顔で訊いてくる。

「いえいえ、調べごとをしている関係で、お名前が出たものですからね」疋田が口を開いた。「いまでも交流はありますか？」

河村が頭を掻いた。

「いやー、ないですね」

横で聞いていた塚本が河村の肩に手を乗せた。

「そんな熱心なファンなら、来週の浦和にも来るぜ」

河村が照れたように、何度もうなずき、

「ですねえ、来てくれるとうれしいな。馬も調子がいいし」

「浦和競馬場でこちらの馬が出走するんですか？」

末松が訊いた。

「ええ、この河村が調教した馬ですよ。新聞あるだろ」

塚本に言われて、河村は机に立てかけてあるバインダーをめくった。

すぐその記事が書かれた新聞が見つかった。

今年の四月七日の南関東競馬専門紙だった。宇都宮の田中康志の家で見つかった物と同じ新聞だ。出走レース表の左横に、小さく厩舎だよりのコラムがある。そこに河村の名前が記され、『はじめて調教を手がけた馬ですが、最高の二歳馬に仕上がりました。良血馬。期待大です』と書かれていた。馬の名前はマイリンゲンだった。

「出走日はいつになります？」

ふたたび末松が尋ねた。

「十八日の水曜日、十五時四十五分出走の第十一レースです」

河村が誇らしげに答えた。

「はじめての重賞レースですからね。しっかりやれよ」

塚本が河村の肩を叩いた。

河村がはにかむように応じる。

記事のコピーをもらいうけて事務所を出た。

「よっぽど、田中康志は競馬に入れ込んでたんだな」

疋田が言った。

「みたいですね。この記事を田中が読んでいたら、この日に顔を見せるかもしれないですよ」

それはどうだろうかと疋田は思った。田中ひとりならともかく、拉致犯とともにいるのだ。しかし、末松の予想を否定する気にはならなかった。

懐のスマホが震えた。取り出すと、宇都宮署の上岡伸子からだった。

耳に押し当てる。甲高い声が伝わってきた。

「オサムさんがわかりました。本名はヒラガマコト。七十八歳、タカネの里という老人ホームに入居していた方です。去年の十二月十九日に退去しています」

思わず耳をそばだてた。

「宇都宮市内ですか？」

「宇都宮駅の北東、高根沢町《たかねざわまち》という街にある特別養護老人ホームです。要介護3だったそうです。高い根の里って書きます」

「大したものです。びっくりしました」

「聞き込みで見つかったんです。ほっとしました」

「助かります。その人の出身はどこですか？」

「宇都宮の春日町です。県央協傘下の精密部品工場で働いていました。奥さんは七年前になくなっています」

「子どもがその老人ホームに入れたんですか？」

「四年前に長男のヒラガマサトシが入居させたようです。マサトシは横浜在住です。退去時に引き取ったのはその妹みたいですね。登録されているマサトシ宅に電話を入れましたけど、つながりません。住所からして、マンションのようなので管理人に連絡をとりましたが、三年前、夫婦で中国に行ってから、戻ってきていないと言っています。それからもうひとつ。戸村克明の母親も認知症で同じ高根の里に入所していましたが、去年亡くなりました」

嫌な予感がした。

「戸村の母親も……ヒラガマコトが退去した理由は何ですか？」

「徘徊がひどくなって、自分の部屋に寄りつかなくなったり、ほかの入居者に暴力を振るうようになって退去させられたみたいです」

教会で見つかったときから、オサムは落ち着きがなかった。署の会議室で小用したり、咳き込んで体調の悪いとき以外は、神楽荘でも動きっぱなしだった。しかし、暴力までは振るわなかった。それについて訊いてみると、人によっては新しい環境に適応するまで、おとなしく様子見する場合もあるらしいですと上岡は答えた。

「退去させた妹はどこに住んでますか？」

「それがわかりません。退去者の情報は半年後に廃棄する決まりがあるらしくて。でも、その妹さんは、何度か施設に来ていて、職員とも顔見知りになっていたそうなんですよ。イクコさんと呼んでいたみたいです」

「了解です。人定《じんてい》情報をメールしてくれますか？」

「すぐ送ります。横浜はお願いできますか？」

「もちろん、これから向かいます」

電話を切ると、一分もしないうちにショートメールが送られてきた。

平賀誠《ひらがまこと》　78歳
長男　平賀政利《まさとし》　51歳
住所は神奈川県横浜市旭区《あさひ》白根《しらね》の地番のマンション、管理人の電話番号の記載もあった。

これから行けば、夕方までには着けるだろう。

西浦課長に報告した。小宮にも連絡して、野々山とともに横浜へ向かうように命令した。

しかし、なぜか疋田は落ち着かなかった。ミラクル4はすべて宇都宮出身だとわかったが、そのうちの三人は宇都宮在住の人間が関わっていた。ところが、今回は横浜という。車に乗っているあいだも、こびりついた違和感が離れなかった。

疋田は八王子《はちおうじ》の実家で、兄夫婦と同居している父親の勝弘《かつひろ》を思い出した。七十六歳で元気だが、兄の知彦《ともひこ》から、最近やたらと怒りっぽくなって困る、引き取ってくれないかと半分本気で言われた。疋田はひとりだし、面倒みれないよとやんわり断ったのだ。ヒラガマコトを退去させたという妹がどこか、自分と重なるような気がした。

ふと、その名前を思い出したのは京葉《けいよう》道路の小松川《こまつがわ》橋を渡っているときだった。もう一度、小宮に電話を入れた。

小宮はいま、首都高速中央環状線を走行中だと言った。

「捜査資料を持っているな？」

「はい、何か？」

「オサム、いや平賀誠って、自分のひとり娘の生年月日を言えたじゃないか。あれ何日だっけ？」

「ちょっと待ってください」

しばらくして応答があった。

「……えっと、昭和四十九年六月十七日ですけど」

「赤羽教会でタナカミエとオサムが見つかった翌日、信者の家に聞き込みに行ったときだ。覚えてないか？　女性信者。何とかイクコ……たしか赤羽南だったはずだけど」

「ああ、行きましたね。女性のひとり住まいでした」

「教会でもらった信者の名簿は持ってるか？　その人の歳、わかるだろ？」

たしか四十三歳だった。名簿に生年月日の記載もあったはずだ。

調べる音がして、すぐ小宮の声がした。

「沼田育子。昭和四十九年六月十七日です。これって……」

「マコ……高根の里にオサムを引き取りに行ったのは、あの女だ」

「えっ……」

聞き込みのとき、沼田は横浜に兄夫婦がいるとも言っていたではないか。

「旭区のマンションで聞き込みを済ませたら、赤羽南の信者の家に来てくれ」

「わかりました」

疋田は電話を切ると、運転している末松に赤羽に向かうように命令した。

「横浜は行かなくていいんですか？」

末松に説明してやると、胸のつかえが下りたようにハンドルを強く握りしめた。

「了解、赤羽に」

橋を渡りきったところで、末松は小松川四丁目の信号を右にとった。

荒川の堤防沿いの道に入って北に向かう。

「たぶん、オサムは、あの日の朝、沼田が赤羽の家から教会に連れていった」

疋田は想像を話した。

「よくわかりますね」

「四人が見つかったとき、オサムを除いた三人は介護パンツを穿いていたけど、オサムだけはふつうのパンツだったじゃないか」

「そうだったですね」

「田中三恵と安達行男、富沢節子の三人は、十月五日、戸村たちが宇都宮市内から拉致していった。彼らはひと晩別の場所で、たとえば車の中なんかで明かす必要があったから、介護パンツに替えさせた。でも、オサムは家にいたから替える必要がなかった。その日の朝、戸村が沼田の家に迎えに行ったとしたらどうだ」

「もし沼田が関係してるなら、赤羽教会に運び入れたのもわかるような気がしますね」

「それだけじゃない、スエさん。赤羽公園で村越係長が聞き込んできたネタがあるじゃないか。七月後半にオサムらしいホームレスを警官が連れていったっていう話」

その人物が本当のオサムだったとしたら、どうだろうか。自分たちのテリトリーにいるホームレスを邪魔だと思う警官が連れ去ったとしたら。そして、ふた月後にまた、オサムは赤羽公園に近いところに現れた……。

確かめるすべはある。

疋田はまず滝野川警察署に電話をかけた。用件を話したが、該当するものはないようだった。続けて王子警察署に電話を入れたが同じだった。もう少し離れた警察署に電話をするべきかもしれない。

38

午後六時半。赤羽東本通りの方から、紺のボウタイブラウスを着た女がやって来た。茶色いロングスカート。乾いた白髪の目立つ髪をうしろでひとつ結びにしている。三階建てマンションの手前で、疋田は声をかけた。

沼田育子はびくっと上体を震わせ、疋田に体を向けた。

疋田とわかったらしく、小さく見える目に驚きの色が浮かんだ。

少し話を聞きたいことがあるので、お邪魔させてもらえないかと頼むと、沼田はぎこちなくうなずいた。入り口の両開き扉から中に入った。疋田と末松も、階段で二階に上がった。二〇二号室の玄関に通される。沼田は靴を脱ぎ、その場でこちらを振り返った。

居間のほうは薄暗く、人はいないようだった。

「お仕事でしたか？」

「あ、はい」

歯科医院の事務をしていると以前言っていた。四時半にここに着いたときは留守だったので、聞き込みをしながら帰宅を待っていたのだ。

「何度も申し訳ない。少し確認したいことができまして」

沼田は肩にかけた革製のトートバッグを恐る恐る床に下ろした。

赤羽駅にほど近い赤羽南二丁目にあるマンション。古い物件だ。

南側百メートルほどのところに、ハルコとユキオが置き去りにされたスポーツアネックス赤羽、赤羽東本通りを北に三百メートルほど行けば、赤羽教会がある。ここはちょうど中間地点になるのだ。

「以前、お伺いしたとき、横浜にご実家があって、お兄さんご夫婦がご両親と一緒に住まわれてると聞きましたが、それで間違いありませんか？」

沼田は目をしばたたいた。

「はい、そうですけど」

「お兄さんのご職業は何になりますか？」

「プラントの建設をしていますけど」

「お目にかかりたいと思うのですが、ご在宅ですか？」

沼田の目が泳いだ。

度の強い縁《ふち》なしメガネをかけているせいで、目元がぼんやりしている。化粧はしていなかった。

「……あの、いないと思います。いまは中国の上海《シャンハイ》だと思います。あまり、帰ってこなくて」

「連絡は取れますか?」

「それが音信不通のような感じで」

沼田は戸惑いながら、中国で化学工場を建設する仕事に従事していて、地方都市を渡り歩き、めったに帰ってこないと言った。

沼田の兄が住んでいるという横浜のマンションで聞き込みを終えた小宮から教えられたことと一致している。

「ご両親は横浜の実家にふたりでお住まいですか?」

「……はい」

上目遣いで答える。

「ご両親に紹介していただけますか?」

「あ、母はもう亡くなりまして、父だけですが」

それは違う。小宮によれば、マンションはたしかに沼田の兄の名義だが、いまは誰も住んでいないのだ。

「ミラクル4はご存じですね? 赤羽教会とこの南にあるスポーツアネックス赤羽というところで見つかった四人の高齢者です」

沼田が縮こまるように首を縦に振る。

「その四人は神楽荘という介護施設に引き取られました。これについてはいかがですか？」

「テレビでやっていたのを見ました」

「じつは赤羽教会に置き去りにされた男性の身元がわかりました。それで、訪ねさせていただいたんですよ」

沼田は額に降りかかった髪を指で撫でた。疋田が口にした言葉の意味がつかめそうでつかめないような顔だ。

「宇都宮ご出身で、平賀誠さんと言います。七十八歳です。あなたのお父さんですね？」

沼田がまばたきを繰り返した。肩をこわばらせ、一歩退く。

疋田はオサムこと平賀誠の写真を見せた。

「もう一度伺います。この方、あなたの父親に間違いないね？」

じっと覗き込んだ沼田の顔面がみるみる青くなった。

目と目のあいだは離れていて、険のありそうな一重まぶたが平賀誠とそっくりだ。

「どうですか？」

さらに言うと、沼田は重たげにうなずいた。

「去年の十二月十九日まで、お父さんは宇都宮の介護施設高根の里にいた。ところが、暴力行為がひどくなって、退去を命じられ、あなたが引き取っていった。それについては認めますか？」

「……はい」

「お父さん、そのあと、あなたと一緒にこのマンションに住んでいたんですね。この部屋のとなりの方が、去年の暮れあたりから、何度か見るようになったと言ってます」

「あ、いえ……」

その先が続かない。

「わたしもずっと、神楽荘でお父さんを見ていましたよ。話しかけたけど反応がほとんどない。かなり認知症が進んでるね。自分の名前も言えないし、しじゅう動き回っている。あなたひとりでこの家の中に閉じ込めておくのは、難儀だったんじゃないですか？　それで、七月二十一日金曜日、お父さんを赤羽公園に連れていったよね？」

沼田は顔をそむけ、ブラウスの胸元をきつくつかんだ。

疋田は続ける。「意思の疎通ができなくなって、お父さんは暴力も振るうようになった。自分の名前すら言えないし、住んでいる場所もわからない。耐えきれなくて、あなたは赤羽公園にお父さんを置き去りにした。二日間、何事もなかったのでほっとしていたところに、南千住《みなみせんじゅ》のＮＰＯから、お父さんが台東区《たいとう》の清川《きよかわ》にある公園で見つかったという連絡が入ったときはびっくりしたでしょ？」

沼田が唾を飲み込むと、首の縦皺《たてじわ》がくっきりと浮かんだ。なぜ、そんなことまで知っているのかという顔だった。

本来面倒を見るべきは兄夫婦なのに、どうして自分にお鉢が回ってくるのか。とてもこれ以上世話などできない。赤羽公園に置き去りにしたときは、切羽詰まって、そう思っていたはずだ。

「七月二十三日日曜日、午後八時、NPOの人がホームレスが大勢いる玉姫《たまひめ》公園の見回りをしていると、ホームレスの小屋のあいだに、新顔を見つけたのでとりあえず声をかけて保護した。それがお父さんだった。見つかったとき、高根の里に入所していた際に使っていた介護パンツを穿いていたんですよ。あなたは知らなかったが、パンツのゴムの裏に、うっすらと施設名とお父さんの名前がマジックで書かれてあった。高根の里に電話したら、あなたについて教えられた。それでNPOから連絡がいった。丁寧に礼を述べて引き取ったそうですね」

沼田の額に汗が浮き出ていた。

赤羽公園で平賀誠を見つけた赤羽中央署の地域課の警官は、新顔のホームレスだと勘違いした。暑い盛り、これ以上ホームレスが増えるのはかなわないので、パトカーに乗せて、わざわざ三つ先の管轄にある南千住の公園に置き去りにした。そこなら、ひとりぐらいホームレスが増えても怪しまれないと思って。

「あなた、お父さんのパンツ、洗うのも嫌だった?」

問いかけると、沼田は唇の端をゆがめた。

「介護が辛《つら》かったんでしょ？　デイサービスくらい使おうとしなかったんですか？」

そう言った疋田を沼田が睨みつけた。

「使いましたよ。そのたびに、動き回って手におえないからって突き返されたんです。物は壊すし暴力を振るうし」悲痛な声だった。「あの人のせいで、いつも勤めを休まないといけなかった。うちにいたらいたで、口に入る物は何でも入れてしまうし。下《しも》の世話をしたことありますか？　知らないから、そんなこと言えるんだわ」

本物の気持ちが迸《ほとばし》ったように見えた。

息が荒くなっていた。

「それからふた月あまり、お父さんの認知症はますます進んだんじゃありませんか？」疋田は冷静に声をかけた。「もう、あなたはお父さんの世話を金輪際《こんりんざい》するのが嫌になった。十月六日の金曜日、何も書かれていない下着を穿かせて、あなたはふたたび、お父さんを赤羽教会に置き去りにした。でも、お父さんはあなたの生年月日を覚えていたんですよ」

沼田の小さな目が見開かれた。骨張った手をきつく握りしめる。

「いや、二度目はひとりではできなかったか……」

そう言いながら疋田は戸村の写真を見せた。

ひっという悲鳴ともつかないものが沼田の口から洩れた。

明らかに知っている顔つきだった。

39

三日後。

「やつはこっちの手の内を読んでいる」海老原が言った。「ナンバーも携帯もぜんぶ変えたな」

「それぐらいはやってるでしょ」

と疋田は答えた。

戸村の乗る乗用車のナンバーはNシステムで検知されず、携帯も同様に発信地が割り出せないままだった。

「どこへ雲隠れしやがったのかな」

「宇都宮に戻ったりして」

「戻ったって、行くところはないぜ」

「土地鑑がある場所のほうが動きやすいんじゃないですか?」

「戻ったら戻ったで、こっちのもんだ。網張って待ってる」

宇都宮署では全署を挙げて、戸村の関係先の張り込みを続けている。彼らが姿を現せば、たちどころに検挙されるはずだ。

「板谷里美のアパートの家宅捜索はどうでしたか？」

「何も出なかったみたいだな」

「残念ですね」

板谷は横領の幇助容疑で逮捕され、きょう家宅捜索が行われたのだ。

「帳簿上で横領に気づいたが、ほったらかしにしていたの一辺倒だしな。何も出ないさ」

「そうですかね。慌てて息子のアパートに来たのに」

「理事長の松崎の尋問が進んでる。面白いネタがけっこう出てるぞ」

「ほう、どんなものが？」

「県央協の年金基金の運用は厳しいだろ。事務長の田中が単独で運用した投資信託が焦げついて火の車だ。そこにもってきて、横領事件が起きた。来年、基金の解散を予定しているらしいが、このままだと加入各社は一社あたり平均で、三千万円の負担金を納めないといけないらしい」

「三千万ですか……」

「場合によっちゃ、もっと増えるみたいだしな」

「払わなかったらどうなりますか？」

「年金がなくなるだけのことさ」

軽くあしらうように言ったが、関係者にとってはただ事ではない話だ。

「戸村機工は去年、ロボット溶接機や切断機を一億円かけて導入したしな」海老原が続ける。「台所は火の車だろう」

「戸村が犯罪に手を染めたのはそれが理由ですか？」

「経営者として、腸《はらわた》が煮えくりかえってるかもしれんぞ。飯でも食うか」

海老原が道場の片隅に置かれたダンボール箱の中から、弁当をひとつ抜き取った。赤羽中央署五階にある道場は昨日から合同捜査本部が設置されていた。赤羽中央署の生活安全課と刑事課、そして地域課から二十名の捜査員が専従となり、宇都宮署からも十五名の捜査員が送り込まれている。ほとんどの捜査員はふたり一組で外に出ていて、道場はがらんとしていた。

疋田も弁当を食べ、デスク席でこれまでの捜査資料に目を通した。一時間ほどかけて隅から隅まで読んでみたが、手がかりになりそうなものはなかった。ノートPCに宇都宮署で譲り受けたDVDを挿入した。すぐ動画映像がはじまった。田中康志がATMから現金を引き出す映像だ。すでに一度見ているが、康志本人が映っているのはこれしかない。宇都宮市内の三カ所で引き下ろしており、順に見ていく。どれも、ゆっくりした動作でひとつずつ、確認しながらボタン操作をしている。横領しているという緊張感は漂っていない。

ふたつめに移った。ATMを設置してある三つのブースを後方の天井から撮っている映像だ。三つとも行列ができている。真ん中と右のブースは女性。左側のブースにとりついて操作している男が田中康志のようだ。

　田中らしい男は一分近く操作している。何をしているのだろうか。ようやく引き出しが終わったらしく、振り向いてそこから離れた。正面から顔が捉えられた。田中康志に間違いなかった。

　それまで田中が操作していたブースに、待っていた女性が進んだ。ATMの前に立ったその女性が驚いたように振り返り、田中を呼びつけるように手を上げ、何事か叫んでいる。やおら、女性もそこを離れ、田中の腕を引いて戻ってきた。田中康志は、自分が操作していたATMを覗き込んだ。女性から声をかけられると、慌ててそこから紙幣の束を抜き取り、逃げるように去っていった。

　違和感を覚えた。もう一度最初から見直した。田中康志が金の引き出しの操作をしていたのは明らだった。一連の操作を終えて、紙幣と通帳が出てきた。カバンに通帳をしまうと、紙幣が残っているにもかかわらず、それを取り忘れてATMから去っていった。現金引き出し口に残っていた紙幣に気づいた女性が田中康志を呼んで、彼が紙幣を持っていった。そういうことのようだ。

　いったい、これは何を意味している？

　海老原にも見せたが、わけがわからないと言った。

「田中康志は何か病気にかかっていませんでしたか？」

改めて疋田は訊いた。

「いや、知らん」

「もういっぺん、そのあたりを調べてもらえませんか？　板谷にも、突っ込んだ取り調べがいるかもしれません」

「いいけど、どうして？」

推測を話すと、ようやく海老原は納得した様子で動き出した。

もしかしたら、と疋田は思った。

これまで、奇妙に思えた場面や言葉が次々に思い出された。散らかり放題の田中康志の自宅、十年以上も前の馬券を後生大事に持っていたこと、横領した金の杜撰《ずさん》な管理、用件を紙に書いたこと、そして、息子の亮太が口走った言葉の数々。

――コーンスープを箱ごと買ってきたり
――危ないし、ついていきました
疋田の思いついた推測を当てはめれば、どれも説明がつく。

横領は本当に田中康志の発案だったのか？

40

夕方、宇都宮署から送られてきた一枚のファックスを手に、疋田は道場に上がった。デスク席にいた幹部らにそれを差し出し、説明した。戸惑いながら聞いていたが、松林も曽我部も海老原も、次第に疋田の言葉にうなずくようになった。

「それで、どこに戸村が現れるっていうんだ？」

曽我部が訊いてくる。

「もし、来るとしたら十八日の浦和競馬場だと思います」

「どうして、そこに来るんだ？」

「田中康志が懇意にしていた厩務員がいる厩舎の馬が出走しますから」

「戸村がいるんだぞ。どうして、そんなところに現れると思うんだ」

「田中康志が思ったほど大金を持っていないのは、戸村も気づいているはずですので」

「だから、そんな金のない連中が、いまさら競馬なんかにうつつを抜かすのか」

「まだ二百万円ほど残っているようです。戸村も田中康志の言いなりになっている可能性がありますので」

「それはないだろ」

松林が口をはさんだ。

「言葉が足りませんでした。戸村はこれ以上逃げ回る必要がないと感じていると思います」

疋田の言葉に幹部たちはじっと考え込んだ。

「で、十八日の案配は？」と口を開いたのは海老原だった。

「検挙に向け、全員で張り込みをするしかないと思います」

そう言うと、松林はゆっくり大きくうなずいた。

41

十月十八日水曜日。午後三時十五分。

薄曇りの中、出走前のパドックには緊張感が漂っていた。大勢のファンが、期待と興奮の入り交じった眼差《まなざ》しで出走馬の登場を待ち構えている。浦和競馬場の本日のメイン第十一レース。優勝賞金は千二百万円。地方競馬では高額な部類だ。

最初に入ってきたのは、二番人気のカナリーノだった。首を激しく振って、闘志満々のように見える。三頭目。厩務員の河村に手綱《たづな》を引かれて、美しい銀色の馬が現れた。塚本厩舎のマイリンゲンだ。おとなしく、エネルギーを溜め込むかのように進んでいる。

末松とともに疋田は集まってくる人間に視線を当てていた。田中康志や戸村克明、その妻の孝子発見の報は入ってきていない。自分たちを含め、赤羽中央署の刑事が十五名、宇都宮署の刑事が十名、合わせて二十五名が競馬場内に散っていた。

拉致犯の戸村が田中とともに現れる――。

疋田の強い訴えに、幹部たちは乗らざるを得なかった。張り込み要員は日増しに増え、きょうの日を迎えたのだ。二十五名はそれぞれ持ち場を与えられ、疋田は末松とともに場内を巡回する遊撃班として、全体の采配を任せられていた。

本当に来るのだろうかという疑問がふと差し込んでくる。この一週間あまりの捜査と関係者の取り調べの結果、その可能性はますます大きくなっていた。拉致犯の戸村はもう、田中康志の面倒はみおおせない。警察に捕まることも是とする状況に追い込まれている。それがこの場所になると疋田は読んだ。

締め切り十五分前になった。

「止まーれ」

号令がかかり、調教師が一斉に馬に駆け寄った。ジョッキーたちも整列して一礼し、騎乗馬に近づく。塚本もジョッキーとともに、馬の口に嚙ませたハミや馬具の点検をはじめた。それを厩務員の河本が見守っている。

パドックを出る。改築工事で仮囲いの鉄板に取り巻かれた二号スタンドの前を通ってみた。こちらは閑散としていて人はいない。

耳にはめた受令機から甲高い声が入感した。村越係長だ。

「……第二駐車場南側にて黒のマツダプレマシー発見、助手席に女が乗っている。ほかに人はいない。ナンバーから戸村克明のものと思われる」

やはり来ていたか。

「車のまわりに人はいないのか？」

疋田は訊いた。

「いない」

「よし、確保してくれ」

「了解」

しばらくして、ふたたび無線が入感した。

「……確保した、戸村孝子だ。繰り返す、戸村孝子だ。戸村克明と田中康志は十分ほど前に競馬場に入っていったと言っている。孝子は金は持っていない」

「わかった。連行してくれ」

「了解」

マイクを胸元に納める。

気がはやる。やはり姿を見せた。

いまはどこにいる？　どちらが主導権を握っている？　田中か？

だとしたら、どこにいる？

メインスタンドとなる三号スタンドに入った。地上五階建てで、一階から三階が自由席、四階と五階が指定席のフロアだ。

一階自由席は競馬新聞を食い入るように眺める男たちであふれかえっていた。外れ馬券が床に散らばっている。黒帽子にスラックスの初老男性、上下ジャージの中年の男……鉄火場だ。ひとりひとりの顔をチェックする。

角刈りにした男が思い詰めたような顔で投票所へ走って行く。

屋外自由席に出て、階段の一番下から見上げた。それらしい顔は見えない。

いったん三号スタンドから外に出る。浦和競馬場はコンパクトな造りだ。しかし、群衆の中から捜し出すのは容易なことではない。

投票所に回った。テーブルと椅子が用意された一画で、常連客たちがゆったり座って、競馬新聞やモニターを見ていた。カウンターにとりついたファンが、馬券を買うために、せっせとマークシートに記入している。

パドックに戻った。馬たちが馬場に出ていくところだった。見物客の中にそれらしい人間はいない。

午後三時半。

懐の携帯が震えた。三号スタンドの三階を受け持つ小宮からだ。

「います」小宮が低い声を発した。「田中と戸村です。二階から上がってきました」

いたか！

「わかった。全員招集する」

「……了解」

疋田は無線機で全員に呼びかけた。

「こちら、疋田、三号スタンド三階で田中と戸村を現認。全員、三号スタンドへ集結せよ」

短い返事が連続する。

末松とともに三号スタンドに走り込んだ。階段を使って三階まで駆け上がる。

三号スタンド自由席の中央壁側に野々山は立っていた。ファンのあいだを縫うように歩み寄る。

小宮と野々山の近くには刑事たちが顔をそろえていた。彼らが見守る中、小宮が緊張した面持ちで屋外自由席に通じる自動ドアを指した。

「あそこから、外に出ました。ドア右側の上から二列目に並んで腰掛けています」

「馬券は買ったのか？」

刑事のひとりが訊いた。

「おそらく。ちらちら、手に持った物を見ていました」

「よし、取りかかるぞ」

疋田は短く号令をかけ、打ち合わせ通りの場所に刑事たちを送り込んだ。

十五時三十五分。

出走時間まで十分を切っていた。

「スエさん、行くぞ」

末松が顔を引き締め、顎を引いた。

先だって自動ドアから屋外自由席に出る。

急な勾配に七列の席が設けられている。右手上から二列目の端から四つ目。それらしいふたりが見えた。

短髪で面長の顔の男が手前にいる。無表情だ。グレーのシャツに紺のスラックス。田中康志に違いなかった。そのとなりに、モヒカンカットの男が背中を丸めるように足を組み、馬場を見ていた。戸村克明だった。二人の両どなりの席は空いていた。鞄のようなものは見えない。手ぶらのようだ。

刑事が三人、田中と戸村の向こう側にある階段に移動した。それとは別の三人の刑事が、彼らの前列にある空席に腰掛けた。上から一列目の席にも、同様に三人の刑事が移動した。

末松に目配せして、疋田は右手にある通路の奥まで歩いた。そこから二列目まで下りて、戸村の右手から近づいた。そのとなりにいる田中康志に末松が歩み寄る。ふたりをはさみ合う形で、同時に席に座った。

戸村の横顔をうかがった。こちらにまったく気づいていないようだった。

口を半開きにして、疲れた顔をしていた。

「戸村克明さんだね」

疋田が声を掛けると、戸村は目を細めてこちらを見た。

言葉はなかった。

戸村の太もものあたりで警察手帳を見せた。

神楽荘に来た刑事であると気づいたようだった。

少し驚いたような顔で、戸村はきょろきょろあたりを見回した。取り囲んでいた刑事たちが輪を縮める。

「動くな」

短く言うと、戸村は背を伸ばし、うちひしがれたように息を吐いた。

やはり抵抗はしないようだ。

手に握りしめたものを見る。馬券だ。

十一レース。単勝、３番マイリンゲン。

十万円馬券。

田中康志は持っていない。

「奥さんは確保した。逃げるな、いいか？」

戸村は諦めたような表情でうなずいた。

警察に捕まったという無念の気持ちからではないように見えた。

「十月一日のスプリンターズステークスは残念だったな」

疋田が言うと戸村は目を見張った。

「競馬好きの田中だから、競馬場に行けばいるかもしれないと思って中山競馬場に足を運んだんだな。でも、本人は地方競馬専門だったらしいな」

田中など眼中にないように、戸村は苦しげに視線を外した。

「その馬券、田中の読みか？」

マイリンゲンの単勝のオッズは１１２・３倍。

本命、一番人気のアオローラは２・８倍。

マイリンゲンの勝ち予想は、下からふたつ目。十万円賭けたら、一千万円以上の儲けが出る計算だ。

観客たちは経験の薄い馬を敬遠しているようだった。

「二百万、すべて突っ込んだか？」

訊くと、戸村は青ざめた顔で小さくうなずいた。

「ほかに金は持っているか？」

戸村は無気力そうに首を横に振った。

「おまえがいないあいだも、従業員たちは必死で仕事をしているぞ」

「任せてるし」

ぽつりと戸村は言った。

「おまえの工場、採算がとれてるか？」

「とれん」

放心したように言う。

「県央協の年金基金は解散だそうじゃないか。それにつけて、三千万円の負担金を納めないといけないそうだな。払う気はあるのか？」

「そんなもの」

吐き捨てるように言うと、横を向いた。

田中の表情は凪《な》いだ海のように動きがない。

「どうなんだ？　払うのか？」

戸村がまなじりを決して疋田を睨みつけた。

「三千万稼ぐのが、どれだけ大変かわかるか？　はいそうですかって、用意できる金じゃない。そんな大金を払った日には……潰れちまう」

そこまで、追い詰められていたのか……。

「払いたくないから、田中を捕まえて横領した金を取り戻そうとしたのか？　それが四人の高齢者を連れ去り、人質に取った理由か？」

「連れ去ってなどいない」厳しい表情で戸村は言った。「家族の依頼があって、施設を移しただけだ」

罪の意識を少しでも減らすために、そう自分に言い聞かせていた節がある。

「その依頼をしてきたのは沼田育了か？」

戸村は戸惑い顔で疋田を見た。

「沼田……」

そこから先が続かなかった。

「彼女、吐いたぞ。おまえの母親は認知症で高根の里に入居していた。そこには、昔、戸村機工で働いていた平賀誠も入所していた。昔のよしみで施設入所の便宜を図ってやった関係で、彼女とは顔見知りだったよな。ところが、この平賀誠の認知症はかなりひどくて、施設を退去させられた。困り果てた彼女は今年に入って、ずっとおまえに相談をもちかけていた。近くで引き取ってくれそうな介護施設を探しているが、なかなか見つからないと愚痴をこぼしていた」

戸村は耳を傾けている。

「先月の終わりだ。沼田はおまえから田中康志が組合の金を横領して、行方をくらませたと聞いた。警察などあてにできない。一刻も早く田中康志を見つけなければ、組合から奪われた金が使い果たされてしまう。施設にいる田中の母親を人質にして奪い返したいが、田中をおびき出すためには、もっと世間が騒ぎ出すように仕向けなければいけない。東京あたりで田中の母親を含めた複数の認知症の高齢者をさらし者にしてみるのはどうだろう、と彼女に相談をかけた」

「あいつ……」

悔しそうに戸村はつぶやいた。

「沼田は、赤羽の近くの浮間に無届けの介護施設が開業する、複数の認知症の身元不明者が出れば、必ずそこに収容される。介護員も募集しているから、そこで働いていれば、いずれ田中康志が顔を出すのではないか、と提案した。四人の拉致も簡単だったろ？」

「だから、預かっただけだって」

戸村は顔を合わせず吐き捨てるように言った。

「おまえは田中康志の母親が入所していた施設も調べ上げ、組合の仲間内で介護を放棄したり、天涯孤独になった認知症高齢者の噂も以前から聞きつけていた。安達行男と富沢節子だ」

田中はずっと自分の名前が出ているにもかかわらず、まったく耳に入っていない様子だった。

「安達行男の息子の利文は、おまえから計画を打ち明けられて、連れ去るのを黙認したと言っているぞ」

戸村は顔をしかめた。

「安達鋼業も台所が厳しい。おまえと同じように負担金など絶対に払わないと息巻いていた。父親の失踪を警察に届ける際は、認知症であるのをふせておくようにと命じられていた」

そうすれば、疑いがかからないからだ。

その甘言《かんげん》に乗せられて、父親を拉致させた。

「神楽荘を知ったおまえは、父親と縁を切りたかった沼田育子に、手を貸すことを持ちかけた。無届けの介護施設だし、認知症患者で身元がわからなければ、今度こそ、完璧に父親と縁が切れるとな。その話に乗った沼田は、四人の老人を置き去りにする場所として、赤羽教会とスポーツアネックス赤羽がいいと提案した。そこならば、警察がきちんと介入するからだ」

沼田育子は赤羽公園に置き去りにした父親が、遠く離れた南千住の公園で見つかったのが不思議でならなかった。後日、彼女はそこに出向いて父親の写真をホームレスや地元民に見せながら尋ねて歩いた。すると、父親は警官に連れてこられて、置き去りにされたのかもしれない、という噂を聞きつけた。そして、赤羽公園にいた父親をホームレスか何かと思って、その世話を嫌がった赤羽中央署の地域課の警官による仕業だと判断した。ならば、ふたたび赤羽中央署管内の公園などに置き去りにしたら、また同じ目に遭うのではないかと。しかし、赤羽教会ならそうはならない。警察上層部まで必ず情報が伝わると判断して選んだ。スポーツアネックス赤羽も然《しか》り。しかし、その内情をいまここで話すわけにはいかない。

戸村の表情が深い海の底のように暗くなった。

「十月六日当日、おまえは沼田の家に彼女と父親を迎えに行った。その足で、九時半、赤羽教会に沼田の父親と田中三恵を置き去りにした。同時に教会入りした沼田育子は素知らぬ顔でミサに参加したわけだ」

沼田育子から、教会に防犯カメラが設置されていないことも教えられていたのだ。

「田中康志は金を持っていたか？」

疋田が話題を変えると、戸村は唇を嚙みしめた。

「ない」

小さくつぶやいた。

投資先を任されてひどい損失を被《こうむ》り、それを隠すために加入社の掛け金を帳簿上で付け替えたりして一年間ほどごまかしたが、それもできなくなった。綾部クリニックについても話し、もう金は戻ってこないと説明すると、戸村は息を呑むように田中康志の横顔を見た。

すでに、沼田育子は保護責任者遺棄と誘拐幇助の容疑で逮捕されている。

息子の田中亮太はふた晩、留置場にとどめ置かれたが嫌疑不十分で釈放された。

向こう正面では、馬たちの枠入りがはじまった。

あたりがざわついてきた。場内アナウンスの声が一段と高くなる。

『浦和競馬、第十一レース、メインレースを迎えました。三歳女王オープン距離千九百メートル、十一頭で争われます。馬場状態はやや重と発表されております……』

「田中が横領した額は二億四千万ほどだが、クリニックに渡った以外はすべて、馬にぶち込んだみたいだな」

疋田は言った。

田中はまったく無表情だった。自分の名前を呼ばれても、右耳から左耳へ抜けていくようだった。

「田中康志はまじめ人間だ。競馬好きだが、借金するほど入れ込んではいなかった。そんな男がどうして組合の金に手を着けたかわかるか？」

戸村は呆然とした顔で首を横に振った。

「健康保険や年金の事務で事務員と合わせて三人は、ふだんから仕事に追いまくられていたのは知っているな。少しでもミスすると、理事長の松崎は田中に『おまえの代わりはいくらでもいる』と罵倒《ばとう》した。会うたびにだ」

それだけではなかった。板谷里美は松崎から酒につきあえとか、組合の親睦会などで体を触られるなどのセクハラを受けていた。板谷は田中の横領に気づいたが、それを黙って見ていた。田中に同情さえ寄せていた。

田中は膝に両手を置き、背筋をまっすぐ伸ばしてレースを見ている。

向こう正面では馬たちの枠入りが完了した。

場内アナウンスの声が大きくなった。

『枠入り完了、スタートしました。まずまずそろった飛び出しです。鼻を切ったのは三番カナリーノ、並んでくるのは五番タオゼント、そのうしろ二馬身ほど離れ、ヘルマスト、3コーナーのカーブ、後方集団は三馬身ほどのところでばらけ出しました。カナリーノ、一馬身離れてタオゼントがホームストレッチに入ってきました。五頭ほどの三番手集団が追走するなか、先頭から最後尾までは八馬身、残り千メートルの標識を通過していきます。先頭は依然としてカナリーノ、二番手にタオゼント、第三コーナーを通過し流れは速くなりました。一番手二番手が激しいつばぜり合い、ややタオゼントがかわしたか。ラスト、四コーナーからの直進です。先頭行くのはタオゼント、リードは二馬身、外からするするっと上がってきたのは塚本厩舎のマイリンゲン、お、速い速い、カナリーノを抜きました。逃げるタオゼントとは一馬身差、どうか、上がってくる、半馬身まで上がってくる、しかし、逃げ切ったタオゼントがゴールイン……』

観客席の歓声がひときわ高まった。

ちっ、という声が戸村から洩れた。手にしていた馬券を、くしゃくしゃに丸め田中の足下に放り投げた。

一時、身を乗り出していた田中だったが、レースが終わると、何事もなかったように曇った空に目をあてている。

「田中に負けの責任を押しつけるなよ」

疋田が呼びかけると、戸村は悔《くや》しげに口を曲げた。

「いつ気がついた？」

続けて疋田は訊いた。

意味がわかったらしく、戸村は悔しみの混じった情けない表情を見せた。

「連れ出した日の夜に」ため息まじりに戸村が答えた。「何度も会ったのに、こいつ、おれの顔を覚えていなかった」

言われた田中康志だが、相変わらずまったく会話がその耳に届いていなかった。

宇都宮警察署による捜査の過程で、田中康志はかかりつけ医から、総合病院を紹介されていたのがわかった。その総合病院で、田中康志は若年性アルツハイマー型認知症と診断された。今年の五月末のことだった。県央協の組合のふたりの事務員はそれ以前から、薄々気づいていた。ことに板谷里美は。

彼女はその診断が下ったことを当の康志から知らされた。そして、用事があれば、忘れないよう紙で書くようになっていたのだ。ATMで引き下ろした札束を取り忘れたのも、病気のせいだった。家では着ていた服の管理も覚束《おぼつか》ない。カレンダーは古いままで、空の缶ビールを冷蔵庫に戻す有様だった。肝心の競馬もひところのようにプロはだしの読みができるはずもなく、行き当たりばったりで競馬新聞にアカを入れるくらいがせいぜいになっていた。

その板谷の口から、自宅近くのレンタルロッカーに現金三千万円を隠してあるという告白が飛び出したのは一昨日の晩だった。彼女は田中康志による横領に気づいてから、その金の一部をこっそり預かり、自分のものにしていたのだ。医師の綾部も同類だった。寄付を申し入れられたとき、薄々田中康志の認知症に気づいたにもかかわらず、寄付を受け入れたのだ。こちらも共犯関係にあるというべきだった。

逮捕容疑を告げると、戸村は抵抗することもなく手錠をかけられた。

田中康志はふたりの刑事に抱えられるように、席を離れていった。

それを見送りながら、改めて疋田は思った。

われわれが追いかけていたのはミラクル4ではなく、ミラクル5だったのだ。

42

新宿駅中央南口の改札から、デニムのタイトスカートに、ピンクのVネックプルオーバーを着た女が姿を見せた。疋田と目が合うと元妻の恭子は小さくうなずき、並んで歩き出した。甲州《こうしゅう》街道の横断歩道を渡り、通路を歩いて新宿髙島屋《たかしまや》の建物に入った。顔を見合わせることなく、エレベーターで七階のカフェまで上った。

昼近くになり、店内は混み合いはじめていた。端にあるふたり席に座り、ともにコーヒーを注文する。

「近藤さん、残念だったな」

疋田は言った。

十月十五日日曜日に行われた小平市長選挙で、恭子が応援していた元小平市議会議員の近藤泉《いずみ》は落選したのだ。その日からひと月あまり経った四日前の晩、恭子から会えないかという電話が入った。日曜日なら空いていると答えて、会うことになったのだ。

「終盤で盛り上がらなかったからね。仕方ないわ」

首をかしげて言う。

「慎二、足だいじょうぶか？」

あれから慎二と連絡を取り合った。サッカーの授業で右足首を捻挫《ねんざ》したが、まだ痛むと言っているのだ。

「平気平気、そんなにひどくなかったから」

「癖になるから気をつけろよ」

「本人もわかってるわよ。サッカー好きじゃないし、もうやらないと思うけどな」

「だといいが」運ばれてきたコーヒーを一口、すすった。「きょうは何だった？」

「前からの宿題、聞かせてくれないかなと思って」

何の宿題と口にしかかったとき、ミラクル４と一時期マスコミで話題になった四人の認知症高齢者の生活状況について知りたいと事件発生直後に言われたのを思い出した。

「ミラクル４の身元は新聞に出ただろ。あの通りだよ」

「それはわかってるわよ。気になるのは無届けの介護施設で、四人がどういう扱いを受けていたかなの」

「それを聞いたら、近藤さんに告げ口するのか？」

恭子は口に持っていったコーヒーカップを皿に戻した。

「やましいことあるのね」

「ないさ、そんなもの」

「だったらいいじゃない」

　適当に話すしかなさそうだ。

「田中三恵はうつ傾向が強かった。認知症の程度もほかの三人に比べてひどくなかったから、扱いも楽だったようだ。ハルコは性格的に明るくて、それが逆に災いしたような感じだな。ユキオは精神的に不安定で、いちばん厄介だったと思う」

「最後までわからなかったオサムさんはどうなの？」

「彼もしじゅう動き回っていて、なかなか苦労したみたいだ」

「その人、娘さんに見捨てられたんでしょ？　ちょっと考えられない」

　恭子は軽く首を横に振る。

「それぞれ事情があるんじゃないか」

　恭子は疋田を上目遣いで見た。

「八王子のお父さんはどう？」

「どうって、元気だよ。どうしたんだ？」

「まあ、いいか、お兄さん夫婦が面倒みてるんだし」

「何言ってるんだよ」

　まさか、この自分も近い将来、父親を見捨てるようなことをしかねないと思っているのか。

「それにしても、組合の事務長の横領事件と関わりがあったなんて、もう驚き」

と恭子は話題を変えた。

「そうか……」

「横領犯の田中とかいう事務長、息子さんに匿《かくま》われていたんでしょ？　ほんとに、その事務長、若年性認知症なの？」

「まだ捜査中だ」

「その事務長、あれだけ悪いことをしながら、認知症のせいで無罪釈放になるんだって？」

疋田は驚いた。

「誰が言った？」

「週刊誌に出ていたわよ」

はじめて聞く。どこから洩れたのだろう。

栃木県警は保秘が甘いのだろうか。

「認知症だからって罪を逃《のが》れられるとは限らないぜ」

「去年、岡山《おかやま》で漬物を万引きして逮捕された男性老人がいたけど無罪判決になったじゃない。今度もそうなるんでしょ？」

その事件はちょっとした話題になった。七十一歳になる男性はそれまで二度、万引きで有罪判決を受けていたが、三度目の事件の裁判中に、言動がおかしくなり、鑑定の結果アルツハイマー型認知症と診断された。それを受ける形で無罪判決が言い渡されたのだ。

「だから、わからないって」

じっと見つめている恭子の目は、まだこちらを疑ってかかっていた。

横領事件を起こした田中康志は、宇都宮署により、精密な鑑定が行われた。その際、ふたりの事務員の証言も参考にされた。今年に入って田中康志は週に一、二度、呼びかけにも応じず、周囲から切り離されたような状態になることがあり、そのあいだは仕事ができなかった。しかし、二十分もすると元に戻った。それの繰り返しが続いたというのだ。その二十分間のあいだ、見聞きしたことはひとつも頭に残っておらず、記憶も失われていたらしかった。そうした証言を子細に検討し、さらなる問診と精密な脳波検査が行われた。その結果、てんかん患者特有の棘《とげ》のような突発性異常波がわずかに出現した。それに基づき、抗てんかん薬を投与したところ、認知症の症状は消え去った。これにより、側頭葉《そくとうよう》てんかんによる発作性記憶障害であるとの診断が下された。

田中康志は認知症ではない疑いが濃厚になったのだ。

だからといって、裁判で有罪になるとは限らないのだが。

「何かあるの？」

ふと気づいたように恭子から言われた。

疋田は慌てて「何でもない」と答えるにとどめた。

田中康志については、横領に手を染めていた期間と病状とが精査されるに違いない。自らの意思で悪意を抱き、横領していた時期はあるはずで、いずれ病気が全快すれば、罰せられるときが来るかもしれない。その片方で誘拐の被害者という事実もある。正常な思考に戻ったとき、彼はどのように罪を償《つぐな》うのだろうか。

しかし、それはそれだ。疋田は息子の慎二について考えた。遠い将来、もし自分自身が認知症を患ったとき、慎二は何を思うだろう。自分を切って捨てるようなことはしないと思うが、自信はない。離婚後、親らしいことは何ひとつしていないし、山登りの約束も破ったりしている。いずれそのときが訪れたら、慎二に迷惑がかからないようにしておくべきだろう。父と自分、自分と慎二、そして、誰にでも訪れる老い。厄介なものだと、またひとしきり疋田は思った。

本作品はフィクションであり、実在の人物・事件・団体とはいっさい関係がありません。

《参考文献》

『老いてさまよう　認知症の人はいま』　毎日新聞特別報道グループ　毎日新聞社
『認知症・行方不明者1万人の衝撃』　NHK「認知症・行方不明者1万人」取材班　幻冬舎
『老人漂流社会』　NHKスペシャル取材班　主婦と生活社
『認知症の人の不可解な行動がわかる本』　杉山孝博　講談社
『症例から学ぶ戦略的認知症診断　改訂2版』　福井俊哉　南山堂

（本作品は、月刊『小説ＮＯＮ』（小社発行）に平成二十九年六月号から平成三十年三月号まで連載されたものに、著者が刊行に際し、加筆・訂正したものです）

一〇〇字書評

彷徨捜査

切・り・取・り・線

購買動機（新聞、雑誌名を記入するか、あるいは○をつけてください）	
□（　　　　　　　　　　）の広告を見て	
□（　　　　　　　　　　）の書評を見て	
□ 知人のすすめで	□ タイトルに惹かれて
□ カバーが良かったから	□ 内容が面白そうだから
□ 好きな作家だから	□ 好きな分野の本だから

・最近、最も感銘を受けた作品名をお書き下さい

・あなたのお好きな作家名をお書き下さい

・その他、ご要望がありましたらお書き下さい

住所	〒				
氏名		職業		年齢	
Eメール	※携帯には配信できません	新刊情報等のメール配信を 希望する・しない			

この本の感想を、編集部までお寄せいただけたらありがたく存じます。今後の企画の参考にさせていただきます。Eメールでも結構です。

いただいた「一〇〇字書評」は、新聞・雑誌等に紹介させていただくことがあります。その場合はお礼として特製図書カードを差し上げます。

前ページの原稿用紙に書評をお書きの上、切り取り、左記までお送り下さい。宛先の住所は不要です。

なお、ご記入いただいたお名前、ご住所等は、書評紹介の事前了解、謝礼のお届けのためだけに利用し、そのほかの目的のために利用することはありません。

〒一〇一－八七〇一
祥伝社文庫編集長　坂口芳和
電話　〇三（三二六五）二〇八〇

祥伝社ホームページの「ブックレビュー」からも、書き込めます。

http://www.shodensha.co.jp/bookreview/

祥伝社文庫

彷徨捜査《ほうこうそうさ》　赤羽中央署生活安全課《あかばねちゅうおうしょせいかつあんぜんか》

平成30年 6 月20日　初版第 1 刷発行

著　者　安東能明《あんどうよしあき》

発行者　辻　浩明

発行所　祥伝社《しょうでんしゃ》

東京都千代田区神田神保町 3-3

〒101-8701

電話　03（3265）2081（販売部）

電話　03（3265）2080（編集部）

電話　03（3265）3622（業務部）

http://www.shodensha.co.jp/

印刷所　堀内印刷

製本所　積信堂

カバーフォーマットデザイン　芥 陽子

 ISBN978-4-396-34427-6 C0193